अनजाना हमसफ़र

फ़ुरसत के पल

(VOL-4)

देव गोयल 'देव'

KAVYA
PUBLICATIONS

Publisher:

SDR INNOWAYS INDIA PVT. LTD.
667, Rajaward, Kulpahar, Mahoba - 210426

Imprint:
KAVYA PUBLICATIONS
Abhinav R.H.4, Awadhpuri, Bhopal - 462002

Centre:
Kavya Publications
107c, hanuman khand. street no 8, Gulab Vatika
Near Jawahar Nagar, Delhi NCR

Mob. : 7905266820, 9918801353
Website : www.kavyapublications.com
E-Mail : editor@kavyapublications.com

ISBN : 978-93-6431-152-6
Price : 349/-INR
Year : 2025

This book is printed at MTL and published by author Ajay Agrawal, CEO of SDR Innoways India Pvt. Ltd. Kulpahar Mahoba with its imprint and centre, Kavya Publications Delhi.

सादर समर्पित

उपन्यास का प्रस्तुत खंड अपने साले साहब - सुशील कुमार अग्रवाल जी को सादर समर्पित करता हूं जिनका 31 अगस्त 2025 को 72 वर्ष की आयु में हृदय गति रुक जाने से निधन हो गया। सुशील अग्रवाल जी सेंट्रल बैंक ऑफ़ इंडिया से 60 वर्ष की आयु में DGM पद से अक्टूबर 2013 में सेवानिवृत हुए थे। उनके दोनों पुत्र विवाहित हैं। एक पुत्र मुंबई में MNC में अच्छे पद पर कार्यरत है व दूसरा अमेरिका में इंजीनियर है। मैं प्रभु श्री के चरणों में प्रार्थना करता हूं कि दिवंगत आत्मा को शांति प्रदान करें व परिवार को आकस्मिक दुख सहने की शक्ति प्रदान करें।

देव गोयल 'देव'

लेखक की क़लम से

October 1971 की वह सांझ मेरे जीवन में सवेरा बन कर अवतरित हुई, जब मैं ऑनर्ज इन हिंदी के लिए एस.डी. कॉलेज पानीपत में परीक्षार्थी था। उस शाम जो घटाएँ उमड़- घुमड़ कर गगन-विहार करने लगीं तो अगले दिन के एग्ज़ाम की परवाह किए बग़ैर मेरा लेखक मन काग़ज़ के पन्नों पर कुछ उकेरने को तड़प उठा और कुछ समय में ही अनेकों पृष्ठ रंग डाले। उस समय मैंने अपने जीवन के उन्नीसवें वर्ष में प्रवेश किया था। तत्पश्चात् अन्य साहित्यिक गतिविधियों से तो जुड़े रहे पर वे पृष्ठ अनछूए ही अँधेरों में गुमनाम रहे।

जीवन तो चलता ही रहता है चाहे हमारी गतिविधियाँ अवरुद्ध हो गई हों। 2011 में प्रिंसिपल पद से सेवानिवृत्त होने के कई साल बाद अचानक एक दिन पुराने मित्र श्री धर्मवीर 'आर्य' ब्लॉक शिक्षा अधिकारी से घर पर ही गुफ़्तगू हो रहीं थीं। मेरी साहित्यिक अभिरूचि से वे प्रभावित हुए व उन पृष्ठों को पुस्तक में बदलने का प्रेरक सुझाव दिया और उसी प्रेरणा के वशीभूत होकर मेरी साहित्यिक सरिता अपनी मंज़िल पाने हेतु किसी अनजान सागर की ओर बह निकली। असल में सेवानिवृत्ति के बाद मुझे 2011, 13, 15, 19 व 2023 में अमेरिका जाने का अवसर प्राप्त हुआ। वहाँ मुझे अपने कनिष्ठ पुत्र कुमार आशीष से भी उत्साह वर्धक सुझाव मिले।

कवि, लेखक, समीक्षक, कोई भी साहित्यिक प्रतिभा धनोपार्जन के लिए नहीं बल्कि समाज व राष्ट्र को कुछ श्रेष्ठ देकर अपने कर्तव्य पथ पर अग्रसर होती है। इसी अवधारणा को गाँठ में बाँधे यह उपन्यास मनोरंजन के साथ- साथ कुछ सामाजिक लक्ष्यों को भी साथ लेकर आगे बढ़ा है लेकिन वे लक्ष्य पाठक के मनोरंजन, रोमांस व हास्य-विनोद के अधिकारों का अतिक्रमण नहीं करते। मुझे विश्वास व उम्मीद है कि यह उपन्यास-सीरिज़ हर धारा के जनमानस के लिए उपयोगी व प्रेरणादायी साबित होगी।

विनीत

देव गोयल 'देव'

शुभकामनाएँ

'अनजाना हमसफ़र' उपन्यास के तीन खंड पढ़ने के बाद लगा कि चतुर्थ खंड भी तुरंत पढ़ने को उपलब्ध हो जाए। ऐसे सामाजिक उपन्यासों में इतनी रोचकता, संवाद- चातुर्य व भाषा का अलंकरण सहजग्राह्य नहीं है लेकिन श्री देव गोयल देव मंजे हुए साहित्यकार हैं जिन्होंने अपने पाठकों के लिए एक अनुपम रचना भेंट की है। मैं उम्मीद करती हूँ कि उपन्यास पढ़कर पाठकों को यथेष्ट लाभ प्राप्त होगा।

शशि बाला एम.ए. हिंदी (प्रथम श्रेणी)
Reted. Librariyan, Govt. of Haryana

मेरे अध्यापक रहे श्री देव गोयल देव प्रतिभा के धनी व उच्च कोटि के साहित्यकारों की श्रेणी में शुमार हैं। 'अनजाना हमसफ़र' उपन्यास के तीन खंड पढ़कर मुझे अपने गुरु जी पर गर्व महसूस हुआ। शैक्षिक काल में हम इनकी रचनात्मक शक्ति से अनजान ही रहे। मैं गुरु जी के चरणों में सादर प्रणाम करता हूँ।

सतीश गर्ग (पेंट व्यापारी)
जींद - हरियाणा

श्री देव गोयल देव का सामाजिक उपन्यास 'अनजाना हमसफ़र' एक अनुपम रचना है। तीन खंड पढ़ने के बाद लगा कि उपन्यास की भाषा प्रभावशाली, संक्षिप्त व रोचक संवाद, पात्रों की गरिमापूर्ण उपस्थिति, सब कुछ एकदम सटीक है। समाज व राष्ट्र को इतनी मनोरंजक व उद्देश्य पूर्ण रचना देने के लिए मैं लेखक श्री देव गोयल देव का आभार व्यक्त करता हूँ।

राजेंद्र तायल M/s **गोपाल पुस्तक भंडार निकट,**
पुराना बस स्टैण्ड, जींद हरियाणा

उपन्यास एक नजर में

पिछले दो खंडों में हमने कथानक व भाषा-शैली के आधार पर 'अनजाना हमसफ़र' उपन्यास की जाँच- पड़ताल की। अब इस खंड में पात्र एवं उनका चरित्र चित्रण कैसे हो ? इसकी विवेचना करेंगे।

पात्र एवं चरित्र-चित्रण— उपन्यास में पात्रों की संख्या असीमित रहती है। किसी पात्र का जन्म, किसी की मृत्यु, किसी परिस्थिति में किसी पात्र का अवतरण स्वाभाविक प्रक्रियाएँ है। लेखक पर पात्र सृजन या विसर्जन का कोई दबाव नहीं होता। पात्रों की भाषा, व्यवहार, बोलचाल का ढंग सब लेखक पर आश्रित रहता है लेकिन जैसा पात्र सृजित किया जाता है, उसका आचरण वैसा ही होना चाहिए। एक उच्च शिक्षित व अशिक्षित पात्र की भाषा का चयन लेखक मर्यादा में रहकर ही करेगा। पात्रों की गतिविधियाँ, क्रिया- कलाप ही कथा को आगे बढ़ाने का काम करते हैं व कई बार किसी एक पात्र की सक्रियता या निष्क्रियता उपन्यास की लाइफ़ लाइन बन जाती है।

'अनजाना हमसफ़र' उपन्यास में पात्रों के विषय में लेखक के ये विचार ध्यातव्य हैं - ''उपन्यास के क़रीब एक हज़ार से अधिक पन्ने रंग चुका हूँ। पात्रों के साथ इतना घुल मिल गया हूँ कि उनके बिना दिल नहीं लगता। उनके सुख-दुख में, मैं स्वयं सुख-दुख अनुभव करने लगा हूँ। शिवि जब ट्रेनिंग पूरी कर घर लौटते समय बस स्टैंड पर फूट- फूट कर रोने लगी थीं शुभम से बिछुड़ कर, सच कहूँ- रात में यह मर्मस्पर्शी दृश्य लिखते हुए मैं भी उसी तरह (शिवि) अश्रुधारा से सागर पूरित करने लगा था। डॉ. गुप्ता जब भित्ति पत्रिका के चारों सदस्यों को अपनी व पत्नी शिवानी की पीड़ादायक घटनाओं का ज़िक्र करते हुए आँसू बहा रहे थे तब मैं भी उनका साथ दे रहा था। जब भी लेखनी थाम कर लिखता हूँ, पात्र मुझमें जीवंत हो उठते हैं और उनका व्यवहार, क्रिया-कलाप, गतिविधि मुझे सजीव लगती है। मैं पाठकों के साथ कोई अन्याय तो नहीं कर सकता किसी प्रकार का पक्षपात करके, बल्कि मेरी यही कोशिश रहती है कि पाठक व

पात्र दोनों के साथ न्याय हो। शायद वर्षों से उपन्यास लिखते रहने से पात्र मेरे आत्मीय हो गए हैं लेकिन फिर भी उनको परिधि से बाहर निकलने की इजाज़त मेरा लेखक मन नहीं देता। मेरे पात्र भी इतने स्वाभाविक एवं निर्दोष है कि वे मुझसे किसी प्रकार की रियायत की आकांक्षा नहीं रखते बल्कि मुझे संयम की प्रेरणा देते हैं। मैं किसी पात्र को निम्न व उच्च नहीं कर सकता। उनकी कहानी में जो संलिप्तता है, वे उसी के अनुसार अपना किरदार निभा रहे हैं। मेरा आशय इतना भर है कि मैं चाह कर भी किसी पात्र के साथ नाइंसाफ़ी नहीं कर सकता, हालाँकि मैं उनके साथ हंसता हूँ, दुखी होता हूँ, रोता हूँ, यहाँ तक कि हर परिस्थिति में उनके साथ रहता हूँ।"

लेखक पर यह आरोप लगा ही रहता है कि वह पात्रों के माध्यम से अपनी विचारधारा पाठकों पर थोंपता है। मेरे विचार इससे मेल नहीं खाते हैं। पात्रों के संवाद, व्यवहार, गतिविधि, क्रिया - कलाप कथावस्तु के अनुसार रखना लेखक की विवशता है। अपने विचार पाठकों पर थोंपने से तो उपन्यास एक लेख या भाषण तक ही सिकुड़ जाएगा। उपन्यास में रोचकता, स्वाभाविकता सब विलीन हो जाएगी व पाठक के लिए भी ऐसी रचना अस्वीकार्य होगी। लेखक पात्रों के माध्यम से बोलता है कहानी की आवश्यकता अनुसार न कि स्वेच्छा से। "अनजाना हमसफ़र" के पात्र स्वतंत्र रूप लिए हुए हैं व अपने रोल के अनुरूप ही कथावस्तु को आगे बढ़ाते हैं। एक हँसोड़ पात्र को लेखक ग़ुस्से में नहीं दिखा सकता। ऐसा करने के लिए उसे परिस्थिति का सृजन करना होगा। यद्यपि लेखक स्वयं में स्वतंत्र है फिर भी वह पात्रों के साथ किसी प्रकार की ज़्यादती नहीं कर सकता।

जहां तक पात्रों के चरित्र - चित्रण का सवाल है, मैं कहना चाहूँगा कि उपन्यास में किसी पात्र की कितनी महत्ता है ? उसका व्यवहार कैसा है ? वह किस स्तर का पात्र है व जो रोल उसे मिला है, उसे बख़ूबी निभा रहा है या नहीं ? पात्रों के बारे में सम्पूर्ण जानकारी ही उसका चित्रण कहलाता है। पात्रों का चरित्र चित्रण करने के कई ढंग हैं जिनका उल्लेख हम अगली पंक्तियों में कर रहे हैं। लेखक

के द्वारा पात्र के विषय में जानकारी प्रस्तुत की जाती है कि वह पात्र किस तरह का व कहाँ, किस परिवार, ख़ानदान, राजघराने से ताल्लुक़ रखता है। पात्रों के आपसी संवादों के माध्यम से भी पात्रों की विशिष्टताएं उजागर होती हैं। पात्र के अपने बारे में कहे गए खुद के शब्दों से व परिस्थितियों का सामना करते समय भी पात्र की मनोवैज्ञानिक अवस्था का पता चलता है।

"अनजाना हमसफ़र" इस दृष्टि से एक सफल व सशक्त रचना है। शुरू के पन्नों पर ही लेखक 'देव' का परिचय कुछ इस प्रकार करवाता है - देव गाँव का एक भोला- भाला नवयुवक था। पिता रामानंद कपड़े के व्यापारी थे ....।

पात्रों के आपसी संवाद देखिए –

रश्मि — घर में कौन- कौन है ?

राकेश — एक छोटी बहन है, माता - पिता के न रहने से उसे एक रिहायशी स्कूल में डाल दिया है।

रश्मि— (समीर के बारे में) भाई साहब ! वह तो अब भी वैसा ही है, गर्दन झुका कर चलता है। मजाल है कि पास से गुजरती हुई लड़की पर भी नज़र पड़ जाए।

पात्रों के स्वयं के उद्गार — राकेश का विलाप - क्यों सभी मेरे पीछे पड़े हैं ? माता पिता की अकाल मृत्यु, अब रश्मि की उपेक्षा, मैं कैसे जिऊँगा ?

कांति, राकेश के रूम पर लगे लॉक को देखकर जो प्रतिक्रिया व्यक्त करता है, वह लाजवाब है। शेखर कितनी गंभीर परिस्थितियों में शालू को शेखर गुप्ता को सौंप कर संतुष्टि व आनंद अनुभव करता है। यह मनोवैज्ञानिक तथ्य उसके स्वयं के कथनों से ज्ञात होता है।

शेखर— भगवान ने मुझसे तो न्याय करवाया है पर मेरे साथ न्याय नहीं किया।

शालू — क्या क़िस्मत पाई है शालू ? अपनों को भी अपना नहीं कह सकते। चाहते हुए भी मुँह नहीं खोल सकते। रिश्ते यों ही सिसक- 2 कर दम तोड़ देते हैं।

शेखर बाबू — शालू ! कल के बाद मुझे भूल जाना। सोचना कि कोई अनजाना हमसफ़र जीवन की राह में मिल गया था जिसने अपना रास्ता भटक कर एक भटके हुए को मंज़िल तक पहुँचाया।

बाबा भारती के मन का मनोवैज्ञानिक विश्लेषण — इस घटना का ज़िक्र किसी के सामने मत करना वरना लोग अपाहिजों, मजलूमों पर विश्वास करना छोड़ देंगे।

भारतीयता का गर्व देखिए —

शिवानी — पुष्पेंद्र बेटा, हम भारतीय नारी है, उस पर भी राजस्थान से जो अपने पति के लिए जीती मरती हैं। आज शेखर बाबू अपनी साधना का घूँघट स्वयं उठा कर अपने चरणों में स्थान देंगे।

निष्कर्ष रूप से हम कह सकते हैं कि "अनजाना हमसफ़र" उपन्यास पात्रों व चरित्र चित्रण की दृष्टि से एक अनुपम कृति है।

लेखक परिचय

'अनजाना हमसफ़र' हिंदी साहित्य जगत में तहलका मचाने वाले उपन्यास के लेखक हैं जाने- माने शिक्षाविद् एवं जनप्रिय साहित्य-साधक श्री देव गोयल 'देव' जो विभिन्न साहित्यिक विधाओं में अपनी क़लम का जादू विश्व पटल पर बिखेर रहे हैं। प्रथम उपन्यास 'दीपा दीदी' नारी सशक्तिकरण की अनूठी मिसाल है। काव्य पब्लिकेशंस- दिल्ली द्वारा प्रकाशित 'जज साहब' लाखों दिलों की धड़कन, एक क्रांतिकारी सामाजिक उपन्यास है जो मनोरंजन एवं जिज्ञासाओं से भरपूर प्रभावशाली कृति है। न्याय और न्यायप्रियता का अजीबोग़रीब सामंजस्य है 'जज साहब'। 'अमेरिका यात्रा- संस्मरण' में आपके प्रिय लेखक की पाँच बार की गई अमेरिका यात्राओं के रोमांचक क्षण समाहित हैं जो बारह वर्षों के कालखंड में विस्तारित हैं।

'अनजाना हमसफ़र' सात असीम महासागरों की अपरिमित जलराशि का संगम, कौन अनजाना है, कौन किसका हमसफ़र है, उपन्यास की सतरंगी वादियों में विचरण करते हुए जब आपको धुंध में स्नान किए नव आभा को प्राप्त हुए दिखाई पड़ेगा तब आपका प्रेम रस आप्लावित मन पुकार उठेगा- 'अनजाना हमसफ़र'।

CONTENTS

1

सनातन धर्म विद्यालय में प्रबंध समिति की बैठक

बैठक में आम सहमति बनी कि जिस अध्यापक का बोर्ड की क्लास का परिणाम बेहतर व तुलनात्मक दृष्टि से श्रेष्ठ होगा, उसे अतिरिक्त वेतन वृद्धि व अन्य आकर्षक प्रोत्साहनों से सम्मानित किया जाएगा। सर्व सम्मति से यह भी निर्णय लिया गया कि मुखिया ब्रज किशोर गुप्ता को राज्यपाल द्वारा सम्मानित करने के बाद विद्यालय में भी एक भव्य व आकर्षक सम्मान समारोह का आयोजन होगा। बैठक में यह भी निर्णय लिया गया कि बच्चों को शारीरिक दंड देने से परहेज़ किया जाए। आज बच्चा अनेक पाठ्येतर गतिविधियों में स्वयं से ही लगा रहता है व परिश्रम करता है इसलिए किसी दिन गृह कार्य न कर पाने पर उसे शारीरिक सजा न दी जाए। बच्चों को, टीचर्स मनोवैज्ञानिक तरीक़े से पढ़ाएँ व व्यवहार करें। मुखिया ब्रज किशोर गुप्ता व पूरे टीचिंग स्टाफ़ ने प्रबंध समिति के इन प्रस्तावों - निर्णयों पर ख़ुशी ज़ाहिर की व विद्यालय के लिए सकारात्मक कदम उठाने पर समिति का धन्यवाद किया। मुखिया ने भी जानकारी दी कि देव साहब की जगह जो हिंदी भाषा का अध्यापक नियुक्त किया था उसका कार्य एवं व्यवहार संतोषजनक रहा है फिर भी देव साहब के बी.एड. की ट्रेनिंग कर आने के बाद उस अध्यापक को सेवा मुक्त कर दिया जाएगा व भविष्य में कभी छात्र संख्या में वृद्धि दर्ज हुई तो उसे वरीयता दी जाएगी। प्रबंध समिति के फ़ैसलों से सभी अध्यापकों में उत्साह का संचार हो गया था व आशान्वित थे कि श्री चंद जैन की अध्यक्षता में विद्यालय का चहुँमुखी विकास होगा। विद्यालय की आर्थिक स्थिति कुछ ऐसी समृद्ध नहीं थी लेकिन प्रधान चुने जाने के बाद श्री चंद जैन ने पत्रकारों के माध्यम से जनमानस

से अपील की थी कि संस्था के लिए दिल खोलकर दान करें। श्री चंद जैन के प्रभावी व्यक्तित्व के कारण इस अपील का शहर के धनी वर्ग पर सकारात्मक प्रभाव दिखाई दिया और कुछ ही दिनों में इतना धन एकत्रित हो गया कि विद्यालय के ठप्प पड़े विकास कार्य गति पकड़ने लगे थे। सबसे ज़्यादा ज़रूरी था मीटिंग के लिए हॉल, ज़ब भी स्टाफ़ या प्रबंध समिति की बैठक होती तो वह स्टाफ़ रूम या बाहर लॉन में आयोजित करनी पड़ती जिससे बाहर का शोर-शराबा कार्यवाही में ख़लल पैदा करता। मीटिंग हॉल का निर्माण कार्य कई सालों से अधर में लटक हुआ था, अब आर्थिक स्थिति के सुधरने से उसका पुनर्निर्माण कार्य शुरू हो गया है। पंद्रह अगस्त उसके पूरा करने की तिथि मुक़र्रर की गई है। मुखिया जी ने स्टाफ़ मीटिंग में बताया कि इस वर्ष विद्यालय में छात्र छात्राओं की संख्या में वृद्धि होने की प्रबल संभावना है। हालाँकि नए विद्यालयों की संख्या द्रुत गति से बढ़ रही है फिर भी हमारे स्टाफ़ की मेहनत व प्रबंध समिति के प्रोत्साहन विद्यालय की ख़ासियत बन गए हैं जिससे इलाक़े के ग्रामीण क्षेत्रों के बच्चे भी यहाँ दाख़िला लेने में रूचि प्रदर्शित कर रहे हैं। हमें अपने संस्कारों एवं उच्च परंपराओं से स्टूडेंट्स को उनके भावी जीवन के लिए श्रेष्ठ नागरिक तैयार करना है ताकि वे समाज एवं राष्ट्र की सेवा में स्वयं को गौरवान्वित महसूस करें। क्रीड़ा के क्षेत्र में अभी हमने इनडोर खेलों में ही साझेदारी की है, हमें अपने छात्र-छात्राओं को स्वस्थ एवं रोग रहित जीवन जीने के लिए आउट डोर खेलों को भी महत्व देना होगा। इस वक़्त प्रशासन से हमें सूचना मिली है कि कुछ ज़मीन स्टेडियम के लिए अधिगृहीत की गई है जिस पर निर्माण जल्द शुरू होगा। एक अति महत्वपूर्ण विषय जो अध्यापक-अभिभावक एसोसिएशन के रूप में हमें फ़ीडबैक उपलब्ध करवा रहा है, उस पर भी चर्चा आवश्यक है। माता-पिता अपना ज़रूरी काम - काज छोड़कर पी. टी. ए. की मीटिंग में भाग लेते हैं इसलिए उन्हें हमें केवल बच्चे की गतिविधियों की जानकारी देने तक ही सीमित नहीं रखना चाहिए बल्कि विद्यालय के

सर्वांगीण विकास में उनका सहयोग भी प्राप्त करना है। बच्चों की ख़ामियाँ बताने- गिनाने की अपेक्षा सुझाव व प्रोत्साहन की विधियों का प्रयोग करना है। कोई अध्यापक साथी विद्यालय हित में कुछ कहना की इच्छा रखता है तो निःसंकोच कहे, स्वागत है। शारीरिक शिक्षक प्रेम सिंह ने निवेदन किया कि हमारे विद्यालय की पुराने छात्र- छात्राओं की एक संस्था सोशल मीडिया पर एक्टिव है। एक बार उनके एडमिन से मुलाक़ात हुई थी, उन्होंने अपनी मीटिंग बगैरह के लिए स्थान की उपलब्धता की माँग की थी। सर! क्या हम अपने पुराने होनहार स्टूडेंट्स को ऐसी कोई सुविधा प्रदान कर सकते हैं ?

मुखिया —- अगर यह संस्था ग़ैर राजनीतिक है तो हमें कोई परेशानी नहीं होगी ? किसी विशेष जाति, धर्म, वर्ग से इसका जुड़ाव नहीं होना चाहिए।

प्रेम सिंह —- सर ! इस विषय में मै एडमिन से बातचीत कर व अन्य स्रोतों से भी जानकारी जुटा कर आपको रिपोर्ट करूँगा। सर, एक और विषय मेरे समक्ष ग्रामीण क्षेत्र के बच्चों ने उठाया है - विद्यालय में आने- जाने के लिए बस में हो रही असुविधा।

मुखिया —- मैंने खुद भी नोट किया है कि बसों का टाइम टेबुल कुछ नियमित नहीं रहता। हम अपनी समिति को रिपोर्ट करेंगे ताकि वे अपने प्रभाव का इस्तेमाल कर समस्या का समाधान कर सके।

प्रेम सिंह —- सर ! रोडवेज़ महाप्रबंधक से मीटिंग में मैंने यह मुद्दा उठाया था, तब उन्होंने कहा था कि स्टूडेंट्स की रिकार्ड में दर्ज संख्या के आधार पर ही बसों का संचालन होता है।

मुखिया —- यह तो वाजिब ही कहा उन्होंने फिर भी कोई अड़चन है तो हमें देखना होगा ?

प्रेम सिंह —- सर ! असली कारण यह है कि कुछ बच्चे ग़रीबी व कुछ जानबूझकर बस के लिए निर्धारित तिमाही रियायती पास नहीं बनवाते जिससे रिकॉर्ड में संख्या कम ही रहती है।

मुखिया —कोई बच्चा यदि गरीब है तो हम उसकी मदद करेंगे। आप ऐसे बच्चों की सूची बना कर कार्यालय में दे दें, हम समिति से कुछ राशि की माँग और करेंगे।

प्रेम सिंह — सर, मेरी एक और प्रार्थना है।

मुखिया — जी कहिए।

प्रेम सिंह —- सर, इस वर्ष पंद्रह अगस्त को हम किसी मंत्री को बुलाकर अच्छा सा समारोह आयोजित कर सकते हैं।

मुखिया —- प्रेम सिंह जी ! हम विद्यालय में किसी राजनैतिक पार्टी के नेता को नहीं बुला सकते, हाँ कोई विद्वान, विशेषज्ञ, सामाजिक सरोकारों से जुड़ा कोई सेवक, कवि या लेखक, जो राजनीति से दूर हो, उसे आमंत्रित कर सकते हैं।

प्रेम सिंह — ओ. के. सर !

मुखिया —- मैं सभी स्टाफ़ सदस्यों को सूचित करना चाहता हूँ कि आज सायंकाल में नवनिर्वाचित प्रधान अपनी ओर से एक दावत का आयोजन कर रहे हैं जिसमें आप सभी सपरिवार सम्मिलित हो सकते हैं।

रजत शर्मा— सर, छात्र छात्राओं की बढ़ती संख्या को देखते हुए क्या मुझे आगे सेवा वृद्धि का लाभ मिल सकता है ?

मुखिया —- आपकी प्रार्थना समिति के सामने आपकी लिखित प्रार्थना के बाद ही रखी जा सकती है। अध्यापकों की नियुक्ति, सेवा वृद्धि, सेवा मुक्ति प्रबंध समिति के अधिकार क्षेत्र में है।

रजत शर्मा—- (हिंदी अध्यापक) जी धन्यवाद ! मैं अपना निवेदन आपको दे दूँगा।

मुखिया — आप कार्यालय में जमा करवा सकते हैं। कोई साथी कुछ और कहना चाहे तो कहे।

(कुछ देर इंतज़ार के बाद)

मुखिया—-आप सभी का बहुत- बहुत धन्यवाद।

***

2

सतलोक की अपनी ससुराल में सपरिवार यात्रा - II

अभी दिल्ली पहुँचने में एक घंटा और लगेगा, क्रू मेंबर अपनी-2 ट्रॉली लेकर किचन में लौट गए थे। यात्रियों ने सामने लगे टी.वी. ऑन किए व मनपसंद प्रोग्राम देखने में व्यस्त हो गए थे। कुछ यात्रियों ने अपने कानों में Ear phone लगाया हुआ था जिससे वे मन ही मन आनंद का रसपान कर रहे थे। कुछ ऊँची आवाज़ में प्रोग्राम जारी रखे हुए थे। विमान में अब शांति थी पर सत्तू का सोया मन भी बेचैन था। मित्रों के साथ कॉलेज कैंटीन पहुँच गया था सत्तू।

चंदन ने चुटकी ली — अब सत्तू भैया को चाय कहाँ भाएगी, ये तो प्रेम रस पीने वाले हैं।

सत्तू —चंदन, बिना प्यार के भी कोई जीवन है। प्यार में जीना, प्यार में मरना ही असली जीवन है।

चंदन —- सुना है पं० शंकर प्रसाद की प्यारी बहनिया है। कहीं शंकर जी का तीसरा नेत्र खुल गया तो घर वालों को हड्डियों का पाउडर ही नसीब होगा।

सत्तू —- हम भी कोई ऐरे गैरे नहीं है, जींद शहर में माने हुए घराने से ताल्लुक़ रखते हैं। हमसे तालमेल करेगी तो शैली को हम रानी बना देंगे।

चंदन —- चलो अब हॉस्टल चलते हैं, कुछ देर आराम करेंगे व लंच भी लेना है अभी।

सत्तू —- तुम लंच का आनंद लो, हम लव का आनंद लेते हैं।

सत्तू —- शैली, तुम्हें याद है जब हम भाषण प्रतियोगिता में पहली बार बी. एड. ट्रेनिंग कॉलेज में मिले थे, मैंने उसी दिन निश्चय कर लिया था कि शेष जीवन तुम्हारे साथ ही बिताऊँगा।

शैली —- वैली के रूखे रवैये के लिए मै आपसे क्षमा चाहती हूँ। असल में भैया ने संसार की चालबाजियों से बचाने के लिए मुझे वैली का साथ दिया है।

सत्तू —- संसार में रह कर संसार की हर घटना का साक्षी बनना पड़ता है, बेशक हम उसे लाइक करें या डिस्लाइक। हम दुनिया में एकाकी जीवन नहीं जी सकते ?

शैली —- अब बताओ, मुझे कॉलेज से यहाँ पार्क में क्यों बुलाया है ?

सत्तू —आज कॉलेज में दिल नहीं लग रहा था इसलिए यहाँ चला आया। वैली को फ़ोन कर तुम्हें बुलाया।

शैली —ऐसे बुलाना और मिलना अच्छा नहीं है, भैया को मालूम हुआ तो ठीक नहीं रहेगा ?

सत्तू —-और तुमसे ना मिलना मेरे लिए ठीक नहीं होगा । तुम्हारी आवाज़ में जो मधुरता, रस व संतुष्टि मुझे मिलती है तो मैं स्वयं को रोक नहीं पाता, चला आता हूँ कॉलेज से। कोई कुछ भी कहे, फ़र्क़ नहीं पड़ता।

शैली —मैं लड़की हूँ, मुझे फ़र्क़ पड़ता है। परिवार व वंश की आबरू मुझसे गाँठ की तरह बंधी है।

सत्तू —- मैं तुम्हें विश्वास दिलाता हूँ कि ऐसा आगे बढ़कर कोई दुःसाहस नहीं होगा जिससे परिवार व वंश की आबरू पर आँच आए लेकिन तुम्हें देखने की लालसा को मैं रोक नहीं पाता हूँ।

शैली —- हमारे कॉलेज में भी तीन दिन बाद भाषण प्रतियोगिता रखी गई है, तुम भाग लोगे ना ?

सत्तू ——-मुझे अभी तक इसके बारे में कोई जानकारी नहीं है, कॉलेज जाऊँगा तो शायद मालूम हो जाए।

शैली —— मैं अपने कॉलेज की ओर से प्रतिभागी हूँ।

सत्तू —— फिर तो हमें परिणाम का भी अहसास हो गया।

शैली —— कैसे ? सिर्फ़ मेरे प्रतिभागी होने से ?

सत्तू —- हाँ शैली, तुम्हारे होते हुए प्रथम स्थान पर आने की कोई कल्पना भी नहीं कर सकता ? एक तो मधुर आवाज़ और दूसरे एक नेता की बहन।

शैली —- नेता की बहन होने से क्या अंतर आ जाता है ?

सत्तू —- निर्भीकता से आवाज़ में स्पष्टता व नाटकीयता का समावेश हो जाता है, आत्मविश्वास भी बढ़ा रहता है।

शैली —- तुम अभी कॉलेज जाओ और अपनी भागीदारी सुनिश्चित करो।

सत्तू —- तुम्हें छोड़कर जाने को जी नहीं चाहता, चंदन भी रेस्तराँ में बैठा हुआ इंतज़ार कर रहा होगा। करता रहे, अपने दोस्त की मदद करना उसका फ़र्ज़ है।

शैली —- मैं भी वैली को रेस्तराँ में ही छोड़कर आई थी, उसके जीजा जी का है रेस्तराँ।

सत्तू —- इसका मतलब यह हुआ कि संसार में दो प्यार एक साथ पल रहे हैं। चंदन भी वैली पर जान छिड़कता है।

शैली —- वैली भी जानना चाहती थी चंदन के बारे में पर मैंने मना कर दिया था। वह काफ़ी अमीर घर की लड़की है।

सत्तू —- हमारा चंदन भी किसी शहंशाह से कम नहीं। पिता प्रोफ़ेसर व बड़ा भाई सिविल सर्वेंट है।

शैली —— चंदन को कोई बहन नहीं है क्या ?

सत्तू —- एक बहन है दोनों के बीच में, वह भी सिविल सर्विसेज़ की तैयारी कर रही है।

शैली —- ओ. के. मैं अब चलती हूँ बहुत देर हो गई। कॉलेज में किसी को ख़बर हो गई तो भैया तक पहुँच सकती है बात।

सत्तू —- एक बार गले से तो लगा लो शैली, बहुत मीठा है तुम्हारा गला।

शैली —- प्रतियोगिता में ही पता चलेगा किसका गला मधुर है और किसका कर्कश ?

भोलू—- (पापाजी को जगाते हुए)। पापाजी जागो, अब दिल्ली दूर नहीं रह गई है।

पापाजी (सत्तू) —- (नींद से जागते हुए) हाँ बेटा, मुझे भी सपने में लग रहा था कि अब दिल्ली दूर नहीं है।

भोलू—- मैंने 'दिल वाले दुल्हनियाँ ले जाएँगे' फ़िल्म पूरी देख ली है। बड़ा मज़ा आया, न कोई डिस्ट्रबैंस और ना कोई रोक- टोक करने वाला।

गोलू —पापाजी, अब सामान संभालो और जल्दी सबसे पहले उतरने की कोशिश करो।

पापाजी —- अभी तो विमान भू स्पर्श नहीं हुआ है। तुमने अपनी कमर पेटी बाँध रखी है ना ?

गोलू —- यस पापा, विमान के ऊपर व नीचे आते समय कमर पेटी बाँधने की अपील स्क्रीन पर हो रही थी इसलिए हमने बाँध ली थी।

पापाजी —- बहुत अच्छा, भोलू तुमने भी बेल्ट लगा ली है?

भोलू —- यस पापा जी !

पापाजी —- अच्छा किया। विमान के भू स्पर्श करने के बाद यह अपने निर्धारित गेट पर पहुँचेगा और यदि किसी कारण से गेट ख़ाली नहीं मिला तो दूर खड़ा होगा जहां से यात्रियों को बसों द्वारा गेट पर पहुँचाया जाएगा। सभी यात्री अपनी सीट के हिसाब से ही विमान से उतरते हैं। कोई जल्दबाज़ी के चक्कर में पहले नहीं निकल सकता ?

गोलू —- पापाजी, मै भोलू से आगे निकल जाऊँगी, भोलू तो सुस्त है ना ?

भोलू —- गोलू, मैं तुम्हें छोटी बहन समझ कर रास्ता देता हूँ, अगर तू मुझे सुस्त कहेगी तो मैं चुस्त भी हो सकता हूँ।

गोलू —- सॉरी भैया, अब तुम आगे चलो, सब यात्री विमान से निकल रहे हैं।

शैली —— बच्चों, ध्यान से, विमान के एग्जिट पर क्रू मेंबर को थैंक्यू बोलना है।

गोलू भोलू—- ओ. के. मम्मी जी, थैंक्यू !

रत्नाकर काका 'सतलोक जी' लिखा प्लाकर्ड लिए एग्जिट के साथ ही खड़ा हुआ था जिसे उमा ने पहचान लिया था। रत्नाकर ने गाड़ी की डिक्की में सामान पहुँचाया व चल पड़े अपने गंतव्य भिवानी की ओर। समय लगभग बारह से कुछ ज़्यादा ही हो गया था, लंच नज़दीक आ रहा था।

सतलोक —-(रत्नाकर से) लंच के लिए किसी रेस्टोरेन्ट पर स्टॉप देना।

रत्नाकर —- जी, दामाद बाबू ! मंत्री जी ने सब इंतज़ाम किया हुआ है। रोहतक शहर के पास ही 'गुलिस्ताँ' रेस्टोरेन्ट है जहां पर हम लंच लेंगे।

सतलोक —- ओ. के. अब चलो। तुम्हें किसी प्रकार की परेशानी तो नहीं हुई?

रत्नाकर —- जमाई बाबू, मैंने एयरपोर्ट से पहले ही चाय की प्याली ले ली थी व कार पार्किंग में डालकर यहाँ आ खड़ा हुआ था।

उमा — अब चलो रत्नाकर, गर्मी सताने लगी है, एसी ज़रा बढा देना।

रत्नाकर —हां बिटिया, मुम्बई में तो इस समय बहुत गर्मी होगी ? यहाँ भी अब शुरू होने वाली है। दोपहर दो बजे गुलिस्ताँ से लंच लेकर निकले और लगभग तीन बजे सतलोक का परिवार पं० शंकर प्रसाद मंत्री की कोठी पर पहुँच गया था जहां उनका उत्साह पूर्वक स्वागत हुआ।

***

3

प्रोफ़ेसर रामनाथ केस- कोर्ट में बहस शुरू

शंभुनाथ के इंतकाल के बाद प्रोफ़ेसर रामनाथ ने अपनी शॉप शहर के ही एक व्यक्ति को किराए पर चढ़ा दी थी। किरायानामा सभी प्रचलित नियमों के अनुसार एग्जीक्यूट हुआ जिस पर दो गवाहों के हस्ताक्षर लेकर नोटरी द्वारा प्रमाणित किया गया था। प्रोफ़ेसर रामनाथ सरकारी कर्मचारी की श्रेणी में आते थे इसलिए सर्विस के अतिरिक्त कोई अन्य व्यापार नहीं कर सकते थे। परिवार की आय में कुछ वृद्धि हो जाए और बच्चों की पढ़ाई के खर्च में मदद मिल सके इस मक़सद से उन्होंने अपने किसी परिचित मित्र के कहने पर शेषनाथ को अपनी शॉप किराए पर दे दी थी। शुरू के कुछ वर्षों में काम व लाभ ज़्यादा नही हुआ लेकिन आजकल शेषनाथ बहुत पैसा कमा रहा था। शुरुआती दौर में सुनसान इलाक़े में बनी शॉप अब पूरे बाज़ार की ज़द में आ गईं थीं। समय बीतने के साथ ही एक दिन रामनाथ सरकारी नौकरी से रिटायर हो गए व घर में ख़ाली पड़े रहने के सिवाय उनके पास कोई काम नहीं था। ट्यूशन उन्होंने अपने जीवन में कभी की नहीं थी इसलिए आय का स्रोत केवल मात्र पेंशन ही रह गई थी। एक दिन पत्नी के सुझाव पर रामनाथ ने वकील दीक्षित से बात की ताकि शॉप ख़ाली हो जाने पर वह अपना खुद का काम शुरू कर सके। शेषनाथ ने शॉप ख़ाली करने से साफ़ इंकार कर दिया था। विवश होकर रामनाथ को कोर्ट का सहारा लेना पड़ा। पिछली तारीख़ पर दीक्षित जी केस की फाइल ढूँढने में कामयाब नहीं हो पाए थे तो अगली तारीख़ के लिए आवेदन किया था। जुर्माना की राशि चुकाने के बाद आज की तारीख़ नियत हुईं थीं लेकिन अभी तक केस पर बहस के लिए कोर्ट रूम से आवाज़ नहीं पड़ी थी। प्रतिवादी ने आरोप लगाया था कि एडवोकेट

राजीव के कोर्ट में तैनात रीडर कांति से मित्रता के संबंध स्थापित हैं इसलिए केस कोई दूसरा वकील लड़े ।इस पर दीक्षित जी ने स्वयं यह केस लड़ने का फ़ैसला किया। मुंशी कृष्ण ने रामनाथ को कोर्ट से आवाज़ पड़ने पर तुरंत दीक्षित जी को सूचित करने का निर्देश दिया। कुछ ही समय बाद पुकार होने पर दोनों पक्ष न्यायालय में हाज़िर हो गए थे। वादी रामनाथ के वकील दीक्षित जी ने कोर्ट की परमिशन से बहस की शुरुआत करते हुए कहा कि मेरे मुवक्किल रामनाथ ने सरकारी नौकरी में होने के कारण शॉप शेषनाथ को किराए पर दी थी, अब वे सेवानिवृत्त हो गए हैं और उनके पास पेंशन के सिवाय आय का कोई दूसरा विकल्प नहीं है इसलिए स्वयं कुछ काम करना चाहते हैं जिसके लिए मेरे मुवक्किल ने प्रतिवादी से कई बार शॉप ख़ाली करने का अनुरोध किया पर उसके सिर पर जूँ तक नहीं रेंगी। सिर्फ़ पेंशन की आमदनी से पूरे परिवार का आज की महंगाई के युग में निर्वाह होना कठिन है ।शॉप से कुछ आमदनी होगी तभी बच्चों की विवाह - शादियाँ भी हो सकेंगी। मेरी माननीय कोर्ट से प्रार्थना है कि शेषनाथ को शॉप ख़ाली करने के आदेश जारी किए जाएं जिससे मेरे मुवक्किल को पारिवारिक असुविधाओं का सामना न करना पड़े।

जज साहब—- प्रतिवादी अपने पक्ष में तर्क प्रस्तुत करे या शॉप ख़ाली करे।

त्रिवेदी—- (प्रतिवादी शेषनाथ के वकील) जज साहब ! मेरे मुवक्किल के पास यह शॉप बीस वर्ष पहले से है, बाक़ायदा प्रति माह किराया चुकाया जाता रहा है और पावती भी प्राप्त की जाती रही है ।मेरे मुवक्किल के पास भी आय का कोई अन्य विकल्प नहीं है, बच्चे अभी पढ़ाई कर रहे हैं, पत्नी भी ज़्यादा पढ़ी लिखी नहीं है कि कोई नौकरी या रोज़गार पा सके। अगर शॉप का आमदनी स्रोत बंद हो गया तो परिवार बेहाल होकर सड़क पर आ जाएगा।

दीक्षित जी —शेषनाथ के परिवार की बेहाली व सड़क पर आने में रामनाथ का कोई क़सूर नहीं है। इतने दिनों - वर्षों तक इसी शॉप से उसका परिवार पलता रहा, यह क्या कम इंसानियत है ? रामनाथ ने सर्विस में रहते हुए कभी दुकान ख़ाली कराने के लिए दबाव नहीं डाला पर जब खुद पर ज़िम्मेदारी का बोझ बढ़ने लगा, तब यह कदम उठाना पड़ा। मेरे मुवक्किल ने शेषनाथ से कभी गर्मी से बर्ताव नहीं किया बल्कि विनम्रतापूर्वक आग्रह ही किया है।

त्रिवेदी —-जज साहब ! शॉप किराए पर लेने के आरंभ के दिनों में मेरे मुवक्किल को काफ़ी नुक़सान झेलना पड़ा। क्या कभी वादी ने इंसानियत का परिचय देते हुए किराए में कटौती की ? नहीं की, अब काम ठीक चल रहा है तो ख़ाली कराने की दौड़ शुरू हो गई। अगर वादी को आय की आवश्यकता है तो खुद किसी शॉप को किराए पर ले, जिससे दोनों ही घरों में रोशनी बनी रहे।

दीक्षित जी —जज साहब ! मेरे काबिल दोस्त, मेरे मुवक्किल को शादीशुदा होते हुए किराए की पत्नी रखने का सुझाव दे रहे हैं। इंसानियत का तक़ाज़ा है कि शेषनाथ यह शॉप ख़ाली कर दें व दूसरी किराए पर लेकर परिवार का भरण-पोषण करें। किराए पर ली संपत्ति को अपनी धरोहर समझ कर उसपर आधिपत्य जमाए रखना कहाँ की इंसानियत है ? तीर्थ यात्रा पर जाने के लिए अपनी बूढ़ी माँ व बाप को पड़ोसी के घर छोड़ जाने पर क्या वापिसी में उसे माता-पिता नहीं मिलेंगे?

त्रिवेदी —- जज साहब ! दो दिन और बीस साल में फ़र्क़ होता है, यहाँ किराए का भी कोई प्रावधान नहीं किया गया है जबकि शॉप में बाक़ायदा लिखित प्रमाण है। रामनाथ केवल संपत्ति का नामिनी है, उसके एक भाई-बहन का भी शॉप में हिस्सा हैं जिन्होंने कभी शॉप खाली करने को नहीं कहा।

दीक्षित जी —- मेरा मुवक्किल रामनाथ संपत्ति का पूर्ण स्वामी है। विदेश में रहने वाले दोनों भाई-बहन ने उसे अपने अधिकार लिखित में एग्जीक्यूटिव मजिस्ट्रेट की अनुमति से सौंपे हुए हैं। वह केवल नामिनी नहीं बल्कि पूर्ण स्वामित्व की पोज़ीशन में है। किराएनामे पर भी रामनाथ के ही हस्ताक्षर है।

जज साहब —- आज की बहस काफ़ी लंबी हो गई, अभी केसों की फ़ेहरिस्त भी ज़्यादा लंबी है। आगे बहस के लिए दोनों पक्ष रीडर से तारीख़ लेकर जाएं।

***

4

रश्मि - तान्या का कॉलेज से फ़्री हो कर घर आना व तरुण- लक्ष्मी की हनीमून की तैयारी

फ़िल्म देखने के बाद तीनों कन्याएँ समीर के साथ कार में सवार होकर शांतिकुंज हॉस्टल पहुँच गईं थीं। सभी के मनों में हलचल मची थी। समीर तान्या से जुदा होकर अनमने से लौट रहा था, प्यार की आग जो कभी बुझती नहीं, फ़िल्म के दौरान इतना प्यार लुटाने के बाद भी दोनों प्यासे थे, अतृप्त थे। रश्मि, श्रेया अपने- अपने प्यार को स्मरण कर बेचैन हो रही थी। रात्रि में ख़ूब बातें होती रही, व सुबह नाश्ता बगैरह लेकर रश्मि व तान्या ने अपने घर जाने का प्रोग्राम फ़ाइनल कर लिया था। वैसे तो एग्ज़ाम की तैयारी के लिए दस फ़्री दिवस मिले थे जो हॉस्टल में रह कर व समय- समय पर प्रोफ़ेसर्स की गाइडैंस लेकर भी बिताए जा सकते थे लेकिन रश्मि अपने अंकल सतलोक परिवार से मिलने को उत्सुक थीं जो काफ़ी दिनों के बाद मुम्बई से आए थे व तान्या भी भाई तरुण व भाभी लक्ष्मी को हनीमून यात्रा के लिए विदाई देने को बेचैन थीं। सुबह आठ बजे ही मेस से नाश्ता लेने पहुँचीं तो सोनू काका कहाँ चूकने वाले थे।

सोनू काका — रश्मि बिटिया ! कैसी रही फ़िल्म ? तुम्हारे साथ तान्या बिटिया तो नहीं थी, कोई और ही लड़की थी।

रश्मि —— हाँ काका, अपने हॉस्टल की श्रेया ही मेरे साथ थीं। तान्या भैया के साथ पहले ही सिनेमा हॉल में जा चुकी थी।

काका —- तुम भी अपने घर जा रही हो न ? डॉ. बाबू के साथ इस बार फ़िल्म ज़रूर देखना।

रश्मि —- सोनू काका, तुम जानते हो डॉक्टर बाबू को ?

सोनू काका —अरे बिटिया, अभी तो आए थे डिग्री लेने। हम उम्र दराज़ बेशक हैं पर हमसफ़रों पर भी नज़र रखते हैं। बहुत सुंदर व शरीफ़ हैं डॉक्टर बाबू।

रश्मि —- काका, अब हमें भूख सता रही है, नौ बजे निकलना भी है। दस दिन के बाद एग्ज़ाम के लिए आएँगे।

सोनू काका —- (टेबुल पर नाश्ता रखते हुए) हॉस्टल में कुछ ही स्टूडेंट्स रहेंगे जो दूर- दराज़ से हैं। तान्या बिटिया भी जा रही क्या ?

तान्या —हाँ काका, भैया- भाभी को ज़रूरी काम से बाहर जाना है, मेरा घर रहना बेहद ज़रूरी है।

काका —- बिटिया एक बात कहूं, बुरा मत मानना। मुझे यहाँ हॉस्टल में सर्विस करते हुए बीस साल हो गए, तुम दोनों जैसी मित्रता, सौम्य स्वभाव, मीठी ज़बान, सबका सम्मान व हमेशा ख़ुश रहने जैसी बातें पहले कभी कहीं नहीं दिखीं। तुम दोनों ने बहुत अच्छे संस्कार पाए हैं। बड़े घर की बेटियाँ ऐसे तुम्हारे तरह ही होती हैं।

रश्मि —- काका, हमने नाश्ता कर लिया, अब जा रहे हैं। हम जब एग्ज़ाम के लिए आएँगे तब ख़ूब अच्छा नाश्ता, लंच व डिनर खिलाना।

काका —- हाँ बिटिया, तुम दोनों भी एग्ज़ाम के बाद मुझे मीठे- मीठे लड्डू खिलाना न भूलना। काका की बात सुनकर रश्मि व तान्या हंसती हुई रूम पर लौट आती हैं।

तान्या — (घर में प्रवेश करते हुए) मम्मा देखो, कौन आया है ?

तृप्ता —- मेरी लाड़ली रानी बेटी आई है (गले लगाकर) बहुत लंबा सफ़र है, बैठे- बैठे थक गई होगी ?

तान्या —-हां माँ, पर काफ़ी सफ़र तय कर लिया है, अब तो कुछ ही दिनों की बात है।

तृप्ता —- यहाँ या वहाँ ?

तान्या —- मम्मा, आप भी मज़ाक़ कर रही है !

तृप्ता —- यह मज़ाक़ भी सत्य है बेटी, तुम्हें एक दिन तो बहां जाना ही होगा। समीर से कोई संपर्क हुआ था क्या ?

तान्या —- हां, एक दो बार रश्मि को साथ लेकर पार्क गए थे, कल मैटिनी (Matinee) शो भी देखा था।

तृप्ता —- कैसा लगा समीर का स्वभाव ?

तान्या —- बहुत भोले व शरीफ़ हैं। आजकल शराफ़त की कद्र कहाँ है?

तृप्ता —- ऐसी बात नहीं है बेटी, शराफ़त एक अनमोल गहना है व भोलापन स्वस्थ रहने का एक गुण, ऐसे पुरुष औरत से बहुत प्यार करते हैं।

तान्या —- हाँ माँ, प्यार तो बहुत करते हैं। हमेशा चाहते रहते हैं कि मैं बच्चों की तरह उनकी गोदी में बैठी रहूँ।

तृप्ता —- प्यार ही पुरुष व औरत को जोड़े रखता है बेटी ! प्यार ही सब कुछ है। चलो अब फ़्रेश होकर आओ, मैं चाय बना रही हूँ तुम्हारे लिए।

तान्या —- भैया भाभी अभी अस्पताल से नहीं लौटे हैं ?

तृप्ता —- सब सामान बगैरह सुबह ही पैक कर दिया था। रात को देर से ही फ़्लाइट निर्धारित है।

तान्या —- ऐसे कैसे अचानक प्रोग्राम बन गया ? अभी तो वहाँ सर्दी का मौसम चल रहा है।

तृप्ता —- तरुण के दोस्त नीलमणि का तीन दिन पहले फ़ोन आया था कि अब मौसम सुहावना होने लगा है। वृक्षों पर नव कोंपलें फूटने लगी है व बसंत सा खिला- 2 प्रकृति का दामन दमकने लगा है। दो सप्ताह का Forecast (पूर्वानुमान) उन्होंने भेजा है।

तान्या —- पापाजी तो शॉप पर ही होंगे ?

तृप्ता —- हाँ, तुम्हारे मामा जी का लड़का अखिल शॉप पर आ रहा है।फिर तुम्हारे पापाजी के साथ तरुण लक्ष्मी से मिलने घर आएगा सायं लगभग आठ बजे।

तान्या —- फिर तो डिनर हम सब के साथ ले सकता है ?

तृप्ता —- अब तुम हाथ- मुँह धोकर आ जाओ और चाय ले लो। भूख लगीं है तो चाय के साथ कुछ स्नैक्स बगैरह ले लो।

तान्या —- सुबह दस बजे बस में सवार हुई थी और तीन बजे यहाँ। घर पहुँचने में भी ऑटोरिक्शा से एक घंटा लग जाता है।

तृप्ता — दस बजे के बाद से तुमने कुछ नहीं लिया, अब पाँच बजने वाले हैं। चाय के साथ कुछ बिस्किट व तीन चार टुकड़े काजू के ले लो, शरीर में जान सी आ जाएगी।

तान्या —— हां, चाय के साथ कुछ वज़नदार लेना ज़रूरी लगता है।

(घर के दरवाज़े पर कुछ आहट सी सुनकर)

तृप्ता —- लगता है तरुण लक्ष्मी अस्पताल से आ गए हैं। आज पाँच बजे लौटे हैं वरना रोज़ तो सात - आठ बजे ही लौटते थे।

तान्या —- तरुण भैया, लक्ष्मी भाभी, मैं यमुनानगर से आ गई हूँ।

तरुण —- (दोनों पास आकर) अरे तान्या ! तुम आ गईं ? वैरी गुड ! शायद एग्ज़ाम के लिए फ्री डेज़ मिले हैं ?

लक्ष्मी —- दीदी तान्या, आप सब ठीक है ना ?

तान्या —- हाँ भाभी, घर आकर बहुत अच्छा महसूस कर रहीं हूँ।

तृप्ता —- तरुण बेटा, तुम दोनों चाय लोगे क्या ?

तरुण —- हाँ आज लंच भी नहीं ले सके। रोगियों की संख्या कुछ ज़्यादा ही थीं। प्रदूषण के चलते साँस के रोगी बढ़ गए हैं। तान्या बहन, तुम भी मुँह पर मॉस्क लगा कर रखा करो।

लक्ष्मी —- (अंदर की ओर जाते हुए) मैं अभी आ रही हूँ, तब तक आप लोग चायपान कर लो।

तरुण —- हाँ तैयार हो जाओ। मम्मी जी, हमें कुछ समय के लिए बाज़ार जाना पड़ेगा। कोई ज़्यादा ख़रीदारी तो नहीं करनी बस एक दो आइटम ही लेना है।

तृप्ता —- हाँ बेटा, विदेश जाने के लिए बहुत सी ज़रूरतें पैदा हो जाती हैं।

लक्ष्मी —- (बाहर आकर तरुण से) चलो, छः बजने वाले हैं, नौ बजे तो एयरपोर्ट के लिए ही निकलना है।

तरुण —- वैसे लक्ष्मी जो आइटम हम बाज़ार से लेने जा रहे हैं वह एयरपोर्ट पर भी उपलब्ध है।

लक्ष्मी —- मैंने तो आपको पहले ही कहा था सब चीजें एयरपोर्ट की मार्केट पर उपलब्ध हैं।

तरुण —- तो ठीक है बाज़ार जाना केंसिल। मम्मी जी, पापाजी कितने समय तक आ जाएँगे ?

तृप्ता —- अखिल भी तुमसे मिलने आ रहा है। तुम्हारे पापाजी के पास शॉप पर पहुँचेगा, तभी तुम्हारे पापा भी आएँगे।

तान्या —- लक्ष्मी भाभी ! अब तो पूरे घर- परिवार से आप परिचित हो गई होंगी ? कैसा लगा तुम्हें सब कुछ ?

लक्ष्मी —- तान्या दीदी, घर तो जैसा हम बनायेंगे, वैसा ही बन जाएगा। मेरे पापा ने शादी के बाद घर लौटते समय मम्मी पापा जी को कहा था कि लक्ष्मी बिटिया को अपनी बेटी समझ कर ही रखना।

तान्या —- बिलकुल सही कहा भाभी, ताली दोनों हाथों से बजती है।संबंधों में प्रगाढ़ता लाने के लिए दोनों ओर से कर्तव्य निर्वहन आवश्यक है।

लक्ष्मी—- शादी के बाद ससुराल ही लड़की का घर हो जाता है। अपने घर की बात पहले घर में भी नहीं बतानी चाहिए। हमें बेटी न रहकर बहू बनने के बारे में ही सोचना चाहिए।

तान्या —- वाह भाभी ! बहुत सुंदर व मर्म की बात कही है आपने। बेटियाँ मोह व अनभिज्ञता के कारण अपने मायके से जुड़ी रहकर बेटी ही बनी रहती हैं। ससुराल की एक- एक बात मायके में पहुँचाती हैं।

लक्ष्मी—— क्या मिलेगा इससे, शादी के बाद लड़की को बेटी न रहकर बहू रहना चाहिए।

तान्या —- भाभी, यदि ऐसा हो जाए तो काफ़ी विवाद स्वतः ही समाप्त हो जाएँगे।

(अखिल के साथ तरसेम लाल का आगमन)

तरसेम लाल —- तान्या बेटी ! तुम आ गईं, कहाँ हो बेटी ?

तान्या —- (पिताजी को प्रणाम कर) मैं यहाँ भाभी से बात कर रही थी, बहुत समझदार है लक्ष्मी भाभी।

तरसेम लाल —- तान्या बेटी, तुम्हारी ससुराल के लोग भी जब इसी तरह तुम्हारी प्रशंसा करेंगे, मेरी छाती फूलकर हिमालय से भी विस्तृत हो जाएगी।

तृप्ता —- अखिल बेटा, मम्मी पापा कैसे हैं ?

अखिल —- सब अच्छे हैं बुआ जी। तान्या दीदी, कब आई हैं ?

तृप्ता —- कुछ देर पहले क़रीब चार बजे पहुँची है।

अखिल —— (तरुण लक्ष्मी को देख कर) तरुण भैया, प्रणाम ! लक्ष्मी भाभी, नमस्ते !

तरुण —— कैसे हो अखिल भाई ? कैसा चल रहा है बिज़नेस आपका?

अखिल —- अभी इतना काम नहीं है, धीरे-धीरे ही बढ़ेगा।

तृप्ता —- डिनर तैयार है, सब टेबुल पर आ जाओ।

तरसेम लाल —- (कुर्सी पर बैठते हुए) तरुण बेटा, कितने बजे निकलना है एयरपोर्ट के लिए ?

तरुण —- पापाजी, अंतर्राष्ट्रीय उड़ानों के लिए कम से कम तीन घंटे पहले पहुँचना आवश्यक है। हमारी फ़्लाइट का टाइम 2:25 है, हमें ग्यारह बजे तक एयरपोर्ट पर पहुँच जाना चाहिए।

तरसेम लाल —- तुम्हारी तैयारी तो पूरी है ? सब पासपोर्ट, वीज़ा व पहचान पत्र रख लिए होंगे ? टिकट का प्रिंट निकाल लिया होगा ?

तरुण —- हाँ पापाजी, सब तैयारी लक्ष्मी ने सुबह ही निपटा दी थी।

तरसेम लाल —अब शांति से डिनर करो, हम सब तुम्हें एयरपोर्ट तक छोड़ने जाएँगे।

तरुण— ओ. के. पापाजी। सबको अच्छा लगेगा।

***

5

विजीलैंस टीम द्वारा रिश्वत के आरोप में शेखर हिरासत में, वकीलों की जिरह

शालू अपनी मुँह बोली बहन के साथ बैठी गप्पें लड़ाती रहीं, कब दिन ढल गया, पता ही नहीं चला। राजू भी दोपहर लंच लेकर क्रिकेट खेलने की कहकर निकल गया था लेकिन अभी तक नहीं लौटा। शेखर बाबू का भी कोई फ़ोन नहीं आया, शायद अब मुझे घर चलना चाहिए।

शालू —- मैना दीदी, बहुत देर हो गई, अब मैं जाना चाहूँगी। राजू अब यहीं तुम्हारे पास रहेगा ?

मैना —- ठीक है शालू, जीजा जी परेशान हो रहे होंगे ?

शालू —हाँ, इतने बड़े संसार में मेरे सिवाय और कौन है उनका ? एक लड़की थी, उसने भी कॉलेज में चक्कर चला रखा है।

मैना — शालू दीदी, आजकल तो पूछो ना, नई उम्र के लड़के- लड़कियाँ सड़क पर हाथ में हाथ डाले बेधड़क घूमते हैं। चाय की दुकान पर ही चूमा-चाटी हो जाती है।

शालू —- अपने जमाने में तो शादी होने तक एक दो बार पार्क में मिल लेते थे, वह भी किसी न किसी को साथ लेकर, क्या मजाल कि शरीर का कोई अंग छू जाए।

मैना —- अब संभालो अपना घर, अंधेरा छाने लगा है। राजू को बुलाकर लाती हूँ, यहीं कहीं बैठा होगा लड़कों की टोली में।

शालू — ओ.के. दीदी, चलती हूँ, बाय !

मैना —- बाय शालू ! फिर मिलेंगे। आधे घंटे में ही शालू ऑटोरिक्शा से अपने घर पहुँच गई थीं पर घर बंद देख कर उसे कुछ शंका ने घेर लिया। शेखर बाबू तो ऑफिस से कभी लेट होते नहीं थे। घर से दफ़्तर व दफ़्तर से घर तक ही उनकी दौड़ है। आज कुछ दाल में काला लग रहा है। फ़ोन मिलाती हूँ।

शालू —- (फ़ोन मिला कर) हैलो ! कहाँ हो तुम ?

शेखर —- शालू, मैं बहुत मुसीबत में हूँ। हमारे विभाग की विजीलेंस टीम ने मुझे झूठे केस में फँसा लिया है व लॉक अप में बंद कर दिया है।

शालू —- (घबराकर) क्या कह रहे हो ? दिन में तो हम आपको ऑफिस में मिलकर गए ही थे।

शेखर —- तुम्हारे जाने के बाद दोनों सज्जन भी चले गए थे व तभी टीम ने आकर मुझे घेर लिया व बिना क़सूर के लॉक अप में डाल दिया। मैंने तुम्हें कई बार फ़ोन किया पर तुमने कोई जवाब नहीं दिया शालू।

शालू —- मैं मैना दीदी के पास ही थीं, राजू को छोड़कर आई हूँ। फ़ोन मुझे तो सुनाई नहीं पड़ा। अब क्या कैसे होगा ?

शेखर —- राजू कहाँ है अब ?

शालू —- दोपहर लंच लेकर क्रिकेट खेलने गया था, मेरे आने के बाद ही घर लौटा होगा ?

शेखर —- शालू ! हमारे साथ बहुत बड़ी साज़िश हो रही है। राजू, राजू नहीं है बल्कि वह तो हमारे विभाग की विजीलेंस टीम का इंस्पेक्टर है। उसी ने मुझे फँसाया है।

शालू —- यह आप क्या कह रहे हो ? राजू को तो मै मैना दीदी के घर छोड़कर आई हूँ।

शेखर —- लंच के बाद वह क्रिकेट खेलने नहीं, मुझे पकड़ने आया था अपने एक और साथी इंस्पेक्टर के साथ।

शालू —- ऐसा तुमने क्या अपराध किया है, मैं मैना दीदी से राजू की शिकायत करूँगी। घर में रहकर ही शत्रुता ?

शेखर —- तुम अभी के अभी अमन गुप्ता वकील के पास जाओ और मेरी केस की पैरवी के लिए मुक़र्रर करो। तुम्हारे पास दस हज़ार रुपये हैं ना, उनमें से पाँच हज़ार पेशगी दे देना।

शालू —- ठीक है, अमन गुप्ता वकील जो मूनलाईट ज्वैलरी शॉप के ऊपर बैठते हैं।

शेखर —- हाँ, कल ये लोग मुझे मजिस्ट्रेट के सामने कस्टडी बढ़ाने की माँग करेंगे। उससे पहले मेरा हेल्थ चैक अप होगा। अमन गुप्ता मुझसे अस्पताल में सब सच जान लेंगे व कस्टडी का विरोध करेंगे।

शालू—- मैं अभी जा रही हूँ एडवोकेट अमन गुप्ता के पास।

(एडवोकेट अमन गुप्ता से मुलाक़ात कर फिर से फ़ोन पर)

शालू —- गुप्ता जी को मैंने सब कुछ बता दिया है। वे कल मौक़ा पाकर आपसे मिलकर सारी जानकारी ले लेंगे। तुमने कुछ खाना बगैरह लिया या नहीं?

शेखर —- पाँच बजे तक एक कप चाय के साथ दो नमकीन बिस्किट दिए थे इन लोगों ने, अब शाम को आठ बजे के क़रीब चार चपाती व दाल से काम चलाना पड़ेगा ?

शालू —- अगर तुम कहो तो मैं घर से बना कर लाऊँ ?

शेखर —- घर से खाना ये लोग मना करेंगे, आज जैसे- कैसे रात निकल जाएगी। राजू ने हमारे साथ बड़ा धोखा किया है शालू।

शालू —- यह विषय अब बाद का है, पहले आपको निर्दोष साबित कर क़ैद से मुक्त करवाना होगा ?

शेखर —- अब तुम आराम करो, कल समय रहते वकील को साथ लेकर आ जाना।

शालू—- ओ. के. अपना ख़याल रखना। सुबह नौ बजे अगले दिन शेखर बाबू को मेडिकल जाँच के लिए अस्पताल लाया गया। सभी रिपोर्ट सामान्य पाई गई। सीनियर एडवोकेट अमन गुप्ता योजना के तहत शेखर बाबू से मिले व पूरी जानकारी ग्रहण की। शालू, शेखर को इस हालत में देख कर आँसू बहा रही थी। ।राजू के इस प्रकार के व्यवहार को लेकर वह बहुत क्रोधित थीं। आख़िर दस बजे विभाग की विशेष अदालत की कार्यवाही शुरू हुई व शेखर बाबू को कटघरे में खड़ा कर सत्य बोलने की क़सम 'गीता' पर हाथ रखकर दिलवाई गई। जज मि० शोभते ने कार्यवाही शुरू करने के आर्डर दिए तो सरकारी वकील मि० राणा ने बहस करते हुए कहा - जज साहब ! एक द्वितीय श्रेणी का अधिकारी अगर रिश्वत लेकर काम करेगा तो अन्य लोगों पर भी इसका दुष्प्रभाव होगा। पहले भी इस तरह की गतिविधियाँ चल रही होगी ।मामले की जाँच के लिए दस दिनों की कस्टडी माननीय कोर्ट प्रदान करें ताकि सच्चाई सामने आ सके।

जज साहब मि० शोभते — मि० गुप्ता, आप अपने मुवक्किल के पक्ष में क्या कहना चाहेंगे ?

अमन गुप्ता — जज महोदय ! मेरे मुवक्किल को जिस तरह से फँसाने की साज़िश हुई वह हास्यास्पद है। लगता है कि इनकी पदोन्नति के पीछे किसी के दिमाग़ में जलन हो रही है जिसका धूआँ आज दिखाई दे रहा है।

मि० राणा — जज साहब, हर आरोपी यही तर्क दोहराता है कि उसके ख़िलाफ़ साज़िश रची गई है। इनकी पदोन्नति से किसी को जलन नहीं, पदोन्नति नियमानुसार सीनियरटी के हिसाब से हुई है ।यह कोई निजी संस्था नहीं जो मालिक की मर्ज़ी से चले व वरिष्ठता की धज्जियाँ उड़ती रहें। शेखर एस. डी. ओ. ने रिश्वत लेने के लिए दबाव बनाया व पूरे दो लाख का पैकेट वसूल किया ज़ो क़ानूनी तौर पर जुर्म है।

मि० गुप्ता —- मुझे तरस आता है उन दो सज्जनों पर जो तथाकथित दो लाख रुपये पुल बनाने के प्रोजेक्ट के लिए एस. डी. ओ. शेखर बाबू को देकर गए। कहीं टेलिफोन विभाग में भी पुल बनते हैं और उस पर रेलगाड़ियाँ चलती है।। शायद ये दोनों सज्जन मिसगाइड किए गए हैं ।इन्हें पी. डब्ल्यू. डी. विभाग के अधिकारी के पास जाना चाहिए था। भूलवश यहाँ पहुँच गए। (कोर्ट में उपस्थित लोग हंसते हैं) सर ! मैं पूछना चाहता हूँ कि एक ही पैकेट में दो लाख रुपए कैसे समा गए जबकि दो हज़ार रुपए के नोट का प्रचलन बंद हुए जमाना बीत गया। हो सकता है कि वे बच्चों के खेलने वाले चूर्ण की पुड़िया से निकले नोट हो।

मि० राणा —- जज साहब ! मेरे मित्र एडवोकेट, आरोपी के पक्ष में जो तर्क प्रस्तुत कर रहे हैं वे सत्य से परे हैं। गोलमोल तर्कों के सहारे केस को हल्का करने का प्रयास किया जा रहा है। जो ठेकेदार वर्षों से विभाग के निर्माण कार्य कर रहे हैं, क्या वे इतने बेवकूफ हैं कि नक़ली नोट देंगे ? नोटों के पैकेट में दो सोने के बिस्किट भी है।

(पैकेट जज साहब की टेबुल पर रखते हुए)

मि० अमन गुप्ता —- जज साहब ! मेरे मुवक्किल पर आरोप है कि उन्होंने दो लाख रुपये की राशि बतौर रिश्वत ली। मैं जानना चाहता हूँ कि क्या यह राशि मेरे मुवक्किल की जेब, पर्स या बैग से बरामद की गई है ?

मि० राणा —— एस. डी. ओ. शेखर ने चीफ़ के आने पर अपनी जेब से पैकेट निकाल कर कूड़ेदान में फेंक दिया जिसे मौक़े पर ही विजीलैंस टीम ने अपने क़ब्ज़े में लिया।

मि० अमन गुप्ता —- इस बात का क्या कोई प्रमाण है कि नोटों का बंडल शेखर बाबू ने ही कूड़ेदान में फेंका। क्या उस पैकेट पर शेखर बाबू के उँगलियों के निशान हैं ?

मि० राणा —- सर ! अभी इस घटना को हुए ज़्यादा समय नहीं बीता है। जाँच व जानकारी के लिए ही आरोपी की कस्टडी माँगी गई है।

मि० गुप्ता —- जब किसी के विरूद्ध कोई सबूत ही नहीं तो कस्टडी कैसी ? मैं भी कह सकता हूँ कि यह पैकेट किसी और ने ही फेंका हो सकता है। एक शरीफ़, इज़्ज़तदार व सम्मानित व्यक्ति जो विभाग में द्वितीय श्रेणी के अधिकारी हैं, को बेवजह रात भर लॉकअप में रखकर अपमानित व परेशान किया गया। ना उम्र का का ध्यान रखा न पद का ? मेरी अदालत से प्रार्थना है कि मेरे निर्दोष मुवक्किल को तुरंत ससम्मान रिहा किया जाए व मिथ्या आरोप मढ़ने वालों पर कार्रवाई की जाए।

जज साहब — दोनों पक्षों के तर्क वितर्क को कोर्ट ने ध्यानपूर्वक सुना है। मि० शेखर एस. डी. ओ. इसी विभाग में हैं व विजीलैंस टीम भी इसी विभाग की है। हो सकता है कि कोई मनमुटाव या पुराना हिसाब किताब अनसुलझा रह गया होगा। यह भी प्रामाणिक जानकारी मिली है कि राजा साहब इंस्पेक्टर आरोपी के घर में ही रहता था व पागलों की तरह व्यवहार करता था। हो सकता

है किसी महत्वाकांक्षा से आरोप मढ़े गए हों। मि० शेखर का पिछला कोई ऐसा इतिहास नहीं है जो इनको दोषी ठहराया जा सके। नोटों का बंडल भी आरोपी के पास से नहीं बल्कि कूड़ेदान से मिला है। इन सब बातों को ध्यान में रखते हुए अदालत इस निष्कर्ष पर पहुँचीं है कि मि० शेखर को मुक्त किया जाए व केस की जाँच दो माह में पूरी कर रिपोर्ट अदालत में पेश की जाए। मि० शेखर अपना पासपोर्ट विभाग में जमा करवा दें व ज़रूरत पड़ने पर विजीलैंस टीम के समक्ष उपस्थित रहें। आज की कार्यवाही यहीं समाप्त की जाती है व अगली तारीख़ के लिए कोर्ट के रीडर से संपर्क करें।

***

6

संपादक मंडल के चारों स्टूडेंट्स का डॉ. गुप्ता के घर पहुँचना

मनोविज्ञान के प्रोफ़ेसर डॉ गुप्ता के 'लर्निंग' पर दिए लेक्चर के साथ ही स्टूडेंट्स को एग्ज़ाम की तैयारी के लिए फ्री कर दिया गया था। हॉस्टल लगभग ख़ाली हो गया था, कुछ स्थानीय शहर व गाँव के छात्र छात्राएँ ही यहाँ टिके हुए थे या फिर दूर-दराज़ के कुछ स्टूडेंट्स। भित्ति पत्रिका के संपादक मंडल के चारों सदस्य डॉ. गुप्ता की क्लास के बाद उनसे उनके ही रूम पर मिले थे। आर्य सर भी इस समय पर मौजूद थे। चर्चा का विषय था - नीलिमा दीदी को गोद लेकर डॉ गुप्ता की मदद करना। गोद लेने का मक़सद व विधि क्या हो, अब मंथन करना था। अगले दिन चारों स्टूडेंट्स ने डॉ. गुप्ता के घर मिलने का प्लान बनाया था।कॉलेज से लौटते समय किरोड़ीमल मंदिर में सायं छः बजे एकत्रित हो कर सलाह मशविरा व प्लान को पूरा करने के उपायों पर चर्चा करने की योजना बनीं। हॉस्टल की मेस से लंच लेकर व कुछ देर आराम कर सभी निश्चित समय पर मंदिर पहुँच गए थे। भगवान कृष्ण की पूजा - अर्चना कर बरामदे के एक कोने में बिछी हुई दरी पर सब बैठ गए थे। वार्तालाप का श्री गणेश शिवि ने किया।

शिवि —-देव भैया, मुझे लगता है कि हम जिस काम को अंजाम देने जा रहे हैं, भले ही सरल प्रतीत होता हो पर डगर बहुत कठिन एवं उत्तरदायित्वपूर्ण है।

शुभम —- हमें कौन- कौन से काम करने है, इसका स्पष्ट रूप से वर्गीकरण कर सबको संज्ञान में लाना है।

देविना —- जो जिस काम को आसानी से पूरा कर सकता है, उसको वही काम आवंटित किया जाए।

देव —— हमारा दायित्व सिर्फ़ नीलिमा दीदी तक सीमित है। वह सुखी हो जाएगी तो डॉ. गुप्ता के जीवन में नई ऊर्जा व रोशनी का संचार होगा।

शिवि —- आपने दुरुस्त कहा देव भैया, हमें नीलिमा दीदी को सब बातों का खुलासा पहले से ही करना होगा।

शुभम —- रुपए पैसे का इंतज़ाम कैसे होगा ? शिवि व देव भैया आर्थिक सहयोग करने में असमर्थ हैं लेकिन देव भैया का काम डॉक्टरों की जानकारी व तालमेल रखना होगा। शिवि इलाज के दौरान अस्पताल या क्लीनिक में नीलिमा दीदी के साथ रहेगी।

देव —- बिलकुल सही ढंग से कार्य वितरण हो रहा है। शुभम व देविना आर्थिक मदद करेंगे व डॉ. गुप्ता तथा आर्य सर के साथ सामंजस्य बनाए रखेंगे।

देविना —- मुझे लगता है कि अब हमें गुप्ता सर के घर जाकर नीलिमा दीदी को सब कुछ स्पष्ट कर देना चाहिए।

शुभम —- बिल्कुल, खर्च के लिए हमें नीलिमा दीदी को स्पष्ट बताना पड़ेगा क्योंकि मैं और देविना जी केवल आकस्मिक खर्च ही वहन कर सकते हैं, इलाज व आप्रेशन बगैरह का खर्च तो गुप्ता सर को ही करना होगा।

देव —- पहले सब कुछ स्पष्ट रहेगा तो हमें दिक़्क़त नहीं आएगी। मैंने डॉ. राकेश से खर्च का अनुमान ले लिया है। हम नीलिमा दीदी को बता देंगे। इलाज के बाद हम सभी व राकेश, राजीव, कांति भाई को मनाएँगे।

शिवि —- यह सब काम आप करेंगे देव भैया।

देविना — हम मारवाड़ी ढाबे से डिनर लेकर ही गुप्ता सर के घर जाएँगे। डॉ. आर्य को भी निर्णय में शामिल करना होगा ?

शुभम —- अब हमें चलना होगा, मंदिर में श्रद्धालुओं का आवागमन बढ़ गया है।

देव — सभी मारवाड़ी ढाबे पर चलते हैं, आज का डिनर शुभम के ज़िम्मे होगा।

शुभम —- मारवाड़ी ढाबे पर हम सबका यह अंतिम डिनर होगा।

शिवि —- अब तो एग्ज़ाम में ही आना होगा आठ- दस दिन के लिए।

देविना —- बी. एड. के एग्ज़ाम लगभग बीस दिन खा जाते हैं, प्रैक्टिकल ही कई दिनों तक चलता है। तब तक तुम्हें मेरे साथ ही रहना होगा मेरी मेहमान बनकर।

शुभम—- (ढाबे में प्रवेश कर मैनेजर से) गुड ईवनिंग सर ! हमें पहचान पा रहे हो ?

मैनेजर —क्यों नहीं ? हम अपने ग्राहकों को कैसे भूल सकते हैं।आप चारों बी. एड. के स्टूडेंट्स हैं। जन्माष्टमी व्रत के दिन यहाँ अपन खाना बनवाया था।

शुभम —- वाह सर ! आपको सब याद है, खाना तो हम आज भी लेंगे।

मैनेजर —- आज आपको भोजन थाली में 'स्वीट डिस' भी मिलेगा।

शुभम —- इस कृपा का हेतु ?

मैनेजर —- आज मंगलवार है, श्रद्धालु लोग इस दिन हनुमान जी को भोग लगाकर प्रसाद के रूप में मिष्ठान बाँटते हैं। हमने भी प्रभु श्रीराम दूत हनुमान जी को भोग लगाया है।

देव —- सर आप हर मंगलवार ऐसा करते हैं ?

मैनेजर —- राम मंदिर बनने के बाद हमने यह परंपरा आरंभ की है। जनवरी महीने में भगवान राम की प्राण प्रतिष्ठा पर मेरे माता-पिता अन्य वरिष्ठ नागरिकों के साथ अयोध्या गए थे। वहीं पर माता जी ने ऐसा संकल्प लिया। तभी से हम हर मंगलवार सायंकाल भोजन थाली के साथ प्रसाद के रूप में स्वीट डिस भी परोसते हैं।

देव —- आपने बहुत अच्छी बात कही, ग्राहकों की भी संतुष्टि व मालिक भी संतुष्ट।

शुभम —- देव भैया, आज जी भर कर भोजन का आनंद लेंगे।

देविना — मुझे तो ज़्यादा मिष्ठान्न सुहाता नहीं है।

शिवि —- और मुझे भी !

शुभम —- तुम दोनों की सहायता के लिए ही भगवान ने हमें पृथ्वी पर भेजा है। हम अपने कर्तव्य से पीछे नहीं हटेंगे।

देव —- शुभम भैया ! जब खुदा देता है, मारवाड़ी ढाबे में भी पहुँचा देता है।

(सभी हंसते हैं व भोजन समाप्त कर ऑटोरिक्शा से डॉ. गुप्ता के घर पहुँच जाते हैं।)

देविना —- आर्य सर भी शायद पहुँच गए हैं।

शिवि —- कैसे जाना ?

देविना —- उनकी गाड़ी देख कर, घर के सामने जो खड़ी है।

(सभी अंदर पहुँचते हैं व दोनों प्रोफ़ेसर्स को प्रणाम करते हैं।)

डॉ. गुप्ता — आओ बन्धु गण, आप लोगों की इंतज़ार में ही थे।

देव —- (आर्य सर को) सर, आप कॉलेज से सीधे ही यहाँ पहुँचे हैं ?

डॉ. आर्य —- नहीं, मैं घर से दस मिनट पहले ही गुप्ता सर के पास पहुँचा हूँ।

डॉ. गुप्ता —- आप सब क्या लेना चाहेंगे ? शामू जरा सबके लिए पानी लाना।

शामू —- साहब, आ रहा हूँ।

देव — सर, हम पानी के सिवाय कुछ और नहीं लेंगे। अभी यहाँ आने से पहले आकंठ डिनर लिया है।

(शामू आकर सबको पानी देता है)

डॉ. आर्य —- आप सब कॉलेज के बाद से ही इकट्ठे है ?

शुभम —- सर, हम कॉलेज से हॉस्टल गए व लंच लेकर कुछ समय आराम किया फिर चारों ने किरोड़ीमल मंदिर में बैठ कर प्लान तैयार किया। उसके बाद मारवाड़ी ढाबे पर डिनर लेकर यहाँ आपकी सेवा में पहुँचे हैं।

डॉ. आर्य —- क्या प्लान तैयार किया है आप सभी ने ?

देव — गुप्ता सर, दीदी नीलिमा को भी यहाँ बुला लो। हम सब उन्हीं के सामने खुलासा करना ज़रूरी समझते हैं।

डॉ. गुप्ता —- शामू, ज़रा नीलिमा बिटिया को यहाँ भेजना हमारे पास, कुछ ज़रूरी बात करेंगे हम सब।

(मंद कदमों से नीलिमा का आना)

चारों स्टूडेंट्स—- नीलिमा दीदी नमस्कार !

डॉ. गुप्ता — आओ बेटी, मेरे पास यहाँ कुर्सी पर बैठो।

डॉ. आर्य —— मैं समझता हूँ कि सरप्राइज़ देने की बजाय खुलासा करना उचित रहेगा। क्यों गुप्ता सर ?

डॉ. गुप्ता —- मुझे इस बात से संतोष व ख़ुशी है कि आप चारों मेरे जीवन में ख़ुशियों का अंबार लगाना चाहते हैं। स्वयं कष्ट सहन कर मुझे कष्टरहित करना चाहते हैं।

देविना—- सर, देव ने जिस दिन से नीलिमा दीदी को देखा है, उसी दिन मानो संकल्प ले लिया कि नीलिमा दीदी के लिए कुछ सकारात्मक किया जाए जिससे उसका जीवन हम सब की तरह सरल व सहज हो जाए।

डॉ. आर्य —- सिर्फ़ देव ही नहीं, आप चारों की भावनाएँ बहुत सुंदर, पवित्र व कल्याणकारी है।

देव —— हाँ सर ! मुझे अंत: प्रेरणा हुई है इसीलिए यह कदम उठा रहे हैं।

डॉ. गुप्ता —- अपने कदम की जानकारी साझा करना सभी के लिए हितकर होगा।

शुभम —- सर, नीलिमा दीदी को गोद लेने से हमारा तात्पर्य है कि इलाज के समय तक वे हमारे से संबंधित रहे व हम सब भाई-बहन की तरह व्यवहार करें। गोद लेना कोई ऐसा इवेंट नहीं होगा कि नि:संतान दंपति की तरह।

डॉ. गुप्ता —- आप सभी के पास इलाज की कोई प्लानिंग है ? मैंने भी कई डॉक्टर्ज से इलाज के मुत्तलिक सलाह मशविरा किया है लेकिन मैं ज़्यादा उत्साहित नहीं हूँ।

शुभम —- सर, देव भैया के साथी डॉक्टर राकेश जब पं० शंकर प्रसाद मंत्री जी की लड़की दिव्या की शादी में शामिल होने यहाँ आए थे तब व मंत्री बनने पर भी आए थे तब रात हॉस्टल में नीलिमा दीदी के इलाज के विषय में बातचीत की थी। डॉ. राकेश के वरिष्ठ सहयोगी डॉ. जैन के एक मित्र प्लास्टिक सर्जन दीपक कोठारी हैं जिनसे बातचीत हो चुकी है। उन्होंने मई महीने के मध्य तक सर्जरी का सुझाव दिया है। हम एग्ज़ाम के बाद नीलिमा दीदी को अपने साथ रखकर इलाज करवाएँगे।

डॉ. गुप्ता —- मैं आप सभी की भावनाओं की कद्र करता हूँ फिर भी मुझे इलाज के लिए सफलता की ज़्यादा उम्मीद नहीं है।

देव —— सर ! आप जिस प्रत्यारोपण की बात कर रहे हैं अब उससे आगे उन्नत तकनीक कॉस्मैटिक (प्लास्टिक सर्जरी) इजाद हो चुकी है जो फ़ेस बर्न या किसी चोट के कारण विकृत हुए फ़ेस को ठीक करने में पूरी तरह कामयाब है।

डॉ. आर्य —- इसमें कैसे होता है ?

देव —- जहां तक मुझे बताया गया है कि जले भाग से स्किन को हटाकर शरीर के दूसरे हिस्से से स्किन लेकर उसे फ़ेस पर प्रत्यारोपित किया जाता है।

डॉ. गुप्ता —- मैं भी इस बारे में पुख़्ता जानकारी जुटाने की कोशिश करूँगा।

देव —- सर ! इलाज का पूरा खर्च भी हम ही अपनी ओर से करेंगे।

डॉ. गुप्ता —- ऐसा करना उत्तम व्यवहार की श्रेणी में नहीं माना जा सकता। एक गुरु अपने शिष्य से सहयोग तो ले सकता है लेकिन उस पर बोझ नहीं बन सकता ?

नीलिमा—- हाँ देव भैया ! गुरू को स्वयं को लालच की श्रेणी में नहीं रखना चाहिए। अच्छी नीयत के परिणाम ही कल्याणकारी होते हैं।

देव —- हाँ दीदी, सब अच्छी नीयत से होगा। गुप्ता सर, हम एग्ज़ाम के बाद नीलिमा दीदी को ले जाएँगे व इलाज के बाद आपको अपनी स्वस्थ पुत्री सुपुर्द कर देंगे। अब हम जाने के लिए इजाज़त चाहते हैं।

डॉ. गुप्ता —- हमारा दोनों का आशीर्वाद आप सभी के साथ रहेगा।

सभी स्टूडेंट्स —- जी नमस्कार !

(सभी चारों निकल जाते हैं।)

***

7

रश्मि का फ़्रीडेज में कॉलेज से घर लौटना व किसी प्रौढा से बातचीत

तान्या के बस में सवार होकर चले जाने के बाद रश्मि आधा घंटा से भी ज़्यादा समय तक बैठी रही बस की इंतज़ार में लेकिन बस तो नहीं आई, कल सायंकाल फ़िल्म शो की सहेली श्रेया आतीं दिखाई पड़ी। श्रेया को भी दिल्ली अपने घर जाना था इसलिए वह भी इसी स्टैंड की ओर ही आ रहीं थीं।

रश्मि —- (श्रेया के पास आने पर) तुमने कल तो किसी प्रोग्राम का ज़िक्र नहीं किया, आज बैग उठाकर दौड़ आई हो।

श्रेया —- (रश्मि के साथ बैंच पर बैठते हुए) रश्मि दीदी ! अब मन उखड़ा- उखड़ा सा ही रहने लगा है। कोई निश्चित राय या फ़ैसला लेने में मन स्थिर नहीं रहता।

रश्मि — दिल टूटने की आवाज़ तो सुनाई नहीं पड़ती लेकिन इसकी गतिविधियाँ असहज हो जाती हैं।

श्रेया —- किसी काम में मन नहीं लगता, हर बात को संदेह ने पकड़ लिया है। कुछ भी करने में अनजान सा भय महसूस होने लगा है।

रश्मि —- पहले प्यार का ग़ुब्बार भुलाने के लिए तुम्हें दूसरा प्यार जोड़ना होगा?

श्रेया — अब कुछ भी करने में दिल नहीं मानता है। हर ओर निराशा के काले घने मेघ नज़र आते हैं। तान्या व तुम्हें देख कर कुछ हिम्मत सी बंध जाती है पर अलग होकर वे सब आशाएँ फिर से बिखर जाती है।

रश्मि — प्यार में बस यही दोष है, यह अकेला नहीं रह सकता। इसे सहारे की आवश्यकता हमेशा बनी रहती है।

श्रेया —- रश्मि दीदी ! हालाँकि तुम भी राकेश बाबू से अलग रहती हो लेकिन तुम्हारी मिलने की आशाओं की निश्चितता से तुम्हारे मन पर प्रतिकूल असर नहीं पड़ता। मुझे ऐसी आशाओं से निराशा मिल चुकी है।

रश्मि —- धैर्य रखो श्रेया ! जीवन को इतना घोर निराशा के सागर में विलीन मत करो, रात्रि के अंधकार को दूर करने के लिए प्रात सूर्य उदय होता है। (कांउटर पर करनाल की बस लगी देख कर) श्रेया, मैं इसी बस से जाऊँगी। क्या तुम भी इसी में चलोगी ?

श्रेया —- दीदी मै सीधी दिल्ली वालीं बस से ही जाऊँगी। तुम बस में बैठो, फिर एग्ज़ाम में मिलेंगे। बाय दीदी !

रश्मि —- बाय श्रेया, अपना बहुत ख़्याल रखना। रात्रि में मुरझाए पुष्प अगली सुबह शबनम के मोती पहन किसी के गले का हार बनने को तैयार हो जाते हैं। रात को धैर्य से सहन करो।

श्रेया —- ओ. के. रश्मि दीदी ! दस- पंद्रह मिनट के बाद बस अपने गंतव्य के लिए रवाना हुईं। शहर की भीड़भाड़ से जब बाहर निकली तो मन को कुछ शकुन मिला और खो गया विचारों की श्रृंखला में।श्रेया का प्यार लुट गया, उसका जीवन वीरान हो गया। क्या सिर्फ़ प्यार के लुट जाने से ही जीवन निरर्थक हो जाता है ? सब आशाएँ, विश्वास, ख़ुशियाँ तिरोहित हो जाते हैं ? प्यार ऐसा क्यों है ? प्यार में लोग इतना धोखा क्यों खाते हैं ? किसी के दिल को तोड़कर क्यों अपना दिल बचाए रखते हैं। ऐसा तो संभव नहीं, प्यार तो दोनों के दिलों में धड़कता है। एक के बिछुड़ने से दूसरा तड़पता है। श्रेया तड़प रही है, वियोग की अग्नि में तप रहीं हैं। न कुछ खाने- पीने, न कुछ करने को जी चाहता है, न

इच्छाएँ जागती- पैदा होतीं हैं, ख़ुशियाँ तवे की बूँद की तरह उड़न छू हो जाती हैं। चेहरा बुझा- बुझा सा दिखता है, मरघट के समान सुनसान हो जाता है जीवन्त जीवन ।श्रेयस ने दीक्षांत समारोह के दिन कितना सहज में ही कह दिया कि 'श्रेया, मेरा प्यार तुमसे अन्यत्र शिफ़्ट हो गया।' प्यार को ऐसी चीज़ है क्या जो एक से छीन कर दूसरे को दिया जा सके। प्यार का मज़ाक़ मत उड़ाओ, नहीं तो ज़िंदगी मज़ाक़ बनकर रह जाएगी। प्यार न शिफ़्ट होता है, न लिफ़्ट होता है, यह त्याग व क़ुर्बानी से गिफ़्ट होता है। विचार तंद्रा टूटीं तो खिड़की का काँच ऊपर किया। सामने इंजीनियरिंग कॉलेज, रादौर का दृश्य था। रश्मि को ध्यान आया कि एक बार तान्या अपने घर दिल्ली से कॉलेज आ रही थी तो उसकी बस यहीं कॉलेज के पास ख़राब हो गई थी और बामुश्किल कोई दूसरा वाहन मिला था।रश्मि को रादौर के बाद लाडवा, इन्द्री होते हुए करनाल बस स्टेंड पर जाना था और वहाँ से जींद शहर के लिए असंध होकर पहुँचना था। ये वही असंध शहर था जहां से विधानसभा चुनाव के लिए सभी प्रत्याशियों की ज़मानत ज़ब्त हो गई थी और सबसे ज़्यादा मत प्राप्त करने वाले उम्मीदवार को विजयी घोषित कर दिया गया था। भिवानी से पं० शंकर प्रसाद व असंध से बूटा सिंह का परिणाम देर से घोषित हुआ था। करनाल पहुँचते ही जींद शहर के लिए बस काउंटर पर तैयार खड़ी थी। रश्मि ने अपना सूटकेस लिया व बस में आ बैठी। उसे संयोग से महिलाओं के लिए आरक्षित सीट ही मिल गई थी। दस मिनट में ही बस खचाखच भर गई व यात्री गर्मी से परेशान होने लगे थे। निर्धारित समय बारह बजे बस में पहुँचे परिचालक ने व्हिसल दी व ड्राइवर ने बस स्टार्ट की, आगे- पीछे का दरवाज़ा बंद कर बस चली तो यात्रियों ने राहत की साँस ली। रश्मि ने पास में रखी फ़्लास्क से जल ग्रहण किया व आंखें बंद कर आराम करने लगी थी। 'डॉक्टर बाबू तो इस समय अस्पताल में ही होंगे, बस स्टैंड पर गाड़ी लेकर रत्नाकर आएगा। उसे कह दूं कि डॉ. साहब को भी अपने साथ ले आएगा। समीर तान्या, देव देविना, शुभम शिवि सब खुलकर फ़िल्म देखते हैं साथ साथ,

हमने कभी डॉ बाबू के साथ बाहर गली में भी कदम नहीं रखा। दादाजी के स्वाभाविक भय से हम दोनों अनजाने से हो गए हैं। दीक्षांत समारोह के अवसर पर केवल आधा घंटा ही मिला था पार्क जाने के लिए। रत्नाकर कहने से तो डॉ बाबू को ले आएगा पर सब जगह चर्चा का विषय बन जाएगा।कल ही मिल लेंगे अस्पताल जाकर या उनको ही घर बुला लेंगे। जैसा मम्मी पापा कहेंगे, वे भी तो कभी जवान थे हमारी तरह, उनका भी एक दूसरे के लिए दिल धड़कता होगा। क्या वे हमारे बारे में नहीं सोचेंगे। मैं रत्नाकर काका को वापिसी में अस्पताल होकर जाने की भी कह सकती हूँ पर डॉ. बाबू रोगियों में उलझे हुए होंगे, तब तो अस्पताल जाना बेकार होगा। छोड़ो रश्मि ये सब चक्कर, घर जाकर ही देखेंगे। 'छोड़ो' कहते ही उसका हाथ अगली सीट के पाइप पर जा लगा तो उस सीट पर बैठीं प्रौढ़ा ने कहा — शायद तुम स्वप्न देख रही हो। यह उम्र सपनों के संसार में ही बीतती है, अभी कुँवारी लगती हो ?

रश्मि —यस आंटीजी, अभी केवल 'रोका' हुआ है। मैं दांतों के डॉक्टर का कोर्स कर रही हूँ यमुनानगर में, अभी हमारे एग्ज़ाम बाक़ी है।

प्रौढ़ा —- कितने दिन हो गए 'रोका' हुए ?

रश्मि —- दीवाली के मौक़े पर हुआ था, छः महीने बीत गए।

प्रौढ़ा —- भले घर की लगती हो वरना इतने समय में तो तूफ़ान उठ खड़ा होता है।

रश्मि —- मैं तो डॉ. बाबू से दो बार मिली हूँ 'रोका' के बाद, वह भी एक बार पाँच मिनट व दूसरी बार आधा घंटा।

प्रौढ़ा —- सारी जवानी पढ़ाई में ही बीत गई, बाक़ी जीवन रोगियों के साथ।

रश्मि —- यस आंटीजी, डॉक्टरों का जीवन तो रोमांस की बजाय रिसपांस में ही गुजरता है। आंटी जी आपने कहाँ जाना है ?

प्रौढ़ा —— मैं जींद शहर में फ़व्वारा चौक से हूँ, बैक रोड पर हमारी साड़ियों की शॉप है, पन्ना लाल हरीश कुमार के नाम से।

रश्मि —- अरे आंटीजी, पन्ना लाल जी शायद आपके ससुर हैं न ?

प्रौढ़ा—- तुम कैसे जानती हो ?

रश्मि —- मेरे दादा जी के पास अक्सर बैठे रहते हैं क्लिनिक पर आपके ससुर पन्ना लाल जी।

प्रौढ़ा —- तुम्हारे दादाजी का क्या नाम है ?

रश्मि —- डॉ. भगवत स्वरूप जी,

प्रौढ़ा —- अरे बिटिया, वे तो शहर के जाने माने महापुरुष हैं, शहर में ऐसा कौन होगा जो उन्हें नहीं जानता होगा ? मैं तो पहले ही कह रही थी कि तुम भले घर की बेटी हो।

रश्मि —- दादा जी का क्लीनिक भी तो फ़व्वारा चौक के पास ही है।हम दोनों साथ चलेंगे, मैंने ड्राइवर- गाड़ी बुला रखी है।

प्रौढ़ा —- हाँ, अब बस स्टैंड शहर से दूर शिफ़्ट होने से परेशानी होने लगी है।

रश्मि —- आप मेरे साथ गाड़ी में चलना। (मन ही मन) अब कैसे मिलना होगा डॉ. बाबू से ?

प्रौढ़ा —- तुम क्या सोच रही हो ? तुम्हारे पापाजी तो आलोक नाथ जी हैं ?

रश्मि — यस आंटीजी, पापा भी डॉक्टर हैं।

प्रौढ़ा —- घर में एक आदमी डॉक्टर बन जाए तो सारा परिवार ही डॉक्टर बन गया समझो।

रश्मि —- बिलकुल सही कहा आपने आंटीजी।

प्रौढ़ा —- लगता है कि बस स्टैंड पर पहुँच गए हैं।बस की गति धीमी हो गई, शहर में भीड़भाड़ तो रहती ही है।

रश्मि —- हाँ आंटीजी, अपना सामान संभालो, हम अगले गेट से ही उतरेंगे। वहीं हमारे नज़दीक पड़ता है।

प्रौढ़ा —- बस जब काउंटर पर लग जाएगी, हम तभी नीचे उतरेंगे, जल्दबाज़ी नहीं करना है।

रश्मि —- ओ. के. आंटीजी ! चलो अब बस पूरी तरह से काउंटर पर आ गई है। तुम्हारा बैग ज़्यादा भारी तो नहीं है ?

प्रौढ़ा —- बिल्कुल हल्का है, इसमें केवल एक ड्रेस है। मै कपालमोचन मेले पर गईं थीं, वहीं से आ रही हूँ। वहाँ ज़्यादा वजन का कोई काम नहीं ?

रश्मि —- कपालमोचन तो यमुनानगर से क़रीब तीस कि० मी० दूर हैं शायद। बहुत भीड़ होती है वहाँ मेले में।

प्रौढ़ा —- वैसे तो मेला अमूमन नवंबर महीने में लगता है लेकिन कल सूर्य ग्रहण के कारण मेला लगा था।

रश्मि —- आप बहुत धार्मिक विचारों की मालूम होती हैं आंटीजी, आओ हमारा ड्राइवर सामने खड़ा है, गाड़ी पार्किंग में होगी ?

प्रौढ़ा —- चलो बेटी, भगवान तुम्हें सुखी रखे, मुझे बेशक पुराने कोर्ट रोड पर छोड़ देना। उधर पीछे से एक छोटा रास्ता है।

रश्मि —जहां आप कहेंगी, वहीं छोड़ देंगे।

प्रौढ़ा —पुराना कोर्ट के पास ही नगरपालिका का ऑफिस है, उसके सामने ही हमारा घर है। कभी आना हमारे घर भी।

रश्मि —- एग्ज़ाम के बाद ही कुछ समय मिले शायद।

प्रौढ़ा— अच्छा बेटी, मुझे यहीं ड्रॉप कर दो पुराना कोर्ट, तुम्हारा धन्यवाद !

रश्मि —- थैंक्यू आंटीजी, आपका साथ बहुत रोचक रहा।

***

8

देव व साथियों की फ़्री डेज में घर यात्रा, देव की राकेश व नेहा से भेंट

डॉ. गुप्ता व आर्य सर से विदाई ले कर पैदल ही चल रहे थे हॉस्टल की ओर, बीच राह में मंत्री जी की कोठी पर नज़रें घुमाई तो वहाँ कोई विशेष चहल-पहल नहीं दिखीं। कुछ देर रुक कर विचार किया कि फ़्री डेज़ में हॉस्टल में ठहरें या घर जाएं। शिवि ने सबको बताया कि मौसी जी का फ़ोन से संदेश मिला है जो कुछ चिंताजनक है।

शुभम — शिवि, सब ठीक तो है ना ?

देव — हाँ शिवि, निःसंकोच बताओ, हम सब तुम्हारे साथ है।

देविना —- हाँ शिवि, घबराने की ज़रूरत नहीं।

शिवि — मौसी जी कह रही थी कि तुम्हारे पापाजी को विजीलैंस की टीम ने रिश्वत लेने के आरोप में हिरासत में लिया था। मैं राजू को छोड़ने उसके घर गई थी और वहाँ से वापस लौटी तो घर पर कोई नहीं था तो मेरे पैरों तले की ज़मीन खिसक गई, तभी तुम्हारे पापा का फ़ोन आया और उन्होंने सब कुछ बताया तो मैंने पूछा - अब पापाजी कहाँ हैं ?

मौसी जी —- (फ़ोन पर ही) शिवि बेटी, तुम्हारे पापाजी कह रहे थे कि राजू विजीलैंस टीम का ही एक मेंबर था जो पागल बनकर हमारे साथ रह रहा था। यह सब उसी का करा- धरा है।

शिवि —- अच्छा मौसी जी ! जिस थाली में खाया उसी में छेद किया। राजू तो तुम्हारी बहन का ही लड़का था।

मौसीजी — हाँ, एक बार शापिंग करते समय मॉल में एक महिला से अचानक भेंट हो गई। फ़ूड कोर्ट में बातचीत के दौरान हम दोनों मुँह बोली बहन बन गईं।राजू उसी का लड़का है। मैंने ही कुछ समय बाद मैना से कहा था कि इनके ऑफिस जाने के बाद मैं घर में अकेलापन महसूस करती हूँ। तब उसने राजू को यहाँ भेजना शुरू कर दिया। पहले तो कभी- कभार ही आता था पर अब दो तीन महीने से कुछ ज़्यादा ही आना शुरू हो गया था।

शिवि —मौसी जी, आपने बिना पूर्व परिचय ही ज़्यादा संबंध बढा लिए थे जिसका राजू ने नाजायज फ़ायदा उठाया।

मौसी जी —- मैंने ज़रूरत से ज़्यादा विश्वास कर लिया शिवि बेटी, जिसका परिणाम घातक निकला।

शिवि —अब पिता जी कहाँ है ?

मौसी जी—- विभाग की कोर्ट से राहत मिली है क्योंकि विजीलैंस के पास कोई पुख़्ता सबूत नहीं थे। अब घर में ही हैं तुम्हारे पिताजी, तुम्हें बहुत याद करते हैं। अगर वीकेंड या दो तीन दिन की छुट्टियाँ लेकर आ सको तो बहुत अच्छा रहेगा।

शिवि —- देव भैया, मैंने मौसीजी को फ़ोन पर ही हाँ कर दी थी व घर जाने का फ़ैसला कर लिया है। यदि आप सभी चाहेंगे तभी जाऊँगी।

शुभम —- जब तुमने फ़ैसला कर ही लिया है तो चली जाओ, मैं भी तुम्हारे साथ चलूँ क्या ?

शिवि —- मुझे उचित - अनुचित की सुध नहीं है, सब ठीक कहें तो चलो।

देविना —- यह घटना मौसी जी का कोई षड्यन्त्र भी हो सकता है इसलिए कोई अप्रिय घटना तुम्हारे साथ न घटे, सावधानी के लिए शुभम तुम्हारे साथ जाए तो अच्छा रहेगा।

देव —- देविना पते की बात कह रही है। अगर सब कुछ ठीक व सच हुआ तो शुभम अगले दिन लौट आएगा।

शिवि —- अब सभी उचित मानते हैं तो मुझे कोई परेशानी नहीं। देविना दीदी, तुम भी चलोगी ना ?

देविना —- हां बिल्कुल, मैं अकेली यहाँ क्या करूँगी ? तुम्हें कोई परेशानी आए तो मुझे वही सूचित कर देना।

शिवि —- हम सब सुबह आठ बजे चंडीगढ़ जाने वाली बस से चलेंगे। देव भैया तो जींद शहर में ही जाएँगे।

देव —- हां, मुझे और कहाँ ठिकाना है, जींद ही रास्ते में उतर लूँगा। तुम सब अगर कुछ भी असामान्य लगे, हमें तुरंत अवगत कराना।देविना, एक मिनट सुनना जरा।

देविना —- क्या हुआ ?

देव — (एकांत में) इतने दिन विदाई में ज़िंदा रहने के लिए एक 'किस' तो बनता है ना देविना ?

देविना —- हटो, मुझे जाने दो।

(उधर जाने लगी तो शुभम -शिवि मौक़ा पाकर एक दूसरे से लिपटे हुए थे, वापस आकर) दोनों लिपटे पड़े हैं, अब मैं क्या करूँ ?

देव —जो वे कर रहे हैं, तुम भी करो (पकड़कर प्यार से दोनों ओर से 'किस' करता है)

देविना —- छोड़ो, अब क्या होंठों को फेविकोल लगाकर आए हो।

देव —- वाह, होंठ भी याद करवा दिया।

देविना—- अब तो कट जाएँगे न दस दिन ?

देव —- नहीं कटे तो कैंट आ जाऊँगा किसी बहाने ।देखो, वे दोनों भी फ़ारिग हो गए है, चलो दोनों को हॉस्टल छोड़ देते हैं ।

शुभम —- देव भैया, चलो अब, कल मिलते हैं । लगभग दो घंटे की यात्रा के बाद देव ने जींद बस स्टैंड पहुँचने से पहले ही भिवानी बाई पास पर ड्रॉप लिया व सभी को बाय बोलकर ऑटोरिक्शा से अस्पताल पहुँच गए । मरीज़ों की भीड़ उस समय चरम पर थी पर दंत चिकित्सा विभाग में कोई ज़्यादा मारामारी नहीं थी । राकेश ने जब देव भैया को देखा तो ख़ुशी से उछल कर गले लगाने को दौड़ा ।

राकेश —- देव भैया, तुम सब मुझे यूं ही अकेला छोड़ गए थे । नेहा, रश्मि, तुम सबने यह नहीं सोचा कि पिद्दी सा डॉक्टर कैसे समय व्यतीत करेगा?

देव —राकेश भैया, हम कोई इकट्ठे थोड़े ही कहीं गए हैं, सभी अलग-अलग हैं जो अकेलापन व अभाव तुम्हें खटक रहा है वह हमें भी अखरता है ।

राकेश —- बिल्कुल स्वीकार नहीं करूँगा यह तर्क । भाई साहब का तो भिवानी कॉलेज में प्यार का चक्कर चल रहा है । हाँ, नेहा जरूर अकेली है और रश्मि, तान्या- समीर को मिलाने के बहाने ख़ूब मज़े कर रही है ।

देव —- तुम्हारे पास भी तो कांति व राजीव भाई को छोड़ा हुआ है और तनेजा तो हमेशा ख़ुश रहने वाले इंसान हैं ।अब मैं भी आ गया हूँ । नेहा के एग्ज़ाम तो कब के ख़त्म हो गए होंगे ? कहाँ है नेहा बहन अब ?

राकेश —- घर पर ही है, कल ही आईं थीं, कह रही थी कि एक सप्ताह पूरा आराम करूँगी । रश्मि भी फ़्री डेज़ लेकर कल सायं पहुँची है ।

देव —- नेहा और मैं तो आपसे मिल लिए, तीसरा मेहमान भी मिला क्या ?

राकेश —कहाँ, अंधेरा हो गया था आते-आते, आज दादाजी के साथ शायद यहाँ आए।

देव —- तभी डॉ. साहब चिड़चिड़े हो रहे हैं, इंतज़ार की घड़ियाँ लंबी होती हैं, कहो तो मैं कुछ मदद करूँ ?

राकेश —- तुम रूम पर जाकर अपना सूटकेस बगैरह रख चाय ले लो, नेहा बना देगी।

देव —- मैं खुद ही बना लूंगा, नेहा बहन को क्यों तकलीफ़ दूँगा। वैसे मुझे दोपहर में चाय में दिलचस्पी नहीं है।

राकेश —- मैं एक बजे ड्यूटी निपटा कर लंच के लिए घर आऊँगा, सभी तीनों के लिए डिब्बे वाले को बोल दिया है।

देव —-यदि रश्मि भाभी अकेले आएं तो उनको भी घर ले आना और अगर दादा के साथ आए तो भी सूचित कर देना ताकि तुम्हारी इंतज़ार में हम अपना लंच ठंडा न करे।

राकेश —- अब तो शायद लंच के बाद ही आना संभव लगता है। देव भैया, मुझे ध्यान आया कि हो सकता है कि रश्मि यहाँ न आए।

देव —- क्यों ? ऐसी क्या नाराज़गी है रश्मि भाभी को हमारे चाँद से दूल्हे से।

राकेश —- वो बात नहीं है लेखक महोदय, असल में मुम्बई से रश्मि के अंकल -आंटी भिवानी में मंत्री जी के घर आए हुए हैं। तुम्हें पता है न कि डॉ दादा के छोटे लड़के सतलोक जी मंत्री की बहन उमा से शादीशुदा हैं।

देव —- हाँ मुझे पता है जब डॉ. दादा ने हॉस्टल में रहने व सारी पहली फ़ीस माफ़ करने के लिए सिफ़ारिश की थी।

राकेश —- बिल्कुल सही याद किया आज भिवानी से सायं तक वे जींद आ सकते हैं। उन्हीं की तैयारियों में लगी होंगी धी- धात्री (बेटी-माँ)।

देव —- अभी कोई सूचना तो नहीं है। राजीव से कोई समाचार मिला क्या ?

राकेश —- इस समय तो राजीव कोर्ट में है, तुम्हें पता है ना कि राजीव की दिव्या आशामेध है। हनीगून के दौरान ही दिव्या ने राजीव की वंश वृद्धि का व्रत ले लिया था।

देव —आज तो डॉ. साहब मेरा लेखकीय गौरव छीनने के क़रीब है, हर शब्द, वाक्य प्रभावित कर रहा है।

राकेश —लेखक का पद छीनकर क्या करेंगे, ज़िंदगी में कभी एक पेज भी नहीं लिखा। दो अक्षर लिखते हैं, वही नहीं पढ पाते लोग ?

देव —- (मुस्कुराते हुए) दो अक्षरों की ही महिमा है सब ओर। राजीव को, कांति भाई के साथ शाम को तनेजा के यहाँ पकड़ते हैं।

राकेश —- चलो अब लंच का समय हो गया है, नेहा भी इंतज़ार कर रही होगी। मैंने डॉ. जैन से तुम्हारे प्रोफ़ेसर की लड़की के बारे मैं बातचीत की थी। डॉ. जैन राष्ट्रीय स्तर की संस्था के आजीवन सदस्य हैं और देश- विदेश के मशहूर डॉक्टर उनके परिचय में है।

देव —- इस विषय में गंभीर प्रयासों की ज़रूरत है, राकेश भैया मैं हर हाल में नीलिमा दीदी को सुख- समृद्धि से संपन्न देखना चाहता हूँ। अब मुझे अपना उपन्यास किसी प्रकाशक को सेल करने की ज़रूरत नहीं पड़ेगी क्योंकि गुप्ता सर ने खर्च की ज़िम्मेदारी अपने सिर ले ली है।

राकेश —- बड़े समझदार इंसान हैं गुप्ता सर, पर वक़्त ने शायद उन्हें विक्षिप्त सा बना डाला। सब भाग्य का खेल है। हम अपनी ओर से भरपूर प्रयास

करेंगे। डॉ दीपक कोठारी का परिचय मैंने तुम्हें साझा कर दिया है, वे डॉ जैन के ख़ास मित्रों में से है।

देव —- बहुत अच्छा किया, कांति भाई का मन भी टटोला क्या ?

राकेश —- हाँ कुछ दिन पहले ही राजीव के साथ मैं व कांति घूमने निकले थे, लौटते समय मैंने ज़िक्र किया था, मुझे उसका रुख़ पॉज़िटिव लग रहा था देव भैया ! अगर कांति की जीवन गाथा सुनोगे तो अपना दुख भूल जाओगे।

देव —- संसार में लगभग हर प्राणी किसी न किसी हादसे से गुजरा है जो सह गया वह पा गया और जो घबरा गया वह समझो खो गया ।किसी दिन सुनेंगे उसकी व्यथा- कथा भी।

राकेश —- चलो देव भैया, लंच घर पहुँच गया होगा (दोनों घर पहुँच कर) नेहा बहन ! देखो देव भैया आए हैं भिवानी से।

नेहा —- (बाहर आकर) देव भैया नमस्ते !

देव — नमस्ते नेहा बहन ! कल सायं को आई हो हिसार से ?

नेहा —- हाँ देव भैया, रश्मि भाभी भी कल ही आई हैं यमुनानगर से। मैं भैया के साथ ही मिलने जाऊँगी भाभी से।

देव — ठीक है, दीवाली में 'रोका' पर ही मिली थी तुम रश्मि भाभी से।

नेहा —- यस देव भैया।

राकेश —- अब सब लंच करेंगे, मुझे दो बजे फिर ड्यूटी पर अस्पताल जाना है, फिर सायंकाल में लौटूँगा।

(तीनों लंच का आनंद लेते हैं)

***

9

सतलोक का अपनीं ससुराल पहुँचना

मंत्री जी की कोठी पर दिन भर लोगों का तांता लगा रहता लेकिन इस भीड़ में सतलोक व उमा का कोई हमदर्द नहीं होता था ।सब मंत्री जी की व राजनीति की ही बातें करते व हुक्का गुड़गुड़ाते। हुक्का व चाय का चौबीसों घंटे इंतज़ाम था। शुक्रवार देर शाम मंत्री जी चंडीगढ़ से घर लौटते व दो छुट्टी के दिन इलाक़े के लोगों की भीड़ से घिरे रहते। मंत्री जी के आवास पर लोग अपनी -2 आशाएँ लेकर आते व लगभग पूरी होने पर ख़ुशी- ख़ुशी लौट जाते। सरकारी अफ़सर व बाबू मंत्री जी से हमेशा निवेदन करते कि लोगों का मूड अब व्यक्तिगत होता जा रहा है। समाज व राष्ट्र की परवाह न कर निजी हितों को चोटी पर रखे हुए हैं।मंत्री जी अफ़सरों को समझाते कि वोट बैंक की राजनीति के चलते जनता का महत्व बढ़ गया है व पार्टी को भी वोटों का ध्यान रखकर फ़ैसले लेने पर विवश होना पड़ता है।अब शुद्ध राजनीति का दौर लुप्तप्राय हो गया है आप सभी को भी समय के अनुसार अपनी कार्य प्रणाली में बदलाव ले आना चाहिए। हर बार दोनों दिन यही गतिविधियाँ चलतीं व सोमवार को मंत्री जी फिर राजधानी के लिए निकल जाते। इस बार जब शुक्रवार को लोक दरबार नहीं लगा, इक्का दुक्का लोग ही बचे थे, शेष सब लौट गए थे क्योंकि स्टाफ़ ने उनको बता दिया था कि आज मंत्री जी खुला संवाद नहीं करेंगे। उनके रिश्तेदार मुम्बई से आए हुए हैं।मंत्री जी आते ही घर के अंदर गए व अपने जीजा जी व जीजी से भावपूर्ण मन से मिले, बच्चों के सिर पर हाथ रखकर आशीर्वाद दिया।

उमा —- गोलू- भोलू,मामा जी को प्रणाम करो।

गोलू—- नमस्ते मामा जी !

भोलू — नमस्ते मामा जी !

शंकर प्रसाद — ख़ुश रहो मेरे बच्चों, तुम सबको देख कर मुझे लग रहा है कि दुनिया की भीड़ में मेरा कोई अपना भी है।

उमा — भैया, अब तो तुम्हें अपनी प्रतिज्ञा भंग करके शादी कर लेना चाहिए। बिना घर के जीवन सूना सा लगता है। अपनों से ही जीवन में बहार आती है।

सतलोक —- हाँ शंकर बाबू, बीती बातोंको भुलाकर आगे बढ़ना चाहिए।

शंकर प्रसाद —- जीजा जी, कुछ लम्हे, यादें, घटनाएँ बीत जाते हैं पर अपने निशान छोड़ जाते हैं जिन्हें इंसान भुला नहीं पाता। ताउम्र वे क़िस्से कहानियाँ आदमी का पीछा करते हैं।

सतलोक — आपकी बात बड़ी सटीक व महत्वपूर्ण है पर ऐसा तो बहुतों के साथ गुजर जाता है, सभी आपकी तरह दृढ़ प्रतिज्ञ तो नहीं होते, समयानुकूल बदल जाते हैं।

शंकर प्रसाद —- हर इंसान का स्वभाव भिन्न होता है, उसकी प्रतिक्रिया अलग-अलग होती है। मैं जिस बात को अच्छा समझता हूँ, वह दूसरे को भी अच्छी लगे, आवश्यक तो नहीं।

सतलोक —- जो बात अच्छी है,वह सबको अच्छी ही लगेगी बेशक किसी का नज़रिया कैसा भी क्यों न हो ?

शंकर प्रसाद —आपकी बात सिद्धांत रूप में सहीं है पर व्यवहार में अक्सर ऐसा नहीं होता। अच्छी बातें करने वाले, कार्य करने वाले इंसान को अब लोग बेवकूफ कहते हैं।

सतलोक —- लेकिन विजय आख़िर में उसी की होती है।

शंकर प्रसाद —- जीजा जी, सब तुरंत का लिपा हुआ ही देखते हैं, आज किसके पास इतना वक़्त है।

(उमा का पानी के गिलास लेकर आना)

उमा —लो भैया पानी ले लो। डिनर का टाइम हो गया है, आप भी डिनर के लिए बैठो, बच्चों को भी शायद भूख लगी है।

शंकर प्रसाद —- उमा बहन, तुम बच्चों को डिनर करवाओ, मैं अभी आधे घंटे में आ रहा हूँ। कुछ ख़ास लोगों से मिलना है।

उमा — ठीक है भैया, कल सुबह कहीं प्रोग्राम है क्या ?

शंकर प्रसाद —- मुझे कोई ख़बर नहीं, पी. ए. ही सब सेटिंग करता है। कोई ख़ास बात है क्या कल सुबह ?

उमा —- कल भाभी का जन्मदिन है, मैं सोचतीं थीं कि उन्हें मिलकर बधाई दूं।

शंकर प्रसाद —- उमा बहन, जो भूत हो गया उसे भूल जाओ और कोई ऐसा कदम न उठाओ जिससे मुझे असहजता का शिकार होना पड़े। घावों को हरा करने का कोई लाभ व औचित्य नहीं। बाहर जाकर लोगों से एक- एक कर मिलते हैं व सबको निपटाकर डिनर के लिए टेबुल पर पहुँचते हैं।

शंकर प्रसाद—- आओ जीजा जी, उमा बहन कहाँ चले गए सब ? बच्चों की आवाज़ भी नहीं सुनाई पड़ रही ?

सतलोक —- (अंदर आँगन से आते हुए) हम यहीं हैं शंकर बाबू। आपने जल्दी ही निपटा दिया सबको।

शंकर प्रसाद —- हाँ कुछ समझदार लोग थे, संतुष्ट होकर चले गए।

उमा — (अंदर से आकर) भाई साहब, बच्चे डिनर लेकर सोने चले गए, मैं उन्हें सुला रही थी।

शंकर प्रसाद —इतनी जल्दी कैसे सो गए मेट्रो सिटी में रहने वाले बच्चे तो आधी रात तक मोबाइल व लेपटॉप पर खेलते रहते हैं।

उमा —- सारे दिन के सफ़र से थकान हो गई थी, अच्छा है सोकर कुछ आराम मिल जाएगा।

शंकर प्रसाद —- कौन- कौन सी क्लास में पढ़ रहे हैं दोनों ?

उमा —- गोलू, अभी दूसरे दर्जे में है व भोलू चौथे में।

शंकर प्रसाद —- भोलू तो चौथे में नहीं लगता, इसका क़द कुछ छोटा है क्या ?

उमा —- हां, यह ज़्यादा मोबाइल चलाता है, डाइजेस्टिव सिस्टम ख़राब रहने से खाया - पीया नहीं लगता। साल में कई बार तो बुख़ार की चपेट में आता है।

शंकर प्रसाद —आप दोनों आ जाओ डिनर के लिए और सुनाओ मुम्बई शहर की बातें।

सतलोक —- शंकर बाबू, पहले तो आपको मंत्री बनने पर बधाई।

उमा —- हाँ भाई साहब, हमें मालूम होते ही प्रोग्राम बनाने में लग गए, अब बच्चों के एग्ज़ाम ख़त्म हुए तो पहुँच गए। तुमने यह अपनी प्रतिज्ञा पूरी कर ली, तुम्हें बधाई।

शंकर प्रसाद —- दोनों का धन्यवाद ! मनुष्य जो ठान ले, उसे पा ही लेता है भले ही असीम परिश्रम व समय गँवाना पड़े। डॉ. भगवत स्वरूप जी ने बहुत मदद की, गाड़ी भर कर लोगों को लाए थे प्रचार के लिए। दिव्या का

रिश्ता भी उन्होंने ही करवाया था। अच्छे रिश्तेदार का बहुत सहारा होता है उमा बहन।

उमा —- हाँ भैया, बहुत बढ़िया स्वभाव हैं तुम्हारे मौसाजी का। सब सामाजिक सरोकारों में सलाह मशविरा जरूर करते हैं। शायद अब राजनीति को तिलांजलि दे दी है।

शंकर प्रसाद —- हाँ उमा, अब उम्र भी नहीं रही राजनीति की ओर राजनीति भी उनके काबिल नहीं रही। कई बार मौसीजी को याद कर कुछ उदास से तो हो जाते है।

उमा — बहुत ख़्याल रखतीं थीं बाबू जी का, अब अंजना भी बहुत ख़्याल रखती हैं।

शंकर प्रसाद —-आपकी सर्विस कैसी चल रही है जीजा जी ?

सतलोक —- देश की बड़ी कपड़े की कंपनी है, अच्छी सैलरी देती है पर काम भी खूब लेती है।सुबह नौ बजे शुरू कर कई बार तो रात्रि में आठ भी बज जाते हैं।

शंकर प्रसाद —- बहुत लंबा टाइम है, इधर कहीं देख लो, अब तो सरकार में अपना हिस्सा है। यहाँ तो उमा को भी नौकरी मिल जाएगी।

उमा —- अब तो मुम्बई के ही हो गए भाई साहब, हमारा तो क्या अब तो बच्चों के भविष्य का सवाल है। अच्छे कॉलेज, कोचिंग सेंटर, ट्रेनिंग कॉलेज सब बड़े शहरों में ही है।

शंकर प्रसाद — सो तो है, अब मुम्बई में घर कहाँ बना रखा है ?

उमा —- चेंबूर में है जिमखाना क्लब के पास, रेलवे स्टेशन भी नज़दीक ही है। बच्चों के स्कूल भी पास हैं। कभी आना भाई साहब, हमें भी अच्छा लगेगा। भोलू के जन्मदिन पर ही आए थे एक बार वर्षों पहले।

शंकर प्रसाद —- अब कहाँ फ़ुरसत है बहन ? दिन रात लगे रहो तो भी लोग संतुष्ट नहीं होते। आप दोनों खाना नहीं ले रहे ?

उमा —- हाँ भैया, खाना भी व बात भी, दोनों चल रहे हैं। मेरे दिमाग़ में अब कुछ और ही चल रहा है।

शंकर प्रसाद —- भूल जाओ उमा, मुझे भी भूलने दो। अपने जब बेगाने हो जाते हैं तो दिल रोता है, आत्मा विकल होती है पर धीरे-धीरे सब सामान्य हो जाता है। भगवान की इच्छा से हमारा साथ इतने दिनों का ही था।

उमा —- अब और क्या कहूँ भाई साहब, आप मेरे से बड़े हैं। आपको अकेले पाकर हमें बेचैनी जरूर होती है।

शंकर प्रसाद —- यहाँ आए हो, मौज मस्ती करो, बच्चों को पूरा शहर घुमाओ। ड्राइवर गाड़ी सब तैयार हैं। अपने पुराने कॉलेजों में जाओ। हाँ उमा, के. एम. कॉलेज का महिला हॉस्टल भवन देखना, रिकार्ड समय में बना है।

उमा —- हाँ भैया, तुमने अच्छा याद दिलाया। हम कल सुबह नाश्ता बगैरह लेकर भ्रमण के लिए निकल जाएँगे।

शंकर प्रसाद —-जीजा जी, आप का प्रोग्राम क्या रहेगा ?

सतलोक —कल तो हम शहर का टूर करेंगे ही, अगले दिन जींद के लिए निकल जाएँगे।

शंकर प्रसाद — उमा बहन, क्या तुम्हें पता है कि दिव्या भी कुछ दिनों में माँ बनने वाली है।

उमा —- नहीं भैया, मुझे किसी ने कोई ज़िक्र नहीं किया अभी तक। बड़ा ख़ुशी का समाचार दिया है भैया, भगवान लड़का ही देगा।

शंकर प्रसाद —- तुम्हारे मुँह में घी शक्कर ! जीजा जी, यह चॉकलेट वाली आइसक्रीम बड़ी स्वादिष्ट है, ज़रा चख कर देखो।

सतलोक —- सिर्फ़ चखनी ही है या खानी भी है ?

(सब ठहाका लगाकर हंसते हैं।)

शंकर प्रसाद —- पहले स्वाद चखो, अच्छी लगे तो खूब खाओ।

सतलोक — (चख कर) वाक़ई बहुत टेस्टी है। अब तो खाना ही पड़ेगा। गोलू- भोलू जागते होते तो ख़ूब मज़े लेकर खाते।

उमा — कल सायंकाल दोनों को खिलाएँगे।

शंकर प्रसाद — (डिनर के बाद) अब आप लोग आराम करो। मैं भी कल सुबह के लिए प्रोग्राम बनाता हूँ।

उमा —- ठीक है भाई साहब, हम भी ज़रा बाहर लॉन में टहल रहे हैं। सारा दिन विमान में व गाड़ी में बैठे- बैठे सुस्ती चढ़ गई है।

(दोनों बाहर निकलते हैं)

सतलोक — वाह, कितना प्यारा मौसम हैं। ठंडी हवा का झोंका फूलों से निकलकर कैसे तन मन को सुवासित कर रहा है।

उमा —- कैसे लगे आपको भैया के ठाठ- बाठ ?

सतलोक — स्वर्ग से भी बढ़कर सुख- सुविधाएँ उपलब्ध हैं, बस कमी तो वही है जो तुम्हारे मन में है।

उमा —- भाभी को भैया का राजनीति में आना अच्छा नहीं लगा था। और आपसी सहमति से अलग रहने लगे।

सतलोक —- परिवार तो तालमेल से ही चलता है। अब कहाँ रहती है भाभी ?

उमा —- यहीं कहीं आस-पास स्कूल चला रही है, अच्छा चल रहा है।

सतलोक —- अब चलो अंदर, नींद आने लगी है।

(दोनों अंदर आ जाते है।)

शंकर प्रसाद —- उमा बहन ! रविवार को मैं भी जींद चलूँगा तुम्हारे साथ। मुख्यमंत्री की रैली है करनाल में।

उमा —- बहुत अच्छा भाई साहब, दिव्या से भी मिल लेना।

शंकर प्रसाद —- जाने पर तो सबसे मिलना हो जाएगा। अब आप लोग विश्राम करो, गुड नाइट !

दोनों —- गुड नाइट ओ. के. भाई साहब !

***

10

प्रोफ़ेसर रामनाथ केस की बहस पूरी व फ़ैसला

आज फिर आमने- सामने थे दीक्षित जी व त्रिवेदी जी, दोनों अपने-अपने पक्ष को विजय श्री दिलवाने को। त्रिवेदी जी अपने मुवक्किल के लिए पूरा दमख़म लगाए हुए थे परंतु दीक्षित जी के अकाट्य तर्कों का उनके पास ख़ास जवाब नहीं था। त्रिवेदी जी केवल भावनात्मक पक्ष प्रस्तुत कर ही अपने पक्ष में फ़ैसला लेने की कोशिश कर रहे थे जबकि दीक्षित जी पुख़्ता सबूत व ठोस तर्क पेश कर रहे थे। आज बहस का आख़िरी दिन था व दोनों ने पूरे ज़ोर शोर से बहस करने का मन बना लिया था। वादी एवं प्रतिवादी दोनों कोर्ट में मौजूद थे व अपने-अपने पक्ष में फ़ैसले की उम्मीद बांधे हुए थे।जज साहब ने दोनों एडवोकेट्स को उपस्थित देख बहस शुरू करने का आदेश दिया।

दीक्षित जी —- जज साहब ! मैं आपकी अनुमति से किरायानामा, मजिस्ट्रेट द्वारा अनुमति प्रदान किया हुआ मालिकाना हक़ व शॉप की रजिस्ट्री कोर्ट में पेश कर रहा हूँ।

जज साहब — इजाज़त है प्रमाणिकता जाँच कर कोर्ट के रिकॉर्ड में रख लिया जाए। दीक्षित जी, अब अपना पक्ष आगे बढ़ाए।

दीक्षित जी —- जज साहब ! मैं समझ नहीं पा रहा हूँ कि किसी की अमानत पर क्यों नाजायज अधिकार जताया जा रहा है। मेरे मुवक्किल ने शॉप अगर किराए पर दे दी तो क्या गुनाह कर दिया। बीस साल तक दुकान से कमाई करने का परिणाम क्या रामनाथ को परेशान करना है ? अगर रामनाथ को सर्विस के बाद शॉप की ज़रूरत नहीं होती तो वे उसी दिन व समय किराए पर देने की

बजाय सेल कर देते और उस पूँजी को सरकार की किसी लाभदायक योजना में डाल कर किराए के बराबर की राशि प्राप्त कर लेते।

त्रिवेदी जी —- मैं क्षमा चाहूंगा जज साहब ! मेरे साथी एडवोकेट सबके सामने कोर्ट में मिथ्या संवाद कर रहे हैं। किराए पर शॉप जब दी गई तब तक स्वामित्व के पूर्ण अधिकार वादी के पास नहीं थे। मेरे साथी ने जो दस्तावेज कोर्ट में प्रस्तुत किए हैं उनसे मेरा कथन सत्य सिद्ध हो जाएगा।

दीक्षित जी —- जज साहब ! यह सच है कि क़ानूनी तौर पर मेरा मुवक्किल उस समय नॉमिनी तो था पर संपत्ति में हिस्सा सभी का था जिनसे लिखित में सहमति ले ली गई थी और वह सहमति पत्र मजिस्ट्रेट की अनुमति का प्रमाणपत्र मिलने के बाद स्वतः ही अनुपयोगी हो गया। मैं अपने मित्र त्रिवेदी जी को पूछना चाहूँगा कि क्या वे शॉप के स्वामित्व पर प्रश्न चिन्ह लगा कर उसे हथियाना चाहते हैं। जिस शख़्स के नाम रजिस्ट्री है उसी के हस्ताक्षर किराएनामे पर हैं। संपत्ति में किसका क्या हिस्सा है, कितना है ? यह परिवार का आपसी मामला है और उस पर कोई विवाद नहीं है।जिन भाई- बहन का ज़िक्र ये कर रहे हैं वे रामनाथ के चचेरे हैं न कि सगे। रामनाथ का भाई व बहन तो विदेश में रहते हैं।

त्रिवेदी जी — जज साहब, मुझे तो यह भी संदेह है कि वादी रामनाथ की अवस्था इतनी स्वास्थ्य पूर्ण नहीं है कि वे स्वतंत्र रूप से खुद व खुद दुकानदारी कर सकें। उनका लड़का व लड़की दोनों पढ़ाई के लिए शहर से बाहर हैं व उनकी कोई रूचि दुकानदारी में नहीं है। खुद रामनाथ भी बिज़नेस में इतने निपुण नहीं है। यह सब क़वायद किराया बढ़ाने के लिए की जा रही है।

दीक्षित जी —- दुकानदारी के लिए खुद कोई पहलवान होना ज़रूरी नहीं जज साहब ! आजकल बेरोज़गारी के चलते बहुत लड़के- लड़कियाँ नौकरी के लिए तड़पते रहते हैं। कंपनियाँ अपने उत्पाद प्रतिष्ठानों पर पहुँचा रही है। धन

राशि के लिए बैंक जाने की ज़रूरत नहीं, सब मोबाइल - इंटरनेट से ही हो जाता है।जहां तक किराया वृद्धि का सवाल है मेरे मुवक्किल ने ऐसी कोई डिमांड नहीं की बल्कि दुकान ख़ाली करने के आग्रह पर ख़ुद शेषनाथ ने यह पेशकश की थी।

त्रिवेदी जी —जज साहब, मैं बेरोज़गारी दूर करने के अपने काबिल दोस्त के प्रयासों की सराहना करता हूँ पर क्या उन्हें वेतन देकर खुद कुछ बचा पाएँगे? अनेक प्रकार के टैक्स जी. एस.टी. आयकर, संपत्ति कर, सरकार वसूलती है। स्थानीय दबंगों का हफ़्ता उनके ठिकाने पर पहुँचता है।

जज साहब —- क्या आपके पास इस तरह के हफ़्ता वसूली के प्रमाण है ?

त्रिवेदी — सर ! यह गोरखधंधा बाहुबलियों की ताक़त से चलता है, प्रमाण से नहीं। कोई पकड़ा जाए तो उसके विरुद्ध कभी आजतक गवाही देने की किसी ने हिम्मत नहीं जुटाई और बग़ैर साक्ष्य के कोर्ट से सम्मान सहित मुक्ति पा लेते हैं। जज साहब ! मैं निवेदन करना चाहूँगा कि इन सब परिस्थितियों के चलते रामनाथ कुछ ज़्यादा नहीं कमा पाएँगे और कुछ दिनों के बाद फिर किसी को ऊंचे किराए पर शॉप दे देंगे।

दीक्षित जी —- जज साहब ! गुंडा टैक्स वही दुकानदार देने पर विवश होते हैं जो ग़ैर लाइसेंस प्राप्त, नक़ली व घटिया क़िस्म का माल बेचते हैं व ग्राहकों के ग़ुस्से से बचाव के लिए इन बाहुबलियों का सहारा लेते हैं। मेरे मुवक्किल रामनाथ का शॉप से कोई आय अर्जित करना एकमात्र लक्ष्य नहीं है बल्कि अपने समय का सदुपयोग कर जीवन निरर्थक होने से बचाना है।

जज साहब —- दीक्षित जी का यह तर्क विशेष तौर पर नोट किया जाए।

दीक्षित जी —- धन्यवाद, जज साहब !

जज साहब —- त्रिवेदी जी, आपका मुवक्किल इसी शॉप के लिए ही क्यों झगड़ा कर रहा है, वह कोई और शॉप भी किराए पर ले सकता है ?

त्रिवेदी —- जज साहब ! मेरे मुवक्किल शेषनाथ ने अपना घर शॉप के पास ही बनाया है ताकि परिवार जनों की मदद मिलती रहे व थोक में ख़रीदा सामान घर में रखा रहे क्योंकि शॉप पर इतनी जगह नहीं होती। इसके अतिरिक्त अनेक प्रकार के मसाले, चॉकलेट बांधना, दालें साफ़ करना में घर की औरतें व बच्चे सहायता कर सकते हैं जिससे ग्राहकों को अच्छी कवीलिटी का सामान मिल जाता है। इससे दुकानदारी व ग्राहकों की संख्या बढ़ती है।

जज साहब —— आप दोनों ने केस को कुछ ज़्यादा ही लंबा खींच दिया है।इस संबंध में अगर किसी कोर्ट का कोई फ़ैसला पहले आ चुका है तो वकील साहिबान प्रस्तुत करें जिससे त्वरित निर्णय सुनाया जा सके।

दीक्षित जी —- कोर्ट्स ने निर्णय दिए हैं, मैं लंच के बाद माननीय न्यायालय में वे फ़ैसले प्रस्तुत कर सकता हूँ।, इसके लिए मुझे बार की लाइब्रेरी से क़ानून की किताबें ढूँढना होगा।

जज साहब —- ठीक है, आप लंच के बाद दोनों अपने अपने पक्ष में फ़ैसलों का प्रमाण कोर्ट में पेश करें। कोर्ट में अगला केस पुट अप किया जाए। लंच के बाद कोर्ट में फिर केस पर बहस शुरू हुई। अपने मुवक्किल के पक्ष में दलील पेश करते हुए एडवोकेट दीक्षित ने कहा — जज साहब ! शेषनाथ ने शॉप से पैसे कमाकर नया घर बना लिया, अच्छी बात है, एक परिवार को एक छत पाने का अधिकार है परंतु और भी ज़्यादा अच्छा होता अगर शेषनाथ एक शॉप भी ख़रीद लेते। बीस साल तक आप जिस व्यक्ति की शॉप से अपने परिवार का भरणपोषण करते रहे, आज उसके ख़िलाफ़ विरोध की आवाज़ बुलंद करने

पर आमादा हैं। क्या कोई अपनी संपत्ति किराए पर देकर उसी को सुपुर्द कर दे ? या किराएदार उसकी संपत्ति हड़प ले, तो कौन भविष्य में किराए का लेन देन करेगा। मान लिया कि रामनाथ अपने लिए कोई और शॉप किराए पर लेकर अपना धंधा आरंभ करते हैं तो समाज क्या शेषनाथ को पुरस्कार देगा ? इस सवाल का जवाब है - नहीं ! समाज हमेशा ही न्याय के पक्ष में खड़ा रहता है चाहे विवश होकर उसे मौन धारण करना पड़े। जज साहब ! मेरा मुवक्किल एक बेहद शरीफ़ इंसान हैं और शराफ़त से ही अपनी शॉप ख़ाली करवाना माँगता है। क्या शरीफ़ और शराफ़त की कोई कद्र नहीं ?

त्रिवेदी —- जज साहब ! मेरे एडवोकेट मित्र, भावनाओं के उभार में न्याय व क़ानून की गरिमा भूल गए हैं। कोई व्यक्ति शरीफ़ या बदमाश है, इससे अंतर नहीं पड़ता है क्योंकि क़ानून केवल, नियम व साक्ष्य देखता है और उन्हीं के आधार पर फ़ैसले होते हैं। क़ानून को साक्ष्य चाहिए, संवेदना नहीं। मेरे मुवक्किल ने इतने सालों तक कभी किराए की अदायगी में देरी नहीं की। क्या यह शराफ़त व नेक नीयती नहीं ? फ़ैसले भावना व शराफ़त की कल्पना से नहीं, क़ानून की किताब से होते हैं। मैं कोर्ट से निवेदन करता हूँ कि यदि रामनाथ गीता पर हथ रख कर कह दें कि वह शॉप को भविष्य में किराए पर नहीं बल्कि स्वयं करेंगे, ताउम्र करेंगे तो मैं अपने मुवक्किल को राजी करने की कोशिश करूँगा कि वह तीन माह में शॉप रामनाथ को सौंप दे।

जज साहब —- एडवोकेट त्रिवेदी जी, आपकी सकारात्मक पहल स्वागत योग्य है। क्या एडवोकेट दीक्षित इससे सहमत हैं ?

दीक्षित —- जज साहब ! तीन महीने के बाद मेरे साथी वकील फिर से कोर्ट में आ खड़े होंगे व बच्चों की पढ़ाई, परिवार का पालन पोषण जैसे मुद्दों को आधार बनाने लगेंगे तो क़ानून का मज़ाक़ होगा।मैं औ मेरा मुवक्किल सहमत होंगे कि यदि तीन माह बाद भी शॉप ख़ाली नहीं हुई तो शेषनाथ को

वादाखिलाफी के अपराध में तीन माह के लिए जेल की सलाख़ों में रहना होगा व शॉप भी कोर्ट के आर्डर से ख़ाली होगी।

त्रिवेदी —- (अपने मुवक्किल से गुफ़्तगू करके) जज साहब ! मेरे मुवक्किल का विचार है कि कोर्ट अपनी ओर से ही निर्णय ले।निर्णय किसी के भी पक्ष में हो, स्वीकार होगा।

जज साहब —- ठीक है, दीक्षित जी आपको मंज़ूर है ?

दीक्षित जी —- अवश्य, जज साहब !

जज साहब — दोनों पक्षों के सहमत हो जाने के मद्देनज़र कल इसी कोर्ट में अपराह्न दो बजे फ़ैसला सुनाया जाएगा। दोनों पक्ष समय पर उपस्थित होना सुनिश्चित करेंगे।

अगले दिन कोर्ट ने जो निर्णय दिया वह कुछ इस तरह से था — विद्वान वकीलों के तर्क, तमाम परिस्थितियों व दीक्षित जी द्वारा कल लंच के बाद कोर्ट में प्रस्तुत सर्वोच्च न्यायालय के फ़ैसले के मुताबिक़ यह कोर्ट इस नतीजे पर पहुँची है कि शेषनाथ इस शॉप को एक महीने के समय के अंदर ख़ाली कर रामनाथ को सौंप दे तथा यदि रामनाथ स्वयं व्यवसाय न करके शॉप किराए पर देता है तो कोर्ट को धोखा देने, गुमराह करने के आरोप लगे व कार्रवाई हो। सर्वोच्च न्यायालय के फ़ैसलों में माना गया है कि यदि आप खुद धंधा करेंगे तो ही शॉप को ख़ाली करने के आदेश लागू होंगे। दोनों पक्ष दृढ़ता से फ़ैसले की पालना करें।अपने साथ हुई फ़ैसले के विरोध में कोई भी पक्ष तीन माह की समय सीमा में ऊपर की कोर्ट में अपील दायर कर सकता है।

सत्यमेव जयते !

***

11

तरुण - लक्ष्मी की हनीमून के लिए अमेरिका की यात्रा आरंभ

डिनर के बाद अपने सामान व काग़ज़ात की फिर से जाँच की तरुण-लक्ष्मी ने और जब सब कुछ ठीक मिला तो क़रीब सवा दस बजे रात्रि में निकल पड़े एयरपोर्ट के लिए अपने परिवार जनों के साथ। अखिल अपनी कार से ही यहाँ आया था जिसमें अब तरुण लक्ष्मी साथ बैठे थे। दूसरी उबर सेवा में तान्या अपने मम्मी पापा के साथ बैठी थी।दिन में क़रीब एक घंटे से भी ज़्यादा का समय लग जाता है रोहिणी से एयरपोर्ट तक लेकिन दस बजे के आस-पास तक़रीबन लोग अपना कामकाज समेट कर घरों को लौट जाते हैं इसलिए सड़कों पर दबाव कुछ हल्का हो जाता है। टर्मिनल -3 पर ही सबको पहुँचने की हिदायत दी गई थी इसलिए अखिल ने अपने मोबाइल फ़ोन से ही जी. पी. एस. का काम लिया व बिना किसी चूक के ग्यारह बजे अपने गंतव्य पर पहुँच गए थे।सामान कार से उतार कर ट्रॉली में डाला, इतने तक मम्मी पापा व तान्या की गाड़ी भी पहुँच गई थी। प्रवेश द्वार के बाहर ही मम्मी पापा ने दोनों को आशीर्वाद दिया व तान्या ने गले मिलकर नई नवेली लक्ष्मी भाभी को विदाई दी। अखिल भी गर्मजोशी से मिलकर सभी से जुदा हो रहा था।

अखिल —- बुआ जी, आप किसी दिन आना घर, मम्मी पापा याद करते हैं कई बार आपको ?

तृप्ता —- बहुत दिल करता है अखिल बेटा, पर किसके साथ आऊँ। तुम्हारे फूफाजी सुबह नाश्ता बगैरह लेकर शॉप के लिए व तरुण- लक्ष्मी

अस्पताल के लिए निकल जाते हैं। सब सायंकाल में लौटते हैं और मैं सारा दिन टी.वी. देख कर या घर का कोई छोटा- मोटा काम करके ही बिताती हूँ। अकेले में तुम्हारे वहाँ आने में मुझे कोई हिसाब किताब नहीं। तुम लोग भी सब अपने -अपने काम में लगे रहते होंगे ?

अखिल —हाँ बुआ जी, मैं व पापाजी शॉप पर व दीदी कोर्ट चली जाती है। मम्मी जी तुम्हारी तरह अकेले ही रहती है। अब चलता हूँ बुआ जी, रात काफ़ी हो गई। तान्या बहन कभी संडे बगैरह के दिन आ जाना घर।

तान्या —- अभी तो एग्ज़ाम की तैयारी करनी है, एक महीने में ही फ़ुरसत मिलेगी।

अखिल —- फूफाजी भी यही कह रहे थे कि तान्या के एग्ज़ाम के बाद उसे यहाँ दिल्ली से स्वतंत्र करके फिर से यमुनानगर भेज देंगे।

तान्या —- हाँ भैया, लड़की का तो ठिकाना ससुराल ही होता है।तुम कब मिठाई खिला रहे हो ?

अखिल —- पहले तो दीदी अनिता की टर्न है, हम अभी जूनियर हैं। ओ. के. दीदी, चलता हूँ। उबर टैक्सी सेवा से तान्या मम्मी पापा के साथ घर लौट आईं थीं। तरुण - लक्ष्मी अपना टिकट व पहचान पत्र हाथ में लिए लाइन पार कर डेल्टा एयरलाइन्स के काउंटर पर पहुँच गए थे जहाँ चेक इन में सब बैग बगैरह जमा हो गया व बोर्डिंग पास भी मिल गया जिसपर सीट संख्या, फ़्लाइट संख्या, समय व गेट संख्या अंकित की गई थी व दिल्ली से एमसटरडम का पहुँच समय दर्ज था। दोनों सामान से मुक्त हो कर अपने गेट की तरफ़ बढ़ने लगे थे लेकिन उन्हें अभी सुरक्षा जाँच के घेरे से निजात पाना था। सांपनुमा पंक्तियों में खड़े हुए व लगभग आधे घंटे बाद जाँच अधिकारी के पास पहुँचे तो उन्होंने सारा सामान एक बड़ी ट्रे में डाल कर स्क्रीनिंग के लिए प्लेटफ़ॉर्म पर रखने को

कहा दोनों ने अपने पर्स, घड़ी, बेल्ट, शूज, मोबाइल फ़ोन,पैन, रेजगारी- सिक्का ट्रे में रख दिए थे, और एक ब्रीफ़केस जो फ़्लाइट में साथ रखना था, भी अलग से रख दिया। इधर से सामान की व दूसरी तरफ़ मानवीय जाँच भी जारी थी। महिला व पुरुष दो के अलग-अलग केन्द्र बने हुए थे जिन्हें पार कर ही जाँच में सफलता समझी जाती थी। दोनों टेस्ट में क्लीयर हुए व अपना सामान एकत्रित किया व निर्धारित गेट की ओर बढ़ने लगे।दोनों को तब आश्चर्य हुआ जब केवल दो मिनट की पैदल यात्रा के बाद ही गेट पर पहुँच गए थे। लगभग एक बजने को आया था और क़रीब 1: 45 पर बोर्डिंग प्रक्रिया आरंभ होनी थीं, इससे पूर्व ही उद्घोषणा हुईं कि दिल्ली से एमसटरडम के यात्रियों से निवेदन है कि वे गेट संख्या 6 A की बजाय गेट संख्या 8 B से बोर्डिंग करें। सुनते ही गेट पर प्रतीक्षारत यात्रियों में हलचल पैदा हुई व अपने अपने सामान सहित बताए गए गेट पर पहुँचने लगे जो यहाँ से पाँच मिनट की पैदल दूरी पर ही था। वहाँ अब बैठे ही थे कि बोर्डिंग शुरू हो गई। पहले बिज़नेस क्लास के यात्रियों व उनके बाद वरिष्ठ जनों को तैयार रहने को कहा गया। सब पंक्तियों में खड़े हो गए थे व एक एक कर अपने बोर्डिंग पास स्कैन करवाकर विमान में दाखिल हो रहे थे। देखते ही देखते सभी यात्री अपनी-2 सीट पर विराजमान हो गए थे। जम्बो विमान को देख कर तरुण -लक्ष्मी अचंभित थे व अपनी मध्य भाग वाली चार सीटों की पंक्ति में आराम से बैठ गए थे। दो बजकर तीस मिनट हुए थे कि सीट बेल्ट बाँधने के निर्देश हुए व विमान ने पुश बैक लिया तो लक्ष्मी ने पूछा —- तरुण, विमान पीछे की तरफ़ क्यों जा रहा है ?

तरुण —- विमान आकर यात्रियों को उतारने के लिए गेट पर लग जाता है। फिर से उड़ान भरने के लिए उसे आगे रास्ता नहीं होता है इसलिए बैक लेता है व कुछ समय के बाद फिर आगे की ओर बढ़ने लगता है व रनवे पर पहुँच जाता है।

लक्ष्मी —- अब कितनी देर में उड़ान भरेगा विमान ?

तरुण —- रनवे पर आते ही परमिशन मिलने पर द्रुतगति से दौड़ने लगेगा व फिर उड़ने लगेगा। तुमने सीट- बेल्ट बाँध ली है ना ?

लक्ष्मी —- यस ! घोषणा होते ही लगा ली थी। अब विमान ऊँचे आकाश में बादलों के पार पूरी गति से उड़ रहा था। दोनों रात भर से नहीं सोए थे।आँखों में जब नींद समाने लगी तो शरीर भी हिचकोले खाने लगा। दोनों ने अपने -2 नेक- रिंग लगाकर जो गेट 6 A से ही ख़रीद किए थे, सोने की तैयारी करने लगे और कुर्सी थोड़ी पीछे कर नींद में खो गए।स्थानीय समय से एक घंटा पूर्व ही यात्रियों में हलचल मच गई जिससे दोनों की नींद भंग हो गई थी।अब यात्री बेड टी ले रहे थे, कुछ संक्षिप्त नाश्ता भी ले रहे थे। ठीक समय पर एमसटरडम के एयरपोर्ट पर विमान भूस्पर्श हुआ व एक एक कर सभी यात्री विमान से बाहर आ गए थे।

लक्ष्मी —- अब हमें क्या करना है ?

तरुण —- अब हमें बोर्डिंग पास पर अंकित दूसरे गेट पर जाकर अगली फ़्लाइट का तीन घंटे तक इंतज़ार करना है। हमारा गेट संख्या 15A है, सामने ऊपर लगे साइनबोर्डों को देखते हुए हम वहाँ पहुँचेंगे।

लक्ष्मी —ज़्यादा दूर तो नहीं होगा ?

तरुण —- हम धीरे-धीरे एयरपोर्ट के सुंदर नज़ारों को देखते हुए चलेंगे। अगर तुम्हें कुछ दिक़्क़त है तो हम golf cart से चल सकते हैं।

लक्ष्मी —— नहीं, पैदल ही चलेंगे, विमान में बैठे- बैठे शरीर कुछ जकड़न सी महसूस कर रहा है।

तरुण —- बिल्कुल, हम आठ घंटे की यात्रा करके यहाँ पहुँचे हैं, अब आगे भी इतना ही समय लगेगा। हमें विमान में नाश्ता बगैरह भी मिलेगा।

लक्ष्मी —- अभी कुछ देर पहले पहली फ़्लाइट में हमने चाय पी थी।

तरुण —- बातों में पता ही नहीं चला, वह बाईं ओर गेट न० 15A दिख रहा है जहां से हमें अगली फ़्लाइट मिलेगी।

लक्ष्मी —- यहाँ तो बहुत सारी गद्देदार कुर्सियाँ रखी हुई हैं, उनपर बैठ सकते हैं क्या ?

तरुण —- क्यों नहीं, ये सब यात्रियों के लिए ही तो हैं। आओ बैठते हैं। लक्ष्मी, हमने विमान से उतरने व यहाँ तक पहुँचने में एक घंटा बीत गया। अब एक घंटा आराम करेंगे फिर बोर्डिंग शुरू हो जाएगी।

लक्ष्मी —- हमने अभी तक आराम ही तो किया है, और आठ घंटे फ़्लाइट में करना पड़ेगा।

तरुण — हम अपनी सीट के सामने लगे टी.वी. पर अपनी पसंद की फ़िल्म सीरियल व खेल का मज़ा ले सकते हैं।

लक्ष्मी — हाँ, यह ठीक रहेगा। दोनों चेयर्स पर बैठ कर बातों में मशगूल हो गए थे व कुछ देर बाद बोर्डिंग शुरू होने पर विमान में सवार हो गए थे। एमसटरडम से वाशिंगटन (डी.सी.) की यह यात्रा लगभग आठ घंटे की है। दोनों पति पत्नी अपनी सीटों पर बैठ गए थे व लगेज केरियर में सामान रख कर बातों में मस्त हो गए थे।

***

12

रिश्वत कांड में जाँच रिपोर्ट पेश व शेखर- शालू की राजू पर बातचीत

विभागीय अदालत के फ़ैसले के अनुरूप आज दो माह बाद शेखर रिश्वत मामले की जाँच रिपोर्ट पेश की जानी थी व बहस भी होनी थीं। इंस्पेक्टर मोरे ने यह रिपोर्ट पेश की व अदालत को अपने एडवोकेट के माध्यम से रिपोर्ट की संक्षिप्त जानकारी देने की प्रार्थना की परंतु अदालत ने गोपनीयता बनाए रखने के लिए इजाज़त नहीं दी।

जज साहब —- मुझे लगता है कि जाँच रिपोर्ट बहुत लघु आकार में है, मैं इसे लंच टाइम में पढ़ूँगा व सभी पक्ष लंच के बाद ही कोर्ट में उपस्थित हों। अगर किसी पक्ष को आपत्ति है या ज़्यादा समय की आवश्यकता है या जाँच रिपोर्ट की प्रति की चाहना है तो नियमानुसार विचार किया जाएगा। शेखर के वकील अमन गुप्ता ने कोर्ट से अपील की कि जाँच रिपोर्ट के तथ्यों की जानकारी के बिना आरोपी अपना पक्ष कैसे प्रस्तुत करेगा। अत: FIR व जाँच रिपोर्ट दोनों हमें उपलब्ध कराईं जाएं। प्रार्थना पर कोर्ट ने संज्ञान लिया व एक सप्ताह में इस पर विचार कर फ़ैसला लेने का विश्वास दिलाया। इसी के साथ रीडर ने दोनों पक्षों को एक सप्ताह में प्रतियाँ ले लेने व दस दिन बाद निश्चित तिथि को बहस के लिए उपस्थित रहने के निर्देश दिए। कोर्ट रूम से बाहर आकर एडवोकेट अमन गुप्ता ने शेखर बाबू को अपनी फ़ीस जमा करवाने को कहा क्योंकि अभी तक सिर्फ़ पाँच हज़ार रुपए ही उन्हें मिले थे जबकि इतनी राशि तो उसके मुंशी को ही जाएगी।

शेखर बाबू ने यथा शीघ्र राशि पहुँचाने का विश्वास दिलाया व पूछा –

शेखर —- अब केस की क्या स्थिति होगी ?

अमन गुप्ता —- जाँच रिपोर्ट की प्रति मिलने पर केस की स्थिति का पता चलेगा। विभाग केस में कोई तथ्य न मिलने पर FIR निरस्त भी करवा सकता है पर इसकी संभावना कम ही है क्योंकि इससे विजीलैंस की विश्वसनीयता प्रभावित होती है।

शेखर —- गुप्ता साहब, आपने मुझे बहुत सहारा दिया है, ऐन वक़्त पर आपने मेरी मदद की है। इस सब के लिए आपका आभार व्यक्त करता हूँ।

अमन गुप्ता —- मेरा वकालत करने का मंतव्य केवल धन उपार्जन करना नहीं बल्कि लोगों को न्याय दिलवाना ज़्यादा है। यह एक ऐसा व्यवसाय है जहां आप प्रत्यक्ष रूप से जनहित कर सकते हैं।

शेखर —- अगर आपने समय पर या फ़ीस की अदायगी का मामला अड़ा कर सहायता नहीं की होती तो शायद अब तक मैं लॉकअप में सड़ रहा होता।

अमन गुप्ता —- फ़ीस कोई बड़ा मामला नहीं है, हम निःशुल्क भी ज़रूरतमंदों, ग़रीबों व असहायों की मदद को तैयार रहते हैं। मेरे पिताजी श्री उमा शंकर गुप्ता भी एक जाने माने एडवोकेट रहे हैं अपने जमाने के। उन्होंने ही जन कल्याण के लिए 'रामानंद चैरिटी ट्रस्ट' का गठन किया था। आज भी मेरी फ़ीस की दस प्रतिशत राशि इसी ट्रस्ट को जाती है।

शेखर —- आप धन्य हैं जो इस पेशे को भी कल्याण का मार्ग बनाए हुए हैं। अब मैं आपसे इजाज़त चाहूँगा। सायंकाल में ऑफिस में आपसे फिर मुलाक़ात होगी। शालू, आओ हम घर चलते हैं।

शालू —- हाँ चलो ! घर जाकर मैं जो तुम्हें सब बताऊँगी, हैरान रह जाओगे।

शेखर —- (ऑटोरिक्शा से घर पहुँच कर) अब बताओ क्या हैरान कर देने वाली बात थी ?

शालू —- आप जब कोर्ट में थे तो मैं बाहर राजू से मिली व बातचीत की। मुझे लग रहा है कि यह सब षड्यंत्र उसी की कल्पना है।

शेखर —- यह तुम कैसे अनुमान लगा सकती हो ? क्या राजू ने ऐसा कुछ कहा जिससे तुम इस निष्कर्ष पर पहुँची हो।

शालू —- हमने राजू को इतना प्यार व सहारा दिया पर उसने जिस थाली में खाना खाया उसी में छेद किया ।मैंने भी अनजाने में उसकी माँ जो मेरी मुँह बोली बहन बनी है, के साथ मिलकर आप पिता- पुत्री को परेशान किया। आपके व शिवि के सामने असत्य कहा कि 'मेरी बहन ने इसी शर्त पर तुम्हारे पिता से मेरी शादी करवाई थी कि मै राजू के लिए शिवि को सुपुर्द कर दूँगी जबकि उस समय तक मैना से मेरा कोई परिचय नहीं था।'

शेखर —- तुमने ऐसा असत्य क्यों कहा ?

शालू —- मेरी घनिष्ठता जब मैना से बढ़ने लगी तब मैना ने शिवि को पसंद कर मुझे राजू के साथ उसकी शादी करने को मना लिया था इसलिए मै उसे अपने घर अकेलेपन को दूर करने के बहाने लेकर आई।

शेखर —- उस से क्या होता ? वह तो पागल बन कर रहने लगा।

शालू —- उसके दो कारण थे। एक तुम्हारी निगरानी रखना व दूसरा यदि शिवि के साथ कुछ असहजता हो जाए तो पागलपन का चोला ओढ़कर निर्दोष साबित हो जाना।

शेखर —- मैना भी इस प्लान में शामिल रही,वह तो समझदार महिला है।

शालू—— जब इंसान किसी स्वार्थ में फँस जाता है तो उसकी सारी बुद्धिमत्ता काफ़ूर हो जाती है। उसके बार-बार कहने पर मैंने दीपावली के दिन शिवि पर दबाव बनाया कि वह राजू से शादी कर ले। उसका पागलपन शायद शादी के बाद ठीक हो जाएगा पर मेरा दांव उल्टा पड़ गया और शिवि घर से फ़रार हो गई।

शेखर —- शालू, तुमने मौसी का किरदार बख़ूबी निभाया। तुम्हें कम से कम मुझे तो विश्वास में लिया होता। क्या तुम मुझे अब तक अपना पति स्वीकार नहीं कर पाई हो या फिर स्वयं को ज़्यादा होशियार समझ मुझे अनजान समझ रही हो ?

शालू —-हाँ शेखर बाबू, मैं ही स्वयं इसका श्रेय लेना चाहती थी जो शायद मेरी भूल साबित हुई।

शेखर —- अति आत्मविश्वास भी कई बार इंसान को धोखा दे देता है। ख़ैर जो हुआ वह बीत गया अब जब राजू से मिली तो तुम्हारी उससे क्या बात हुई?

शालू —- अब वह पागल राजू नहीं रहा था बल्कि इंस्पेक्टर राजा साहब बन गया था।फिर भी उसने जो बात की उससे लग रहा था कि वह हमसे किसी बात को लेकर नाराज़ था जिसे वह हमसे खुलकर कह नहीं सकता था।

शेखर —- तुमने मुझसे जो दस हज़ार रुपए लिए थे, उससे राजू को फ़ोन नहीं दिलवाया ? शायद इसी वजह से ऐंठ गया हो।

शालू — मुझे क्षमा करना शेखर बाबू, मैंने अभी तक आपको नहीं बताया कि वह दस हज़ार रुपए राजू के पास ही रहे, मैंने एक रुपया भी नहीं लिया।

शेखर —- फिर तुमने पाँच हज़ार रुपए वकील अमन गुप्ता को कहाँ से दिए ?

शालू —- तुम्हारी जेब से ! इतने दिन हो गए तुमसे शादी किए, क्या एक एस.डी.ओ. की पत्नी के पास पाँच हज़ार रुपए नहीं होंगे ?

शेखर —- शालू, तुम मुझसे ही सब छुपातीं रही। यह तुम्हारी नेक नीयती नहीं थीं।

शालू —- क्या आप मुझे क्षमा कर देंगे ?

शेखर —- क्षमा के सिवाय और क्या कर सकता हूँ। पति-पत्नी की नींव तो विश्वास के धरातल पर ही टिकी होती है, वह विश्वास टूट जाए तो गृहस्थी की गाड़ी लड़खड़ाने लगती है।

शालू —- हाँ शेखर बाबू, मैंने तुम्हारे साथ एक अच्छी पत्नी का व्यवहार नहीं किया। इसीलिए परिवार बिखर गया।

शेखर —- सुबह का भूला सायंकाल में घर आ जाए तो उसे भूला नहीं कहते। भविष्य में विश्वास पूर्वक रहा जाए तो सबसे बड़ी क्षमा यही होगी।

शालू —- प्यार से शेखर के गले लगती है, शेखर बाबू आप कितने अच्छे हैं।

शेखर — अब एक प्याली कड़क चाय हो जाए, बहुत देर से बातों में ही दिन निकल गया। अमन गुप्ता को उनकी फ़ीस देकर आना है।

शालू —- हाँ, मैं चाय तैयार करती हूँ आपके लिए और आप पैसों का इंतज़ाम करें अमन गुप्ता के लिए।

शेखर —- शालू, मुझे ए.टी.एम. जाना पड़ेगा, तुम्हारे पास रखे हैं क्या कुछ रूपए ?

शालू —- कुछ रुपयों से बात बनने वाली नहीं, सीनियर एडवोकेट हैं अमन गुप्ता।

शेखर — ठीक है मैं चाय लेकर निकलता हूँ। गुप्ता को पेमेंट देकर ही लौटूँगा।

शालू — ओ. के. लो चाय तैयार है।

शेखर — (चाय की चुस्की लेकर) बाय शालू !

शालू — बाय !!

***

13

शुभम का शिवि के साथ अंबाला कैंट आगमन

देव के जींद में ही बस से उतर जाने के बाद देविना का मुखमंडल कांतिहीन हो गया था। शुभम व शिवि ने देविना को ऐसी स्थिति में पहले कभी नहीं देखा था। खुद देविना भी स्वयं से पूछ रहीं थीं- ये मुझे क्या हो गया ? पहले तो कभी इतना लगाव महसूस नहीं किया, देव बाबू ने शायद मुझ पर कोई जादू टोना कर दिया है। कुछ दिनों के लिए जुदाई में ही यह हाल है तो एग्ज़ाम के बाद क्या होगा ?

शिवि ने देविना की स्थिति को भांप लिया व कहा — देविना दीदी, हम भी यहाँ मौजूद हैं, क्या देव भैया के बिना, हम कुछ सहायक हो सकते हैं ?

देविना —- तुम दोनों व बस में सवार और भी जितने यात्री बैठे हैं पर देव के जाते ही मुझे बस ख़ाली सी नज़र आने लगी है। मेरा मन हर ओर से सूनापन अनुभव कर रहा है। मुझे कुछ शारीरिक दिक़्क़त तो नहीं ?

शिवि —- यह शारीरिक नहीं, मानसिक है, जब माँ मुझे छोड़कर चली गई थी तब मुझे भी जग वीरान लगने लगा था।अपनों का साया जब हट जाता है तब ख़ालीपन रह जाता है जो धीरे-धीरे पूर्णता को प्राप्त होता है।

देविना —- तुम्हारी माँ तो तुम्हें हमेशा के लिए छोड़ गई पर देव बाबू तो दस दिन के बाद फिर हमारे साथ होंगे।

शिवि —- जब प्यार साया बन जाता है तो वह हमेशा साथ ही माँगता है, हमसाया हो जाता है।

देविना —- शिवि, यह तो बड़ी विचित्र स्थिति है, यहाँ कुछ दिमाग़ काम नहीं कर रहा।

शिवि — प्यार में दिमाग़ नहीं, दिल काम करता है, मस्तिष्क नहीं, मन मौजूद रहता है।

देविना —- जब मैं और तुम भी दीपावली के मौक़े पर घर आए थे तब ऐसा कुछ नहीं लगा था। अब की बार तो मुझे कुछ और न दिखाई देता है और न महसूस होता है।

शिवि — प्रेमी की हालत प्रभु के भक्त जैसी हो जाती है जिसे चहुँओर अपना इष्ट ही नज़र आता है। आइना देखो तो अपना नहीं, इष्ट का रूप ही दिखता है,भक्त और प्रेमी में ज़्यादा फ़र्क़ नहीं है।

देविना —-क्या देव भी ऐसा ही महसूस कर रहा होगा ?

शिवि —- क्यों नहीं ? यह प्यार की ज्वाला है जो पास रहते शीतल रहती है व दूर जाने पर भभक उठती है।

देविना —-क्या तुम भी ऐसी अवस्थाओं से गुजरे हो ?

शिवि — हां दीदी, हर प्रेमी गुजरता है।उसे और कुछ नहीं दिखाई पड़ता है, न सुनता है। मुझे आप सबने मिलकर संभाल लिया वरना मेरा संसार भी सूना हो जाता। मेरा जीवन रिक्त सरिता की तरह तपता हुआ रेत होता।

देविना —- तुम तो प्रेम अमृत छक कर पार हो गई शिवि, अब हमारी नैया तो मझधार में है।

शिवि —- प्यार के सागर में गहरे डुबकी लगाने से ही नैया पार उतरती है। तुम घबराओ मत देविना दीदी, यह सभी के साथ घटता है।

देविना —- मुझे लगता है कि इतने दिनों तक मैं देव के बिना रह नहीं पाऊँगी।

शिवि—- यही हाल देव भैया का भी होगा। देख लेना, वे किसी न किसी बहाने तुम्हें मिलने आ जाएँगे।

देविना — तुम्हारी इस बात से तो मुझे कुछ संबल मिला है।

शिवि —- प्रेमी दिल इसी आशा में उम्र गुज़ार देते हैं।

देविना —- शिवि, तुम तो प्यार की एक्सपर्ट हो गई हो।

शिवि —- जब तक प्रेम पात्र साथ है, सभी एक्सपर्ट लगते हैं। अलग होने पर पागलों की तरह हो जाते हैं।अब तुम नॉर्मल होने की कोशिश करो, हमारा शहर आने वाला है।

देविना —- मम्मी पापा को भी मेरी हालत देख कर सब मालूम पड़ जाएगा, तब मैं क्या मुँह दिखाऊँगी ?

शिवि —- स्पष्ट बताना होगा शुभम व मेरी तरह। माँ बाप बच्चों के हितैषी होते हैं, शत्रु नहीं। तुम कहो तो मैं तुम्हारे साथ चल सकती हूँ ?

देविना —- नहीं शिवि, मुझे ख़ुद ही संभलना पड़ेगा। अपने पर नियंत्रण रखना होगा। प्यार एक भावना ही तो है, इस भावना को किसी भी दिशा में परिवर्तित कर सकते हैं। इसी भावना से प्रेरित हो राष्ट्र की रक्षा में जान क़ुर्बान कर देते हैं लोग।

शिवि —- बिल्कुल, प्यार में बड़ी शक्ति, दृढ़ता, सौम्यता न जाने कितने गुण समाहित होते हैं। प्यार अपार है, प्यार की महिमा अपरंपार है।

शुभम —- (दोनों की संवाद क्रिया का आनंद लेते हुए) शायद अंबाला सिटी पहुँच गए हैं। अपना सामान संभालो, अगला स्टॉप कैंट ही है।

शिवि —- हाँ, मंज़िल अच्छी तरह पहचान लो, ताउम्र आना-जाना है यहाँ। देविना दीदी, क्या शुभम मेरे साथ ही घर जाएँगे ?

देविना — बिल्कुल ! मौसी जी के फ़ोन से चिंतित शुभम पापाजी से मिलने यहाँ आ सकते हैं। शुभम ! एक रात तो ससुराल में बिताओगे पर यह ध्यान में रखते हुए कि यह अभी पूर्व ससुराल है, पूर्ण नहीं।

शुभम —- देविना जी, शायद अब आपका मस्तिष्क सक्रिय होने लगा है।

(तीनों हंसते हुए बस से नीचे आ जाते हैं)

शिवि —- देविना दीदी, आप भी चलो पापाजी से मिलने, बड़े ख़ुश होंगे।

देविना —- मैं किसी दिन फिर आ सकती हूँ, अभी तो पापा मम्मी इंतज़ार कर रहे होंगे।

शिवि —- क्या तुमने पहले ही सूचना भेज दी थी ?

देविना —- हां, मैंने पापाजी को मैसेज कर दिया था। शुभम ! तुम शायद परिस्थितियों का आकलन कर कल लौट जाओगे ? मुझसे मिलकर जाना होगा?

शुभम —- बिल्कुल हम मिले बिना नहीं जाएँगे। शिवि को भी साथ लेकर आना है क्या ?

देविना — यह तो सोने पर सुहागा होगा।, तुम्हें घर का एड्रेस पूछने की भी ज़रूरत नहीं होगी। हम फ़िल्म बगैरह के लिए भी जा सकते हैं।

शिवि —-यह ठीक नहीं रहेगा दीदी, शुभम का मन मचल गया तो घर लौटना मुश्किल हो जाएगा।

शुभम —- मैं क्या बच्चा हूँ जो मेरा मन मचल जाएगा।

देविना — तुम बच्चे नहीं, पर दिल तो बच्चा है ना जी ! एकांत पाकर अग्नि के पास रखा ईंधन जलने से कैसे बच पाएगा ? अब चलें, बस स्टैंड के बाहर से ऑटो ले लेते हैं।

कुछ देर पहले ही कोर्ट से लौटे शेखर बाबू व शालू अपने गिले शिकवे भुलाकर एक-दूसरे से क्षमायाचना कर कह रहे थे - सुबह का भूला शाम को घर आ जाए तो उसे भूला नहीं कहते। इसी समय शिवि, शुभम के साथ घर में दाखिल होती हुई — हाँ पापाजी, मैं सुबह की भूली घर लौट आई हूँ।

शेखर —- अरे बेटी शिवि और शुभम बेटा !

(ख़ुशी के मारे आवाज़ भर्राने लगती है)

शुभम — नमस्ते पिता श्री, नमस्ते मौसीजी !

शालू —- शुभम- शिवि ! बहुत अच्छा किया बेटी, तुम दोनों आ गए पिताजी की ख़बर-ख़ैर जानने।

शेखर —- मैंने तुम्हें बहुत सताया है बेटी, मुझे क्षमा कर देना। मैं अपना पिता का धर्म भूल गया था, तुम अपना बेटी का धर्म इतना सब कुछ होने के बाद भी निभा रही हो। आओ बेटी, मैं तुम्हें गले से लगाने को बहुत समय से तड़प रहा हूँ, शुभम बेटा, तुम भी मेरे पास आओ।

(दोनों बच्चों को दोनों ओर से गले के क़रीब लाकर प्यार से एक एक कर मस्तक चूमकर आशीर्वाद देते हैं।)

शालू मौसी —- बेटी शिवि, मुझे भी माफ़ कर देना, मैं अपने कर्तव्य से विमुख हो गई थी।

शिवि — (मौसीजी के चरण स्पर्श करती है) माँ बाप का क्रोध भी फलदायक होता है मौसीजी ! वे प्यार भी करते हैं, धमकाते भी है, डाँटते भी है और पास बुलाकर स्नेह से सिर पर हाथ भी फेरते है।

शुभम —- मेरे पापाजी भी बहुत नाराज़ हुए थे जब मैंने शिवि के साथ प्यार की बात उन्हें बताईं थीं व शिवि के लिए रिंग ख़रीदने को कहा था लेकिन मेरे दृढ़ संकल्प के कारण उनको आशीर्वाद देना पड़ा।जब मेला देखने गए तब

मम्मी -पापा की ख़ुशी का कोई ठिकाना नहीं रहा था। दोनों बहनें शिवि पर फ़िदा हो रहीं थीं।

शालू —- हमें अपनी बेटी की तारीफ़ सुनकर बहुत अच्छा लग रहा है।

शेखर —सुबह दस बजे से सफ़र शुरू करके अब चार बज गए हैं, कुछ भी खाया नहीं होगा ? शालू तुम चाय तैयार करो, मैं बाज़ार से समोसा बगैरह लेकर आ रहा हूँ।

शुभम —-पापाश्री, आप तकल्लुफ़ न करें। आप हमें अपने बारे में जो भी कुछ हुआ, उसे बताएँ।

शेखर —- बेटा, हम सायंकाल में डिनर के दौरान सब बातें करेंगे। अभी मुझे कुछ ले आने दो, ज़्यादा देर भूख रखना शरीर को नुक़सानदायक हो सकता है। शालू चाय के लिए किचन में व शेखर मिठाई- समोसा बगैरह के लिए बाज़ार निकल गए थे। शिवि के फ़ोन की रिंग टोन बजती है।

देविना —- हाय शिवि ! मैं देविना, कैसे हैं आप सब ? कोई गड़बड़ तो नहीं ?

शिवि —- अभी तक तो सब कुछ ठीक चल रहा है। रात होने पर ही पेट की बात निकलती है।

देविना — मैं भी आराम से घर पहुँच गईं थीं, मम्मी पापा बहुत खुश हुए अपनी लाड़ली को पाकर। दीपावली के बाद अब मिले हैं।

शिवि —-अब तो कुछ दिनों की ही बात रह गईं है फिर हमेशा घर में ही रहना होगा ?

देविना —- क्या कह रही हो पगली ? लड़की कहीं घर में हमेशा रह सकती है क्या ?

शिवि —- पिता का घर ना सही, पिया का घर तो मिलेगा, कहीं तो ठिकाना बनेगा ही ?

देविना — अच्छा, शुभम यहीं आस-पास है क्या ? मैं उससे बात करूँगी।

(शिवि, शुभम को फ़ोन देते हुए) देविना दीदी बात करेंगी।

शुभम — (फ़ोन पर) हैलो देविना जी, आप सकुशल घर पहुँच गईं ?

देविना —- हां, बिल्कुल, मज़े में हूँ। आप दोनों के लिए चिंतित हूँ।

शुभम —- कोई संकेत तो किसी अनहोनी के नहीं है। मम्मी -पापा ने हमें अच्छे से रिसीव किया है। अब कुछ ही देर में जलपान करेंगे।

देविना —- चौकन्ना रहना, छोटी सी भूल या लापरवाही ज़िंदगी पर भारी पड़ सकती है ?

शुभम —- हाँ देविना जी, हमें सब ठीक ही लग रहा है। देव भैया का फ़ोन आया होगा आपके पास ?

देविना —- कहाँ ? अपने दोस्तों में उलझे रहे होंगे। कितने ही दोस्त है उनके ?

शुभम —- देविना जी, सारे इलाक़े में देव भैया का नाम है। उनकी शराफ़त, विश्वास व दयालुता की सब तारीफ़ करते हैं। उनके उपन्यास तो लोगों के ज़हन में बसे हुए हैं।

देविना —- दोस्त होने के नाते कुछ ज़्यादा ही तारीफ़ हो रही है या सब सच्चाई बयां कर रहे हो ?

शुभम —- मैं जब शिवि के लिए जींद शहर आया था तब जाना कि देव भैया क्या हैं ? मैं उन्हें फ़ोन कर तुम्हारी याद दिलाता हूँ।

देविना —- ऐसा मत करो शुभम, जब उनके दिल में हमारे प्यार की घंटी बजेगी, तभी फ़ोन की रिंग टोन भी प्ले करेगी।

शुभम —-आप भी शायर हो गईं, प्यार में मालूम ही नहीं पड़ता कौन कब क्या कैसा हो जाएगा ?

देविना —- कल वापिसी में मिलकर जरूर जाना है, कहीं ससुराल के मोहपाश में हमें भुला दो। शिवि भी आ जाए तो और अच्छा रहेगा। हम सब इकट्ठे ही लंच ले सकते हैं।

शुभम —- मैं कोशिश करूँगा, पिता श्री आ गए हैं, अब हम जलपान करेंगे।

देविना —- ओ.के. शुभम !

शुभम —- ओ.के . देविना जी ! (फ़ोन शिवि को देता है ।)

शेखर —- शालू, चाय तैयार है क्या ?

शालू —अभी पाँच मिनट लगेंगे। इतने तक आप मिठाई- नमकीन बगैरह प्लेट में रखना शुरू करो।

शिवि —- पापाजी, लाओ मुझे दो मिठाई का बॉक्स, मैं लगा देती हूँ।

(डिब्बा खोलकर मिठाई प्लेट में रखती है ।) बहुत ज़्यादा मिठाई ले आए पापाजी ! इतनी कौन लेगा ?

शेखर —- बेटी शिवि ! मैं तो ख़ुशी के मारे पागल सा हो गया हूँ। पांडेय हलवाई भी मेरी तरफ़ देख कर पूछ रहा था - घर में बारात आई है क्या ?

शिवि —- तो आपने क्या कहा अपने उत्तर में, मैं भी सुनना चाहती हूँ।

शेखर —- मैंने कहा कि बारात का इंतज़ार है, दूल्हे राजा पहुँच चुके हैं। बड़ा हंसा पांडेय मुझे सुनकर।

शिवि —- बहुत मज़ाक़िया स्वभाव के हैं पांडेय अंकल। मैं भी कई बार मोतीचूर के लड्डू लेने के लिए जाती थी तो मज़ाक़ में कहते - बिटिया, मोतीचूर खाओगी तो बहुत दूर जाओगी।

शालू —- (चाय की केतली रखते हुए) सब बातें बंद कर अब चाय पीने में ध्यान लगाओ।

शेखर —— ओ.के. शालू जी ! आप क्या लेंगी - काजू - कतली या स्पंज रसगुल्ला ?

शालू —- आज सब चलेगा। ख़ुशी में सब कुछ हज़म हो जाएगा।

शेखर —- (समोसे में चटनी उँड़ेलते हुए) लो बेटी शिवि, यह दीनदयाल का मशहूर समोसा है। बेटा शुभम, तुम भी स्वाद चख कर देखो।

शिवि —- (एक टुकड़ा मुँह में डालकर) वाह पापाजी, वाक़ई ग़ज़ब का स्वाद है। पनीर, हरा मटर, ड्राइफ्रूट्स (काजू, किशमिश) सब लबालब है।

शुभम —- शिवि, सच में ही स्वादिष्ट है क्या ?

शिवि —- तुम खाकर देखो तो ही पता चलेगा ?

शुभम — (समोसा तश्तरी में लेकर) एक पीस खाकर, वाह ! यह तो अब पूरा ही खाना पड़ेगा। थैंक्यू पांडेय अंकल !

शेखर —- पूरे कैंट में मशहूर है दीनदयाल हलवाई का समोसा। अब तुम दोनों अगर कहीं घूमना पसंद करते हों तो जा सकते हो।हम इतने तक डिनर के लिए तैयारी करवाते हैं।

शिवि —- हाँ पापाजी, हम एक दो घंटे में लौटेंगे।

शेखर —- फ़ोन साथ में रखना बेटी !

शिवि —- हाँ पिता जी ! (दोनों सैर के लिए निकल जाते हैं।)

14

देव बाबू का डॉ. जैन व डॉ. भगवत स्वरूप जी से अस्पताल में मिलना

लंच के बाद दोनों मित्र राकेश व देव अस्पताल की ओर ही चले गए थे जहाँ राकेश अपनी ड्यूटी संभाल लिए थे व देव डॉ. जैन से मिलने चला गया था।

देव — डॉ. जैन, गुड आफ्टर नून !

डॉ. जैन — आइए मि० देव, आप तो डॉ. राकेश के मित्र हैं न ?

देव —- यस डॉ. जैन, डॉ. राकेश मेरे मित्र तो हैं ही, मेरे गाँव से भी है।

डॉ. जैन — डॉ. राकेश के मन में आपके प्रति बहुत प्यार व सत्कार है। डॉ. भगवत स्वरूप जी भी आपको सम्मान की दृष्टि से देखते हैं।

देव —- डॉ. भगवत स्वरूप जी देवतुल्य इंसान हैं, वे इंसानियत के क़द्रदानों में से एक है।

डॉ. जैन —- हाँ, मैंने सुना था कि मुखिया के विरोध के कारण आपको ट्रेनिंग के लिए अवकाश मंज़ूर नहीं किए जा रहे थे तब डॉ. राकेश के साथ आप डॉ. भगवत स्वरूप जी के पास गए थे।

देव —- राकेश की उस समय तक डॉ. भगवत स्वरूप जी से कोई पहचान नहीं थी फिर भी इंसानियत के नाते उन्होंने हमारी मदद की व हर हाल में अवकाश स्वीकृत होने का विश्वास दिलाया और निभाया।

डॉ. जैन —— मेरे पास भी अस्पताल में कई बार आए हैं डॉ भगवत स्वरूप जी, बड़े सामाजिक एवं अहंकार शून्य इंसान हैं।

देव —- जी, डॉ. जैन। मैं आज ही ट्रेनिंग कॉलेज से लौटा हूँ, मेरे एक आदरणीय प्रोफ़ेसर की लड़की के विषय में डॉ राकेश ने आपसे कुछ ज़िक्र किया होगा ?

डॉ. जैन —- हाँ, कई दिन पहले किया था तभी मैंने डॉ. कोठारी से संपर्क साधा था। अगर मैं ग़लत नहीं हूँ तो शायद फ़ेस बर्न का मामला था ?

देव — यस डॉ. जैन, किसी सिरफिरे ने सुंदर बाला का जीवन तबाह कर दिया था।

डॉ. जैन —आप कुछ भी चिंता न करे, डॉ. कोठारी इस विधा में विशेषज्ञ हैं। बिना किसी खर्च के यह इलाज होगा।मेरे संपर्क में एक एन.जी.ओ. है जिसने यह सब खर्च उठाने का भरोसा दिया है।

देव —- डॉ. जैन, मैं किन शब्दों में आपका धन्यवाद करूँ, आप एक ज़रूरतमंद को समय पर सहारा दे रहे हैं।

डॉ. जैन —- इसमें मेरा कोई ज़्यादा रोल नहीं है। यह एन.जी.ओ. महिलाओं के प्रति समर्पित है। कई मेंबर मेरे परिचय में है।

देव —- आपकी कृपा से एक जीवन तबाह होने से बच जाएगा, शायद आपने पूरी रूचि लेकर यह काम करने का संकल्प लिया है।

डॉ. जैन —- किसी भी काम के लिए दृढ़ संकल्प आवश्यक है।

(बाहर के रूम से क़दमों की आहट के साथ तालमेल करती आवाज़।)

डॉ. भगवत स्वरूप — डॉ. जैन हैं क्या ? कोई पेशेंट हो तो मैं डॉ राकेश के पास ही कुछ देर बैठ जाता हूँ।

डॉ. जैन —आपको कहीं भी बैठने से कोई रोक सकता है क्या डॉ. साहब? बस आपके स्कूल के ही एक रोगी हैं जो समाज सेवा का बोझ उठाए हुए हैं।

डॉ. भगवत स्वरूप — हाँ मुझे डॉ. राकेश ने पहले ही बता दिया था। कैसे हो देव बाबू ?

देव — (झुककर प्रणाम करते हुए) आपकी कृपा से सब ठीक हो रहा है।

डॉ. भगवत स्वरूप —- सदा प्रसन्न व समृद्ध रहो ।जींद शहर में कब आए हो ?

देव —- आज क़रीब 12:30 बजे पहुँचा था, तब से डॉ राकेश के पास हूँ। नेहा से लंच के वक़्त मिल चुका हूँ।

डॉ. भगवत स्वरूप — मेरे साथ रश्मि बिटिया भी आई है, वह भी नेहा से मिलने गईं हैं। राकेश जी भी साथ गए हैं।

देव —- आप कैसे, स्वस्थ हैं सर !

डॉ. भगवत स्वरूप —- मैं बिल्कुल ठीक हूँ। राकेश बाबू कह रहे थे किसी प्रोफ़ेसर की लड़की का फ़ेस बर्न का केस बड़ी रूचि लेकर इलाज के लिए दौड़-धूप कर रहे हैं।

देव —- उसी सिलसिले में डॉ जैन से मिलने आया था।

डॉ भगवत स्वरूप — मेडिकल की दुनिया में कोई भी काम हो, डॉ. जैन 'गूगल' हैं।

डॉ. जैन —आप जैसे महापुरुषों के सान्निध्य का परिणाम है। यही तमन्ना रहती है कि मानवता के कल्याण के लिए जो बन पड़े निभा जाऊँ।

डॉ. भगवत स्वरूप —देश भर में आपकी पहचान है। आपसे मिलकर निराशा के बादल छंट जाते हैं व आशाओं का सूरज चमकने लगता है।

डॉ. जैन —- कहिए, क्या सेवा करूँ ? कोई दांत निकालूँ या कोई दाढ़ ख़ाली हुई हो तो उसे भर दूँ।

डॉ. भगवत स्वरूप — आज तो मैं राकेश बाबू से मिलने के लिए आया था रश्मि बिटिया के साथ। विचार आया कि आपसे मिलकर एक निमंत्रण दे दूँ।

डॉ. जैन —- अहोभाग्य है हमारा जो आपके प्रिय जनों की मेरिट लिस्ट में हैं।

डॉ. भगवत स्वरूप — कल राजीव एडवोकेट के घर हरियाणा सरकार में मंत्री व मेरे रिश्तेदार पं० शंकर प्रसाद जी आ रहे हैं। आप सपरिवार सादर आमंत्रित हैं।

डॉ. जैन —- एडवोकेट राजीव तो उनके दामाद साहब हैं।

डॉ. भगवत स्वरूप —हाँ, उनकी बहन हमारी बहू है, सतलोक के साथ। अब कोई दांत चेक करेंगे या लौट जाऊँ।

डॉ. जैन —- लौट नहीं, लेट जाइए चेयर पर, अभी तो बच्चे भी बातों में मशगूल होंगे। (दांत चेक करते हुए) मैंने आपके दांतों का ओ.पी.जी. ले लिया है, पंद्रह मिनट में रिपोर्ट तैयार हो जाएगी।

देव — डॉ. जैन, यह सुविधा तो बड़े शहरों के अस्पतालों में ही उपलब्ध हैं, यहाँ होने का चमत्कार कैसे ?

डॉ. जैन —ज़रूरत के चलते मैंने विभाग को निवेदन किया था व निवेदन की एक अग्रिम प्रति सरकार को भी भेजी थी।निवेदन के एक सप्ताह में मशीन की डिलीवरी हो गई थी।

देव —यह सब आपकी नेक नीयती व सौहार्द भाव का कमाल है जो इलाक़े के लोगों को महानगरीय सुविधा मिल रही है।

डॉ. भगवत स्वरूप —- देव बाबू, हमारे डॉ. राकेश को भी डॉ. जैन जैसा ही बनने की प्रेरणा व सहयोग करना। बहुत शरीफ हैं आप दोनों।

डॉ. जैन —- रिपोर्ट आ गई है डॉ साहब, आपके सभी दांत सुरक्षित एवं मज़बूत हैं सिर्फ़ बाईं ओर की निचली तीसरी दाढ़ में थोड़ा सा ख़ालीपन नज़र आ रहा है, कभी फ़ुरसत लगे तो आइएगा।

डॉ. भगवत स्वरूप —- जी शुक्रिया, मैं कभी समय निकालकर आऊँगा। देव बाबू ! जरा डॉ. राकेश को फ़ोन लगाना ?

देव — जी ! (फ़ोन लगाकर) हैलो राकेश बाबू, डॉ. साहब क्लीनिक पर जा रहे हैं, ड्राइवर गाड़ी वापस भेज देंगे रश्मि के लिए।

राकेश ——अभी तो नेहा के साथ बातों में मस्त है। शायद एक घंटा और लग जाए। जब भी फ़ुरसत लगेगी गाड़ी में आ जाएगी।

देव —-ठीक है, मैं डॉ. साहब को बोल देना हूँ कि वे बेशक क्लीनिक पर चले जाएं व ड्राइवर को गाड़ी सहित भेज दें।

राकेश —- ओ. के. साहब !

देव —- मैं भी आपके पास आ रहा हूँ, रश्मि भाभी से मिल लूँगा।

राकेश —- नेहा ही नहीं छोड़ रही, अभी तक तो मेरी भी कोई बात नहीं हुई ?

देव —- प्रेमी का दीदार ही मुलाक़ात होती है।

राकेश —- आ जाओ फिर नदी किनारे भ्रमण के लिए चलेंगे।

(देव बाबू डॉ. भगवत स्वरूप जी को नमस्कार कर पैदल ही राकेश के घर की ओर निकल जाता है। बीच में ही राजीव व कांति मिलते हैं।)

देव —-अरे राजीव, कांति भाई, राकेश के पास जा रहे हो ?

कांति —पास नहीं, लेने जा रहे हैं। कल राजीव के ससुर मंत्री जी आ रहे हैं, तुम्हें संज्ञान में है कि नहीं ? वैसे हमारे देव बाबू जींद शहर में कब आए ?

देव —- दिन में 12:30 बजे पहुँचा था, तब से लंच के बाद डॉ. जैन व डॉ. भगवत स्वरूप जी के पास बैठा था अस्पताल में। रश्मि भाभी भी आईं हैं ना राकेश के घर पर नेहा से मिलने।

कांति —- तो राकेश देर से पहुँच पाएगा, हम राजीव के साथ उसके घर चलते हैं मंत्री जी की आवाभगत की तैयारी के लिए।

देव —- हाँ बिल्कुल, हम तीनों अभी लौट चलेंगे व घर जाकर कुछ देर बाद राकेश को फ़ोन करके बुला लेंगे।

कांति —अगर राकेश, रश्मि भाभी को नहीं छोड़ सका तो हम तीनों भी तैयारियों के लिए काफ़ी है।

देव —- रश्मि भाभी शायद नेहा को अपने घर ले जाएगी, उसके बाद ही राकेश आ पाएगा।

राजीव —- राकेश को पता है ना मंत्री जी के प्रोग्राम का ?

देव —- क्या राजीव भाई, जब रश्मि भाभी वहाँ है तो ज़रूर मालूम होगा?

कांति — अवश्य ! डॉ. साहब को सब खबर रहती है, अस्पताल भी शायद डॉ. जैन को निमंत्रण देने आए होंगे।

देव —- तुम ठीक कह रहे हो कांति भाई।

(तीनों राजीव के घर के लिए निकल जाते हैं।)

***

15

सतलोक का परिवार सहित भिवानी दर्शन व पुरानी यादें ताज़ा

सुबह आठ बजे नाश्ता बगैरह लेकर सब तैयार थे घूमने जाने के लिए, सतलोक का परिवार भिवानी दर्शन व पं० शंकर प्रसाद विभिन्न शासकीय कार्यों के लिए। गाड़ियों का क़ाफ़िला सज चुका था, सुरक्षा दस्ता मुस्तैद था व लोक संपर्क विभाग के अधिकारी अपनी योजनाओं के क्रियान्वयन के लिए उद्यत। अब का समय राजनेताओं के लिए स्वर्णिम होता है, न स्टूडेंट्स के एग्ज़ाम, न किसानों का बिजाई- कटाई का कोई अवसर, न शादी- ब्याह की शहनाई,न सर्दी- गर्मी का प्रकोप और न बारिश की फ़िक्र।आज आधा दर्जन गाँवों के दौरे का प्रोग्राम बना था।

पं० शंकर प्रसाद —- बहन उमा, तुम सब सैर- सपाटे के लिए निकल रहे हो ?

उमा — जी भाई साहब ! बच्चों को ननिहाल की छटा के दर्शन करवाने हम दस बजे निकलेंगे, सबसे पहले किरोड़ीमल मंदिर जाएँगे।

शंकर प्रसाद —- मैंने ड्राइवर को बोल दिया है, सब दर्शनीय स्थल दिखाना बच्चों को।

उमा —- आप का प्रोग्राम भी बना होगा ?

शंकर प्रसाद —- हाँ उमा बहन, हमारा गमनागमन अनिश्चित ही रहता है। किस गाँव व शहर में कितना समय लगेगा, यह कहना कठिन है। हमारा मक़सद लोगों से मिलकर उनकी समस्याओं का निराकरण करना है। मंत्री होने

के नाते समाज व राज्य के प्रति हमारी बहुत जिम्मेदारियां हैं जिन्हें योजना बद्ध तरीक़े से पूरा करना होता है।

सतलोक —- भाई साहब ! आप कौनसे युग के राजनेता हैं जो इस प्रकार योजनाएँ बना रहे हैं। आज तो जनता के लिए जो करना है उसकी घोषणा चुनाव से पहले ही हो जाती है।

शंकर प्रसाद —- हाँ जीजा जी, यह शायद सत्य ही है कि मुफ़्त की टॉफ़ियों की घोषणा चुनाव पूर्व हो जाती है पर उनके साथ- साथ अन्य समस्याओं व विकास कार्यों का निदान - समाधान भी चलता ही रहता है।

सतलोक —- लगता है कि आप राजनीति का रंग ढंग बदलने मैदान में कूदे हैं ?

शंकर प्रसाद —राजनीति सेवा का सबसे लंबा व उत्तम मार्ग है। बिना लोभ- लालच - स्वार्थ के जनसेवा ही राजनीति का प्रमुख लक्ष्य होता है। ये माना कि आज लोग - नेता इसे व्यवसाय के रूप में देखने लगे हैं लेकिन मेरा मक़सद राजनीति के माध्यम से लोगों के जीवन को सरल एवं सुविधा जनक बनाकर उनमें राष्ट्रीयता की भावना का विकास करना है।

उमा — भाई साहब ! इस तरह के नेताओं को लोग ज़्यादा भाव नहीं देते, तवज्जो नहीं करते। शायद भाभी श्री भी इसी अवधारणा के चलते हम से किनारा कर गईं। लाभ के पद पर रहकर यदि आप किसी को लाभ नहीं पहुँचा सकते तो समय आने पर वे आपको वोट के लाभ से वंचित कर देंगे।

शंकर प्रसाद —- अंधकार में भी लाइट हाउस का काम करते हैं बिरले लोग, जो देश - दुनिया के लिए पूजनीय हो जाते हैं।

उमा —- भाई साहब ! आप के विचार उच्च्च कोटि के हैं पर इन पर अमल व प्रयोग बड़ा कठिन है। नेता जनता के विपरीत नहीं जा सकता।

शंकर प्रसाद —- जो जनता की भलाई चाहता व करता है, वह विपरीत कैसे हो सकता है ?

उमा —- भाई साहब ! आप आदर्शवादी नहीं यथार्थवादी बनिए। हाँ, आदर्शों को, यथार्थ के मार्ग पर चलकर प्राप्त करें तो यह चमत्कारिता होगी, शुद्ध, उत्कृष्ट बुद्धिमत्ता व राजनीति होगी ?

शंकर प्रसाद —- हम सायंकाल गें डिनर के दौरान इस पर और चर्चा करेंगे, अब मैं निकलता हूँ। कल हमें दिव्या के घर जींद शहर भी जाना है।

उमा —- बिल्कुल, हम सायं में ही तैयारी कर लेंगे। आप तो सी.एम. की रैली में शामिल होंगे ?

शंकर प्रसाद —- हाँ अभी तक तो यही प्रोग्राम है।

(अधिकारियों व प्रशंसकों के साथ निकल जाते हैं)

भोलू —- (मामा जी को जाते देख कर) मम्मा ! मामा जी के साथ इतने लोग क्यों रहते हैं ? पापाजी तो हमेशा अकेले ही रहते हैं। क्या ये सब मामा जी के दोस्त हैं ?

उमा — भोलू बेटा, तुम्हारे मामा जी सरकार में मंत्री हैं जो बहुत सम्मान का पद होता है।

भोलू —- तो ये सब लोग मामा जी के सम्मान के लिए जुटे हैं या इनके कोई काम हैं ?

उमा —- हाँ, मंत्री जी से लोग सम्मान के साथ- साथ काम भी करवाते हैं।

गोलू —- भोलू भैया, तुम इस चक्कर में मत पड़ो, राजनीति में भोले नहीं, चालाक लोगों का ही दबदबा क़ायम रहता है।

भोलू —-गोलू दीदी, क्या मामा जी चालाक हैं ? मामा जी से चालाक तो मम्मी जी भी हैं फिर मम्मी क्यों नहीं मंत्री बनीं ?

गोलू —- मम्मी अगर चुनाव में उतरे और जीते तो मंत्री बन सकती हैं ?

भोलू —- फिर तो मम्मी के साथ भी लोगों व नेताओं की भीड़ होगी ?

सतलोक —- चलो बच्चों, हम आज तुम्हें भिवानी शहर में घुमा कर लाएँगे। सबसे पहले हम किरोड़ीमल मंदिर जाकर हनुमान जी की पूजा करेंगे।

उमा —- हाँ आज शनिवार भी है। अंजनि पुत्र प्रसन्न हो जाएँगे।

भोलू —-आंटीजी तो जींद शहर में है, वे कैसे प्रसन्न होंगी ?

उमा — बेटा, उनका नाम अंजना है, अंजनि पुत्र तो हनुमान जी का नाम है।

भोलू —- तो मम्मी जी आप हनुमान ही क्यों नहीं बोलते ?

सतलोक —-अब ज़्यादा बहस मत करो, झंडू ड्राइवर गाड़ी लिए हमारा इंतज़ार कर रहा होगा ?

भोलू —- ओ. के. पापाजी, मैं सबसे आगे वाली सीट पर बैठूँगा।

(सभी झंडू की गाड़ी में बैठ कर किरोड़ीमल मंदिर पहुँच कर हनुमान जी के दर्शन करते हैं व फिर के. एम. कॉलेज के हॉस्टल पहुँचते हैं।)

गोलू —- मम्मा यह तो बिल्कुल नई बनी बिल्डिंग है ?

उमा —- हाँ, तुम्हारे मामा जी ने बनवाई है स्टूडेंट्स के रहने के लिए।

भोलू —- स्टूडेंटस हमारी तरह घर में क्यों नहीं रहते मम्मा ?

उमा —- भोलू बेटा, जो स्टूडेंट दूर से आकर यहाँ पढ़ते है, वे हॉस्टल में रहते हैं।

भोलू —- मम्मा जब हम पढ़ाई के लिए बाहर जाएँगे तब हमें भी हॉस्टल में रहना पड़ेगा ?

उमा —- हाँ भोलू ! हम तुम्हें मिलने के लिए आया करेंगे।

भोलू —- मैं कोई शरारत नहीं करूँगा फिर भी आप मुझे मिलने आकर टीचर से मेरी शिकायत करेंगे ?

उमा—- हम शिकायत करने नहीं, पापाजी के साथ तुम्हें वैसे ही मिलने आएँगे जैसे हम मामा जी से मिलने आए हैं।

भोलू—- वो तो तब आना जब मैं मंत्री बन जाऊँगा। सब लोग मंत्री जी से ही मिलते हैं।

सतलोक —बच्चों, अब हम पार्क में जाएँगे। वहाँ झूले, हॉर्स राइडिंग का मज़ा लेंगे।

गोलू —- हाँ पापाजी, कितनी दूर है, क्या कार में सवार होकर जाएँगे ?

सतलोक —- नहीं, इस दीवार में बने गेट को पार करके पार्क में पहुँच जाएँगे।

भोलू —- सब लोग जल्दी करो, मैं हॉर्स राइड करूँगा।

(सब लोग पार्क में पहुँचते हैं, बच्चे खेल में मस्त हो जाते हैं तो सतलोक उमा बातों में।)

सत्तू —- शैली, तुम्हें याद हैं वे दिन जब कॉलेज के समय हम यहाँ मिलते थे।

शैली —- बड़ा डर लगता था उस समय चोरी- चोरी मिलने में पर जब तुम मीठी मीठी बातें करते थे तो जी बड़ा खुश होता था। तुम्हारा वह दोस्त चंदन शायद लंदन में रह रहा है।

सत्तू —- हाँ, हम उसकी शादी में भी गए थे न जयपुर में आठ दस साल पहले। क्या धूमधाम से विवाह रचाया था चंदन ने। अब तो उसकी बहन भी सिविल सेवा में आ गई है। पूरे देश में छतीसवां रैंक पाया था उसने व राजस्थान कॉडर मिला है उसे।

शैली — पूरा परिवार ही धारदार दिमाग़ रखता है, मैं उस समय प्रेगनेंट थीं, फिर भी शादी में शामिल हो ही गए थे।

सत्तू —- हाँ शायद भोलू पेट में था छः महीने से।

शैली —- चंदन लंदन कैसे चला गया, क्या हम भी जा सकते हैं ?

सत्तू —-उसकी कम्पनी ने उसे भेजा है दो साल के लिए, फिर लौट कर आएगा यहीं। हम भी जा सकते हैं लंदन पर जो आनंद और सम्मान अपने देश में है, वह बाहर नहीं। अगर तुम्हारी इच्छा है तो हम जा सकते हैं, इसके लिए हमें वीज़ा लेना होगा। तुम्हारा पासपोर्ट तो बना हैं ना ?

शैली —- मैंने बहुत दिनों से चेक नहीं किया।

सत्तू —- मुम्बई लौटने पर देख लेना।

(गोलू - भोलू लौट कर थके हुए से आकर पानी पीते हैं व गर्मी का हवाला देकर घर चलने को कहते हैं।)

शैली —- हाँ सब चलेंगे, आज कुछ धूप ज़्यादा ही है। मुझे भी गर्मी सता रही है।

सत्तू —- शैली, तुम्हारा चेहरा कुछ लालिमा सी लिए हुए क्यों हो गया है ?

शैली —- गर्मी और पसीने से हाल बेहाल हुआ जा रहा है। कहीं रेस्टोरेन्ट में चलो, कुछ आराम भी मिलेगा व लंच भी कर लेंगे।

सत्तू —-मैं झंडू को फ़ोन लगाकर पूछता हूँ कि कहाँ किस रेस्टोरेन्ट पर लंच का इंतज़ाम किया है ? (फ़ोन मिलाते हुए) झंडू ड्राइवर भैया ! तुम कहाँ हो ?

झंडू — जमाईं बाबू, मैं यहाँ पार्क के पास रेस्टोरेन्ट पर बैठा हूँ। आप सब के लिए लंच का इंतज़ाम यहीं किया गया है।

सत्तू —- अच्छा ठीक है, हम यहीं पार्क से आ रहे हैं।

शैली —- (रेस्टोरेन्ट के काउंटर पर) हैलो करिश्मा, कैसी हो, पहचाना मुझे ?

करिश्मा — यस मैडम, आप वैली की कॉलेज फ्रैंड हैं। वैली आज कल लंदन में है।

शैली —- लंदन में किसके साथ गईं हैं ?

करिश्मा ——अपने पति चंदन के साथ, बहुत अमीर सेठ है चंदन।

शैली —मेरे इनके फ़ास्ट फ्रैंड है, एक ही कॉलेज में पढ़ते थे। मेरे भाई साहब पी. डब्लयू. डी. मंत्री हैं सरकार में।

करिश्मा —- आप ख़ुशक़िस्मत हैं जो इतना लायक़ भाई मिला। आप अंदर ए.सी. रूम में बैठिए। आपके लिए लंच का आयोजन हमारे ज़िम्मे ही है।

शैली — ओ.के. हम अंदर बैठेंगे, गर्मी ने बुरा हाल कर रखा है।

भोलू —— (केबिन में पहुँच कर) मम्मा, मैं लंच के बाद आइसक्रीम जरूर लूँगा।

शैली —- हाँ बेटा, कल सायं तुम दोनों सो गए थे, तुम्हारे मामा जी ने बहुत स्वादिष्ट आइसक्रीम मँगवाई थीं।

भोलू — वही चॉकलेट वाली आइसक्रीम यहाँ भी मिलेगी ?

शैली—अवश्य मिलेगी ?

वेटर — सर, लंच के लिए आर्डर !

भोलू — तुम्हारे यहाँ चॉकलेट वाली आइसक्रीम है ना ?

वेटर — अगर नहीं भी हुई तो भी हम इंतज़ाम कर देंगे। आइसक्रीम तो लंच के बाद ही लेंगे न ?

भोलू — यस लंच के बाद, पापाजी भूख लगी है।

सत्तू — स्वस्थ व संतुलित लंच लाना है ?

वेटर — जो आपने आर्डर किया है, सब फ्रेश लेकर आऊँगा सर ! हमें मंत्री जी का भी ध्यान है।

सत्तू — (लंच के बाद) शैली, अब कहाँ का विचार है ?

शैली — घर चलने का, आराम करने की इच्छा हो रही है।

सत्तू —- TIT नहीं देखना क्या ? भिवानी शहर का गौरव है।

शैली —- अब कहीं की इच्छा नहीं, गर्मी में बच्चे भी परेशान हो जाएँगे।

(सभी ड्राइवर के साथ गाड़ी में सवार होकर घर पहुँचते हैं।)

***

16

तरुण- लक्ष्मी पहुँचे होटल हिल्टन, डिनर के बाद नीलमणि से फ़ोन पर बातचीत

क़रीब सवा पाँच बजे विमान जमीं पर उतरा व दोनों लगभग एक घंटे बाद सामान समेट कर बाहर आए, टैक्सी कॉल की व चल दिए रोनॉल्ड रंगीन इंटरनेशनल एयरपोर्ट से होटल हिल्टन की ओर। यह केवल 40-45 मिनट का ही सफ़र था। कुछ अंधकार भी अपना प्रभुत्व स्थापित करने लगा था, शायद कुछ काले मेघ बूंद धारण किए हुए सूरज को चुनौती दे रहे थे। होटल में चेक इन के लिए काउंटर पर पहुँचे जहां सामान्य सी पूछताछ व पहचान पत्र देने के बाद रूम न० 140 अलॉट हुआ जो होटल की चौदहवीं मंज़िल पर स्थित था व शानदार व्यू लिए हुए था।ड्रेस चेंज कर थोड़ा आराम किया और फिर भूख लगने पर डिनर का प्रोग्राम बनाने में व्यस्त हो गए।

तरुण —- तुम क्या लोगी ? वेज या नॉन वेज भी चलेगा ?

लक्ष्मी —- मैं हमेशा वेज ही हूँ। कभी- कभार अंडा - ऑमलेट ले लेती हूँ लेकिन अब हल्का डिनर करेंगे।

तरुण —- मैंने नेट पर अभी कुछ अच्छी जगह ढूँढ ली है जहाँ बहुत लोग डिनर के लिए पहुँचते हैं। हम इसी आरामदायक ड्रेस में भी वहाँ जा सकते हैं।

लक्ष्मी —- ठीक है, इवनिंग वॉक भी हो जाएगी व डिनर भी हो जाएगा। लिफ़्ट से लॉबी में आकर काउंटर पर दोनों पहुँच गए थे। वहाँ तैनात महिला कर्मचारी ने बताया कि Wharf Area यहाँ से कुछ ही दूरी पर

Potomac river के दो मील तक के लगभग एरिया में स्थित है। वहीं सब लोग खाना खाने पहुँचते हैं। आप पैदल ही जाएँगे तो आनंद आएगा। महिला कर्मचारी के सुझाव पर दोनों होटल से बाहर निकले व बहुत चौड़ी सड़क पर आ गए। कुछ दूरी ही तय की थी कि सामने एक फ़व्वारा अपने यौवन पर था। रंग- बिरंगी रोशनियों से रंग बदलता पानी आँखों में चमक ला रहा था। उसकी अरुणाई व चंचलता देख कर लग रहा था मानो कोई नृत्यांगना मुदित हो मस्ती में नृत्य कर रही हो। कुछ देर निहारने के बाद दोनों पति पत्नी आगे बढ गए थे। कुछ सीढ़ियाँ नीचे उतरे ही थे कि देखा लोगों का मेला लगा हुआ था। दुकानों के सामने लोगों की लंबी क़तारें लगी हुई थी व सब जल्द से जल्द अपने लिए मनपसंद भोज्य सामग्री पाने को लालायित थे। रोटी- चपाती तो U.S. में बहुत खोजबीन करने पर भी शायद ही मिले इसलिए दोनों ने आधुनिक फ़ूड चुने। क्योंकि शॉप्स में बैठने के लिए पर्याप्त जगह नदारद थीं इसलिए अपना पिज़्ज़ा, बर्गर, कुछ फ़्रेंच फ़्राई लेकर बाहर मैदान में आ गए थे जहाँ बहुत से कॉमन बैंच पड़े हुए थे जिन पर बैठ कर आनंद से डिनर का मज़ा ले रहे थे।यहाँ से Potomac नदी का दृश्य आँखों को भा रहा था। दोनों एक ही बेंच पर बैठे व आगे रखे डेस्क पर खाद्य सामग्री रख सेवन करने लगे। आस-पास भीड़ में लोग स्वादिष्ट व्यंजनों का चटखारे लेकर भक्षण कर रहे थे। सामने नदी में नावें कुछ खड़ी व कुछ धीमी गति से गतिशील थीं।

लक्ष्मी — देखो तरुण, सामने नदी में खड़ी नाव में कुछ लोग खा पी रहे हैं, कुछ महिलाएँ भी है। लगता है कि ये लोग पिकनिक मनाने आए हैं।

तरुण —- यहाँ लोग हमारी तरह सैर- सपाटे व मौज मस्ती के लिए ही आते हैं। पूरा ग्रुप नाव में बैठकर चलते या ठहरे हुए पार्टियाँ करते हैं व मस्ती में गीत- संगीत का प्रोग्राम करते हैं।

लक्ष्मी —- हमारे बाईं ओर कुछ दूरी पर ही नदी के मुहाने पर ढोल नगाड़ों की आवाज़ गूंज रही है, शायद ये लोग मस्त होकर डांस कर रहे हैं।

तरुण —- लगभग नौ बजे यहाँ चहल पहल शुरू हो जाती है और देर रात तक लोग यूं ही मस्ती करते रहते हैं। छोटी बड़ी सभी प्रकार की नावें नदी में तैरती हुई दिखाई पड़ती हैं। तुम्हें खाना कैसा लग रहा है ?

लक्ष्मी —- पिज़्ज़ा व बर्गर का तो जवाब नहीं पर हाँ हमारी खाने की धीमी गति के कारण फ्रेंच फ्राई कुछ ठंडी सी हो गई है।

तरुण —- हाँ, पाश्चात्य फ़ूड गर्मागर्म ही स्वादिष्ट लगते हैं। रात्रि में दस बजने को आए हैं अब हम हिल्टन चलेंगे। सारा दिन सफ़र में बीत गया, जेटलेग के कारण नींद के झोंके से आने लगे हैं।

लक्ष्मी —हाँ थकान मुझे भी लग रही है पर यहाँ का आकर्षण मन में क्रांति मचा रहा है। इतना भव्य दृश्य और वह भी प्रकृति की गोद में, दुर्लभ व अप्राप्य है।

(तरुण के फ़ोन की घंटी बजती है)

तरुण —- हैलो सर !

नीलमणि —- (दूसरी तरफ़ से) तरुण भाई साहब ! मैं शिकागो से नीलमणि बोल रहा हूँ। आप US पहुँच गए हैं न ?

तरुण —- अरे नीलमणि डॉ. साहब ! आज सायं ही पहुँचे हैं, हिल्टन (नेशनल माल) में ठहरे हैं।

नीलमणि —- गुड ! बहुत उत्तम सेवा - सर्विस के लिए विश्व विख्यात है फिर भी रूम रेंट रीजनेबल हैं।

तरुण — हमें चौदहवीं मंज़िल पर रूम नंबर 140 मिला है, शानदार रूम है व बहुत आकर्षक व्यू है। इस समय Potomac के किनारे डिनर व डांस म्यूज़िक का आनंद लूट रहे हैं।

नीलमणि— क्या बात है डॉ. तरुण गुप्ता ! वाशिंगटन की जान है Potomac, और इस समय तो जन्नत ही नदी पर उतर आता है।

तरुण —- कैसा चल रहा है तुम्हारा सब कुछ ?

नीलमणि —- सब बढ़िया चल रहा है, अभी आठ बजे के क़रीब क्लीनिक से लौटा हूँ। डिनर बगैरह लेकर तुम्हारा ध्यान किया है। लक्ष्मी भाभी को हमारा गुड ईवनिंग कहना।

तरुण — (लक्ष्मी को फ़ोन देकर) लो तुम ख़ुद ही बात कर लो। लक्ष्मी (फ़ोन लेकर) हैलो डॉ नीलमणि जी !

नीलमणि —- हाँ लक्ष्मी भाभी, गुड ईवनिंग ! सब मज़े में चल रहा है। अच्छा किया जो यहाँ चले आए। जीवन भर यादें रहती है ऐसे मौक़ों की ?

लक्ष्मी — बड़ी मुश्किल से निकलकर पहुँचे हैं US में, सफ़र भी काफ़ी लंबा व थका देने वाला है।

नीलमणि — हाँ डॉ. भाभी ! एक दम पाताल में है अमेरिका, कुल मिलाकर पूरा दिन व रात चौबीस घंटे लगते हैं दिल्ली से।

लक्ष्मी —- हाँ जी डॉ. साहब ! अब डिनर लेकर होटल लौट रहे हैं। थकान ज़्यादा है इसलिए आराम ज़रूरी हो गया है।

नीलमणि — अभी क्या जल्दी है, यहाँ की जन्नत का आनंद लो।

लक्ष्मी — बहुत देर से वही कर रहे हैं। अब अति तो हर चीज की अच्छी नहीं होती।

नीलमणि — अच्छा ठीक है भाभी, फ़ोन तरुण भाई साहब को दे दो।

लक्ष्मी — ओ. के. भाई साहब, गुड नाइट ! (फ़ोन तरुण को देती है)

नीलमणि — भाभी से बात करके अच्छा लगा। शादी में याद करते तो और मज़ा आता।

तरुण — वह तो मैंने बताया था कि सब तुरत- फुरत में ही हो गया। अपने यहाँ से बहुत रिश्तेदार शामिल नहीं हो पाए।

नीलमणि —-ओ.के. कोई बात नहीं, अगली ख़ुशी पर ज़रूर याद करना। मैं कह रहा था कि अगर समय निकाल पाए तो एक दिन हमारे पास शिकागो में आ जाओ।

तरुण —- अगर ऐसा कुछ मौक़ा लगा तो मैं फ़ोन से आपसे बात कर लूँगा।

नीलमणि — ओ. के. वैरी गुड ! पूरी तरह से enjoy करो। गुड नाइट !

तरुण — जी डॉ साहब, गुड नाइट ! (फ़ोन स्विच ऑफ कर) लक्ष्मी, अब चलना होगा। पैदल ही चलेंगे, थोड़ा हाज़मा ठीक रहेगा। टहलते हुए ही पंद्रह मिनट में पहुँच गए थे हिल्टन होटल, लिफ़्ट को चाबी लगाया और पहुँच गए रूम पर। शानदार रूम, अलग से दो डबल बेड जिसके दोनों ओर सजे टेबुल लैंप, बीच में छोटी अलमीरा टाइप रैक जिसपर इंटरकॉम फ़ोन सैट, बड़ी अलमारी, जिसमें हैंगर लटकते हुए, काँच की दीवारों से घिरा वॉशरूम, चाय-कॉफी के लिए मशीन व मैटेरियल उचित मात्रा में मौजूद थे। अभी किसी को चाय - कॉफी की ज़रूरत नहीं थी पर कुछ देर टी. वी. देखना तो ज़रूरी था। (भारतीय चैनल भी टी. वी. पर उपलब्ध थे।) तरुण ने समाचार चैनल ऑन किया तो लक्ष्मी को कॉमेडी शो की इच्छा थी लेकिन नींद के मामले में दोनों की इच्छा समान थी। टी. वी . व लाइट दोनों ऑफ किया व सारे दिन के सफ़र की थकान मिटाने के लिए नींद के आग़ोश में समाने को तैयार हो रहे थे।

तरुण— गुड नाइट लक्ष्मी !

लक्ष्मी — गुड नाइट !

***

17

शुभम - शिवि की अंबाला कैंट में इवनिंग वॉक

शिवि — (घर से बाहर आकर) कैसा लगा हमारा घर आपको शुभम?

शुभम —- अपनी ससुराल को कौन बुरा कहेगा ? मेरे लिए तुम अच्छी हो तो तुम्हारा घर भी अच्छा रहेगा। जीवों से घर जीवंत होता है।

शिवि —- बिल्कुल सही कहा, जिस घर में प्राणी नहीं, वह घर निष्प्राण है, सुनसान है।

शुभम —-मैं तो कहूँगा कि जहां घर में प्राणियों में प्यार नहीं, वह घर शमशान के समान है।

शिवि ——हाँ, कल तक जो घर मौसीजी की वजह से व पापाजी के रूखे- सूखे व्यवहार से बेगाना सा लगने लगा था, आज उसमें लगाव, संबंध व प्यार की सरिता फूट पड़ने से जन्नत की तरह महसूस होने लगा है।

शुभम —-हाँ शिवि, कुछ ईंट- पत्थरों को इकट्ठा कर देने से घर नहीं हो जाता, उसकी प्राण प्रतिष्ठा आवश्यक है।जिस तरह मंदिर में मूर्ति रखने से वह मंदिर तब तक नहीं बनेगा जब तक मूर्ति की प्राण प्रतिष्ठा न हो।

शिवि ——हाँ जिस तरह से भगवान राम की मूर्ति को प्राण प्रतिष्ठा हुई थी व मंदिर बन गया।

शुभम —- हाँ इसका मतलब यह हुआ कि मूर्ति में भगवान का वास हो गया। आप केवल भगवान राम की मूर्ति की नहीं बल्कि भगवान राम की पूजा-अर्चना कर रहे हैं।

शिवि —- प्राण प्रतिष्ठा कौन किस तरह करता है ?

शुभम — बहुत अच्छा सवाल किया। जिस तरह शादी- विवाह में पंडित लोग मंत्रोच्चार कर सात फेरे दिलवा कर शादी की रस्म संपूर्ण कर दूल्हा दुल्हन को एक सूत्र में पिरोते है, उसी तरह शुद्धता पूर्वक मंत्रों के द्वारा मूर्ति की प्राण प्रतिष्ठा की जाती है। हम भी इसी तरह मंत्रों के बीच सात फेरे लेकर शादी करेंगे।

शिवि —- पर उस दिन तो आप सब लोग मंदिर में जाकर शादी करने की बात कर रहे थे। वह तो पापाजी व मौसीजी वहाँ पहुँच गए वरना हम मंदिर में ही शादी कर चुके होते।

शुभम —- इस तरह मंदिर या कोर्ट में शादी आमतौर पर परिजनों की असहमति की वजह से प्रेमी- प्रेमिका निभाते हैं।ये शादियाँ भी समाज में स्वीकृति प्राप्त हैं।

शिवि —- अब तो परंपरागत शादी करने के बाद भी कोर्ट में पंजीकरण करके प्रमाण पत्र लेना आवश्यक हो गया है।

शुभम —-हाँ, कई बार हम जब बाहर आते- जाते हैं तब शादी के प्रमाण पत्र की डिमांड होने लगी है। यह सुरक्षा एवं शांति के लिए ज़रूरी है।

शिवि —अब हम देविना के घर से थोड़ी दूरी पर ही रह गए हैं।क्या हम उनसे मिलने जा सकते हैं ?

शुभम — अभी दिन में तो हम इकट्ठे ही थे, कल मौक़ा लगा तो जाएँगे। शिवि, तुम्हें पापाजी व मौसीजी का व्यवहार कैसा लगा ? कहीं कोई छलकपट या धोखाधड़ी की बू तो नहीं आ रही ?

शिवि —-मुझे तो नहीं लगता कि कहीं कुछ गड़बड़ है, फिर भी रात को सिर से गुजरने दो, सब खुलासा हो जाएगा। अभी तो पापाजी से उनके साथ घटी घटना की जानकारी भी नहीं है।

शुभम —- हाँ, डिनर के दौरान ही कुछ चर्चा होगी ।अभी हमें घर से निकले पंद्रह मिनट ही हुए हैं । क्या कोई फ़िल्म बगैरह देखने का मौक़ा मिल सकता है ?

शिवि —- फ़िल्म तो दो घंटे तक चलेगी, अभी शायद किसी भी शो का टाइम नहीं है । लगता है कि दिमाग़ में कुछ शैतान जाग रहा है ।

शुभम —- हाँ शिवि, शैतानी तो नहीं होगी पर तुम्हें गले लगाने, प्यार से मुख चूमने, साथ-साथ रहने को दिल करता है । क्या यह स्वाभाविक नहीं है? प्यार को कुछ तो अवलंबन चाहिए ही होता है ।

शिवि —- हम पार्क में बैठकर बातें कर सकते हैं पर इस समय तो पार्क में बहुत भीड़ होती है । पूरा शहर ही घर से निकल कर पार्कों में जमा हो जाता है ।

शुभम —- हमारी तरह के युवा भी वहाँ पहुँचते हैं, दिल की बात करते हैं पर दुनिया से दूर, बेख़बर । क्या जीवन है यह भी शिवि ?

शिवि —- कभी- कभी तो डर लगता है कि कहीं कुछ अनहोनी न हो जाए ?

शुभम —- अब तुम मेरी हो चुकी हो शिवि, केवल कुछ सामाजिक रस्मों को निभाना बाक़ी है ।

शिवि —- आओ पार्क के एक कोने में शांति से बैठ कर बातें करेंगे ।

शुभम —- शांति का अभिप्राय ?

शिवि —- बिना किसी शैतानी के, पापाजी को बहुत लोग जानते हैं न? दिल तो हमें भी बहुत करता है प्यार की पींगें चढ़ाने को पर कुछ न कुछ बंधन पड़ा ही रहता है ।

शुभम —हाँ शिवि, तुम ठीक कह रही हो। पुरूष लूटना चाहता है और स्त्री लुटना चाहती है, यही प्रकृति का नियम है। यही प्यार का असली रूप है।

शिवि —- क्या फ़रीदाबाद घर में कभी बात होती है ? मम्मी पापा कैसे हैं ? सपना व अल्पना की पढ़ाई कैसी चल रही है ?

शुभम —- आज बड़ा प्यार आ रहा है, (हाथों में हाथ लेकर चूमते हुए) मम्मी पापा सब ठीक है। दोनों बहनों की पढ़ाई भी ठीक चल रही है। एक सप्ताह में घर पर बात हो ही जाती है।

शिवि —- यहाँ सब ठीक रहा तो कल देविना दीदी से मिलकर ही घर के लिए निकलोगे ?

शुभम —- हाँ कल संडे है तो उसके मम्मी पापा भी घर में ही होंगे। तुम भी चलना चाहोगी क्या ?

शिवि — जैसा तुम ठीक समझो,यह फ़ैसला कल सुबह भी लिया जा सकता है।

शुभम —- हाँ ठीक है, फ़ैसला कल भी लिया जा सकता है, अब क्या लूँ ?

शिवि —- जाग गया न शैतान ?

शुभम —- गोल- गोल गोरे चाँद से मुखड़े को देख कर किस इंसान का शैतान नहीं जाग जाएगा ? अब मुझे दोनों तरफ़ एक -एक 'किस' जरूर लेना पड़ेगा।

(जाने को होती है पर शुभम पकड़ कर बाईं ओर चूम कर) आ हा ! जन्नत में आ गए, दाई ओर भी चलेगा ?

शिवि —- तुम पूरे शहर में ढिंढोरा पिटवाओगे ?

शुभम —- फिर तो (दाईं ओर भी चूमता है और चूमे रहता है कुछ देर तक) ढिंढोरा पिटने ही दो।

शिवि —- हाय राम ! मौसी जी को पता चल गया तो आसमान सिर पर उठा लेंगी।

शुभम —- मौसीजी व पापा श्री ने खुद ही हमें भेजा है।

शिवि —- चलो अब देर हो रही है, डिनर का टाइम हो गया है, घर चलते हैं।

शुभम —- चलो, अब कहीं भी चलो !

(दोनों पार्क से घर के लिए निकल जाते हैं।)

***

18

शुभम - शिवि देविना के घर, शुभम का जींद प्रस्थान

प्रात: नौ बजे नाश्ते से निवृत्त होकर शुभम व शिवि देविना से मिलने को जाने के लिए तैयार हो रहे थे। रात्रि में पापाजी व गौरीजी की बातों से दोनों आश्वस्त हो गए थे कि सब दुरुस्त है और पापाजी का केस भी कोई ज़्यादा गंभीर नहीं है। शिवि हैरान थी कि राजू विजीलैंस का बंदा था और यहाँ शैतानी करने के लिए पागल बना रहा। उसने ही शिवि से शादी न होने की कुंठा में झूठा केस बना डाला। मौसीजी भी राजू व मैना की बातों में आकर शिवि पर नाजायज दबाव डालने लगी थी जिससे ख़फ़ा हो कर शिवि घर से भाग कर जींद शहर चलीं गईं थीं। जब मौसीजी की आँखें खुलीं तो वे शर्मसार हो बार बार शिवि को कह रही थी - बेटी, यह घर तुम्हारा भी है, किसी समय आओ, किसी समय जाओ, कोई तुम्हें कुछ कहने वाला नहीं है।

शालू मौसी — बेटी शिवि, तुम तैयार नहीं हुईं अब तक, शुभम कब से इंतज़ार में है। साड़ी पहनने की ज़रूरत नहीं है, रोज़मर्रा की ड्रेस ही अच्छी रहेगी।

शिवि — हाँ मौसीजी, मैं साड़ी नहीं जींस ही पहनूँगी, पर मेरे बैग में एक जींस थीं, वह नहीं मिल रही। कहीं भिवानी तो नहीं रह गई ?

शालू मौसी —बेटी, वह तो बहुत मैली हो गई थी, मैंने सुबह ही और कपड़ों के साथ वॉशिंग मशीन में डाल दी थी।

शिवि—ओ. के. मौसीजी, मैं दूसरी ड्रेस ही पहन लूँगी। (कुछ समय बाद) चलो शुभम ! दस बज गए यहीं, तुम्हें बारह बजे से पहले जींद के लिए भी निकलना है।

शुभम — हाँ, चलो ! पापा श्री के चरण स्पर्श करता है व आशीर्वाद पाकर विदा होता है। ऑटोरिक्शा से उतरकर गेट पर पहुँचे ही थे कि देविना ने दोनों को पहचान लिया व बाहर आ गईं थीं।

देविना —- कैसे हैं दोनों ?

शुभम — हम दोनों सही सलामत हैं। तुम्हारा कैसा चल रहा है ?

देविना —— हम भी सब ठीक है, बस पापाजी को रात में नींद कम आती है इसलिए अब तक सो रहे हैं। उनकी नींद में ख़लल नहीं डाल सकते। हमें ऊँची आवाज़ में संवाद नहीं करना है।

शुभम —- ओ. के. देविना जी, हम आपको यही बताने आए थे कि शिवि के साथ सब कुछ ठीक व्यवहार हो रहा है, कोई गड़बड़ नहीं लगती।

देविना —- बड़े संतोष की बात है। फिर भी शिवि अगर कुछ अनुचित लगे, मुझे सूचित कर देना।

शिवि —- हाँ दीदी, अवश्य।

(मेधा गुप्ता का प्रवेश)

मेधा —- शुभम- शिवि ! मेरे प्यारे- प्यारे बच्चों ! तुम्हें देख कर दिल बाग- बाग हो गया है। देविना कल से ही रट लगाए हुए थी कि तुम दोनों जरूर आओगे यहाँ।

शुभम —- आंटीजी नमस्ते !

शिवि —- आंटीजी नमस्ते !

मेधा —- ख़ुश रहो सदा दोनों, अभी घर से आ रहे हो ?

शिवि — यस आंटीजी, शुभम को तो अभी थोड़ी देर में जींद के लिए निकलना होगा। अचानक ही देव भैया का फ़ोन आ गया था कि फ़रीदाबाद लौटोगे तो यहाँ मिलकर जाना।

मेधा —- देव तुम्हारा साथी है क्या ?

शुभम —- यस आंटीजी, हमारे साथ ही कोर्स कर रहे हैं। कह रहे थे कि उनके मित्र के यहाँ मंत्री जी आ रहे हैं।

शिवि —— देव भैया बहुत अच्छे लेखक हैं। उनके उपन्यास लोग आनंद लेकर पढ़ते हैं।

मेधा —- स्टूडेंट लाइफ़ में भी अच्छे लेखक, क्या किसी अनहोनी का शिकार हुए हैं ?

शुभम —- मैट्रिक परीक्षा के बाद व्यापार में पिताजी का सहयोग करने लगे पर दिल नहीं लगा व्यापार में और घर छोड़कर टीचर बन गए।

मेधा —— तो फिर अब दोबारा टीचर का कोर्स क्यों कर रहे हैं ?

शुभम —- आंटीजी, पहले वे दसवीं पास करके प्राइमरी टीचर का कोर्स किए हुए हैं व ऑनर्ज हिन्दी के साथ हिंदी अध्यापक बने थे। पढ़ाने के साथ - साथ पढ़ाई भी करते रहे व बी. ए. पास कर लिया। अब हमारे साथ बी. एड. कर रहे हैं। लेखन की प्रतिभा उनमें जन्मजात है किसी अनहोनी के कारण नहीं।

शिवि —- हाँ आंटीजी, बहुत विनम्र व सहयोगी स्वभाव के हैं देव भैया। कॉलेज में भित्ति पत्रिका के संपादक हैं।

मेधा ——अच्छा ! देविना ने एक बार उसका ज़िक्र किया था, जब दीपावली पर घर आईं थीं तो कह रही थी कि कॉलेज की वॉल मैगज़ीन के हम चार संपादक हैं, उसमें देव भी एक है।

शिवि —— आंटीजी, देव भैया मुख्य संपादक है, उन्होंने ही प्रोफ़ेसर गुप्ता से इजाज़त लेकर हमें भी संपादक बना दिया।

मेधा —- तुम सबके साथ उसका कैसे परिचय हुआ ?

शिवि —- जिस दिन वे संपादक चुने गए, उसी दिन मंदिर में आए थे और हम भी पूजा के लिए मंदिर गईं थीं फिर मारवाड़ी ढाबे पर सबने मिलकर भोजन किया। तभी मुलाक़ात हुई थी। देव भैया, मेरी व देविना दीदी की बहुत तारीफ़ करते हैं।

मेधा —— देविना ने तो कभी ऐसा नहीं बताया ?

शिवि —- बस संकोचवश नहीं बताया होगा, मैं भी बहुत दिनों तक हिचकिचाती रही पर एक दिन जब मौसीजी के अत्याचार बढ गए तो मुझे शुभम के पास जाना पड़ा और देव भैया व उनके साथियों ने हमारी उजड़ती दुनिया को संभाल लिया।

मेधा —— बड़े अच्छे स्वभाव का है देव भैया, तुमने कभी घर में ज़िक्र नहीं किया देविना कि तुम्हारे साथी कितने अच्छे हैं।

देविना —— हम चारों का कॉलेज में बहुत अच्छा इंप्रेशन है। सभी स्टूडेंट्स, प्रोफ़ेसर, यहाँ तक कि प्रिंसिपल साहब भी हमें पूरा सम्मान देती है देव की वजह से।

मेधा —— अच्छे विचार - संस्कार मिले हैं शायद देव बाबू को, वरना इस प्रकार के इंसान आज कहाँ दिखाई देते हैं ?

देविना —- देवता के समान है देव भैया माँ।

मेधा —— और तुम उस देवता की पुजारिन तो नहीं बन गई ?

देविना —— मैं ही क्या, सारा कॉलेज उनकी पूजा करता है और उसकी पूजा होते व करते मुझे गर्व होता है।

मेधा — बेटी, गर्व अपनों पर ही होता है और अपने प्यार के व्यवहार से बनते है। जब कोई अपना बनता है तो उससे प्यार छिपता नहीं और दूसरों से उस प्यार का इज़हार होता नहीं।

शुभम ——देविना जी, मुझे अभी जाना होगा, देव भैया ने तीन बजे तक पहुँचने के लिए कहा है।

मेधा — कुछ चाय बगैरह लिया नहीं बेटा, बातों में कुछ भी ध्यान नहीं आया।

देविना —- मैंने पूछा था तो बोले, अभी नाश्ता लेकर ही निकले हैं।

शिवि —- अब तुम जाओ शुभम, देर ना हो जाए।

शुभम —-इजाज़त दें आंटीजी, अंकल तो शायद अभी नींद में होंगे, फिर कभी दर्शन का सौभाग्य मिलेगा ?

मेधा —- जब भी कैंट आओ, यहाँ मिलकर जरूर जाओ।

शुभम —- ओ. के. आंटीजी !

(दरवाज़े की तरफ़ बढता है, शिवि व देविना विदा करने गेट तक आतीं हैं)

शुभम —- देविना जी, देव भैया के लिए कोई मैसेज है क्या ?

देविना —— अब सब कुछ तुम दोनों ने मम्मी को संकेत कर दिया, पता नहीं क्या रूख रहेगा मम्मी पापा का ?

शिवि —- हम दोनों ने जानबूझकर ही ऐसा किया है। अब एग्ज़ाम के बाद कोर्स ख़त्म हो जाएगा, फिर कौन सुध लेता तुम्हारी ?

शुभम —— हां देविना जी, एक दिन तो यह राज खुलना ही था। हम इसीलिए आए थे तुम्हारे घर, वरना कल ही तो हम भिवानी से साथ आए थे। अब बोलो क्या कहना है देव भैया को ?

देविना —— कह देना कि भिवानी से आए बहुत दिन हो गए है।

शिवि —- दीदी, तुम्हारे एक- एक पल में एक - एक युग का दर्द छलक रहा है। ये प्यार भी क्या बला है, एक पल के लिए भी जुदाई नहीं चाहता ?

शुभम —- देविना जी, मैं देव भैया को कह दूँगा, पर आज नहीं कल, क्योंकि देव भैया भी तुम्हें जी जान से चाहते हैं, वे भावुक हो जाएँगे।मंत्री जी के फ़ंक्शन पर यह सब ठीक नहीं होगा।

देविना —- अब हमारे जी- जान दो नहीं रहे शुभम। एक हँसता या रोता है तो दूसरा भी वही सब करता है।

शुभम —— शिवि तुम देविना जी के पास ही रहना।

शिवि —- हाँ ठीक है, अब तुम जाओ।

शुभम —- बाय देविना जी !

देविना —- बाय - बाय दोनों को !

(मुस्कुराते हुए निकल जाता है)

***

19

मंत्री जी जींद शहर पहुँचे, कई सभाओं को संबोधन

लगभग सुबह दस बजे मंत्री जी की गाड़ियों का क़ाफ़िला जींद शहर के लिए रवाना हुआ। ज़िले भर के प्रशंसक, समर्थक, सुरक्षा- दस्ता, डॉक्टर्ज, एंबुलेंस के साथ तथा सतलोक व उमा का परिवार। सुरक्षा दस्ते की गाड़ी लगातार रास्ता बनाने के लिए हूटर का प्रयोग कर रही थी। भोलू ने जब सुना तो मम्मी से पूछा - मम्मी, यह सायरन क्यों बज रहा है, कहीं कोई ख़तरा पैदा हुआ है ?

उमा —- तुम्हारे मामा जी सरकार में मंत्री हैं, कभी कोई मंत्री या वी.आई पी. घर से बाहर गाड़ी में सवार होकर निकलता है तो सुरक्षा की दृष्टि से सायरन की आवाज़ सुनाई पड़ती है।

भोलू —- मम्मी जी, मुम्बई में तो ऐसा कहीं सुना नहीं वहाँ ट्रेफ़िक का शोर बहुत ज़्यादा है इसलिए कुछ सुनाई नहीं दिया होगा ? पंद्रह मिनट के बाद गाड़ियों का क़ाफ़िला एक गाँव की ओर मुड़ गया था जो मुख्य सड़क के पास ही था। यहाँ सरपंच के घर मंत्री जी के लिए सम्मान - समारोह का आयोजन किया गया था।मंत्री जी ने ज़िला लोक संपर्क विभाग के अधिकारी को बुलाया और कहा कि मेरी बहन व बहनोई HRA- A-2 - 8840 नंबर (कल्पित अंक) की गाड़ी में सवार है, उनसे कहना है कि हमें यहाँ शायद एक घंटा लग जाए व मार्ग में और भी मीटिग हो सकती हैं इसलिए वे जींद शहर चले जाएँ। मैं सायं चार बजे तक राजीव एडवोकेट के घर पहुँच जाऊँगा। मैंने जो भी कहा, वह तुम्हारी समझ में आ गया ?

अधिकारी — जी सर ! मैं अविलंब गाड़ी ढूँढ कर उन्हें आपका संदेश देता हूँ। सर ! आप उन्हें फ़ोन से मैसेज भेजे तो और भी ज़्यादा अच्छा रहेगा।

मंत्री जी —- तुम जाओ, मैं फ़ोन से मैसेज कर देता हूँ। अगर उन्होंने शोर- शराबे के कारण मैसेज नहीं देखा तो वे यहाँ इंतज़ार करते- करते परेशान हो जाएँगे।

अधिकारी —- ठीक है सर ! मैं ही जाकर संदेश देता हूँ। आप समारोह में पहुँचे, जनता आपके सम्मान के लिए उतावली हो रही है। नारों की गूंज आसमान का कलेजा चीर रही है।

मंत्री जी — तुम जाओ और जब भी मैं कुछ फ़ुरसत में नज़र आऊँ, मुझे बता देना कि वे चले गए।

अधिकारी — ओ. के. सर ! समारोह में शामिल होते ही फूल- मालाओं से लाद दिया था गाँव के लोगों ने और जय जयकार से गूंज उठा था समूचा वातावरण।धीरे-धीरे लोगों का उत्साह जलसे में परिवर्तित हो गया था। मंत्री जी का भाषण शुरू हुआ।

मंत्री जी —- मेरे प्यारे गाँव वासियो ! आपका प्यार व सम्मान पाकर मैं बहुत खुश हूँ। आप सभी के आशीर्वाद से हमारी सरकार पूरे पाँच साल तक चलेगी व आपके गाँव का चहुंमुखी विकास किया जाएगा। बातें बहुत हैं करने के लिए पर मैं बातों में कम, काम में ज़्यादा विश्वास रखता हूँ। आप अपनी पंचायत व सरपंच द्वारा कामों की सूची भिजवाएं, मैं सब कामों को सिलसिले वार पूरा करूँगा। प्रिय ग्राम वासियो ! आप मुझे एक ही विश्वास दिलाएं कि हम कभी मुफ़्त के राशन व आरक्षण के लोभ में नहीं फँसेंगे। भगवान ने हमें मेहनत करने के लिए दो हाथ व दिमाग़ दिया है, हम परिश्रम का अन्न खाएँगे, फ़्री का नहीं। हम स्वाभिमान से जीने वाले लोग हैं, भीख में दिया हुआ अन्न डकारने

वाले नहीं। (तालियों की गड़गड़ाहट होती है) मुझे और भी कई गाँवों में जाना है, सो इज़ाजत चाहूँगा। आपके प्यार व सम्मान के साथ लिए धन्यवाद व गाँवों की स्थानीय ज़रूरतों के लिए पंचायत को 51 हज़ार रुपए के अनुदान की घोषणा करता हूँ। आप सभी का बहुत बहुत धन्यवाद ! अब मंत्री जी का क़ाफ़िला आगे बढ़ चुका था। इसी दौरान अधिकारी ने मंत्री जी को बताया कि आपकी बहन का परिवार जींद शहर के लिए उसी समय निकल गया था।

अधिकारी — सर ! अब मैं अपने साथियों के साथ लौट जाना चाहूँगा क्योंकि भिवानी ज़िला सीमा यहीं तक है।

मंत्री जी —- जैसा देश का क़ानून व विधान है, आप वैसा ही करें। इसमें इजाज़त लेने-देने की ज़रूरत नहीं है। अब मंत्री जी की सुरक्षा का ज़िम्मा जींद ज़िले की पुलिस ने संभाल लिया था। पिछले गाँव में क़रीब एक घंटा खर्च हो गया था व चाय पार्टी में आधा घंटा अलग से और फिर फरियादियों की लंबी क़तार। अब क़ाफ़िले का ब्रेक महम चौपटा पर लगा व पास ही बड़े मैदान में सम्मान का सुंदर आयोजन किया गया था। यह क़स्बा शहरनुमा ही है व यहाँ के लोग राजनैतिक रूप से प्रबुद्ध कुछ ज़्यादा ही हैं। मंत्री जी अपने सहयोगियों सहित मच पर पहुँचे तो लोगों ने खड़े होकर उनका अभिनंदन किया।मंत्री जी का भाषण सुनने को भारी भीड़ जमा थी।

मंत्री जी —- प्रिय ग्राम वासियो ! हम सब को अपने हितों की अनदेखी कर देशहित के बारे में सोचना चाहिए।यदि देश है तो हम हैं। हम उस प्रदेश के लोग हैं जो अपने परिश्रम से अपना पेट तो भरते ही है, देश के लिए भी अन्न मुहैया करवाते हैं। हम आज से ही संकल्प लें कि जो राजनीतिक दल हमें भीख के रूप में बिजली- पानी मुफ़्त में देने की बात करेगा, हम उसे वोट नहीं करेंगे।

(सभा में उपस्थित सभी लोगों ने मंत्री जी के वक्तव्य का हाथ उठाकर समर्थन किया)

मंत्री जी —-प्यारे भाइयों ! हालाँकि मैं भिवानी से विधायक हूँ पर मंत्री पूरे प्रदेश का हूँ। मैं महम चौबीसी के पेंडिंग पड़े विकास कार्यों को गति दूँगा व सड़कों का जाल बिछाने का प्रयास करूँगा। (तालियों की गड़गड़ाहट) अंत में कहना चाहूँगा कि अब गेंहूं की कटाई का समय आ गया है। हमारी सरकार विभिन्न सरकारी एजेंसियों द्वारा किसान का एक- एक दाने की भरपूर क़ीमत देगी। अगर किसी किसान भाई के साथ अन्याय हो रहा है तो मुझसे भिवानी आकर मिल सकता है। अगर फ़ोन करें तो मेरा फ़ोन नंबर मेरे पी.ए. से प्राप्त कर लें पर शिकायत ठोस तथ्यों पर आधारित हो। आप सभी ने मेरे लिए सम्मान समारोह आयोजित किया, बहुत बहुत धन्यवाद !

संक्षिप्त जलपान के बाद मंत्री जी अगले प्रोग्राम के लिए निकल पड़े थे। सभी स्थानों पर यही भाषण का विषय रहा कि हमें मुफ़्त खोरी से स्वयं को दूर रखना है। चार बजने को आए थे, राजीव- दिव्या व शुभचिंतक इंतज़ार में बेताब थे, जब दिव्या ने बताया कि पापाजी जी का फ़ोन आया है कि दस मिनट तक पहुँच रहे हैं तो सब एकदम से अलर्ट से हो गए थे। राजीव के घर केवल निजी रिश्तेदार ही जमा थे। हुटर की पास आतीं आवाज़ से सब विश्वस्त हो गए थे कि मंत्री जी बस पहुँच ही गए समझो। कांति, देव भैया, राकेश व राजीव, तनेजा, डॉ. जैन, आलोक शर्मा सभी अपने हाथों में फूलमाला लेकर स्वागत के लिए तैयार थे। गाड़ियों का क़ाफ़िला पहुँच चुका था, सबसे पहले सुरक्षा दस्ते के साथ मंत्री जी घर के सामने पहुँचे तो सब ने उनका माल्यार्पण कर स्वागत किया।

मंत्री जी — (राजीव से) जमाईं बाबू कैसे हो ?

राजीव —- आपकी कृपा है, आप के आने से पूरे परिवार व रिश्तेदारों में ख़ुशी की लहर दौड़ गई है। दिव्या तो कल से ही खोई- खोई सी हो रही है।

मंत्री जी —- कहाँ है दिव्या बेटी ?

राजीव —पिता जी को ख़ुशी के मारे ज़रा घबराहट हो गई थी, उन्हें पानी देने गईं हुईं है।

मंत्री जी —-(स्वयं घर के अंदर जाकर) दिव्या, कैसी हो बेटी ? तुम्हीं से विशेष रूप से मिलने आया हूँ। तुम्हें कोई परेशानी, कठिनाई या हेल्थ संबंधी समस्या तो नहीं ?

दिव्या —नहीं पापाजी, सब अच्छे से चल रहा है । मम्मी पापा इधर लॉन में मौजूद हैं अभी उनको चाय देकर आईं हूँ।

मंत्री जी —- (लॉन में जाकर) समधीजी राम- राम ! स्वस्थ हो ? परवाह ना किया करो ज़्यादा, अब सब चिंताएँ छोड़ कर ठाठ से जिओ।

रामजी —- हम सब बहुत खुश हैं आपके यहाँ आने से।

मंत्री जी —- मेरी बेटी का घर है, कभी भी आऊँ- जाऊँ, क्या सोचना है?

रामजी —- बिल्कुल, भगवान ऐसी बहू सबको दे। जब से आईं है, स्वर्ग उतर आया है घर में। इतने बड़े घर की बेटी पर घमंड लेशमात्र नहीं।

मंत्री जी — दिव्या बेटी, तूने मेरा सीना चौड़ा कर दिया। जो सुख शांति व संतुष्टि मुझे अब मिल रही है वह मंत्री बनने पर भी नसीब नहीं हुई थी। तुमने उमा बहन के कदमों पर चलकर परिवार का गौरव बढ़ाया है । उमा बहन नहीं आईं क्या यहाँ ?

उमा — भाई साहब, हम बिल्कुल ठीक पहुँच गए थे यहाँ। लंच करके थोड़ा आराम किया, आपने लंच किया या नहीं ?

मंत्री जी —-भोली बहना, हमारा नाश्ता तो तय है पर लंच व डिनर का कोई हिसाब किताब नहीं।

डॉ. भगवत स्वरूप —-(बाहर आकर) हो गई बहन- बेटी से मुलाक़ात, अब हमें प्रणाम कहिए।

मंत्री जी —- (ठहाका लगाकर हंसते हैं) मौसाजी, आपसे तो सबसे पहले मिलना चाहिए था, कहाँ छुपे बैठे थे आप ?

डॉ. भगवत स्वरूप —- मैं डॉ. जैन व एक दो मित्रों के साथ ही बैठा था। हम तो मिलते ही रहते हैं।

मंत्री जी —- डॉ जैन, आप कैसे हैं ? आपकी धोती तो अब आसमान में सूखती है।

डॉ. जैन —- फिर भी हम नीचे ही रहते हैं।

मंत्री जी —- यही विनम्र स्वभाव आपकी फैलती कीर्ति का राज है। हमारी बिटिया रश्मि के मंगेतर डॉ. राकेश आपके पास ही है। पूरा ध्यान रखना है उनका। नए है, तजुर्बा कम है। आजकल लोग स्वच्छंद हो गए हैं। दांत निकलवाने आते हैं लेकिन दांत निकालने को तैयार रहते हैं।

(सभी हंसते हैं)

डॉ. जैन —- राकेश बाबू होशियार व निपुण डॉक्टर है, साथ में दयालु स्वभाव भी।

मंत्री जी — डॉ. भगवत स्वरूप जी, अब हमें इजाज़त दें, मुख्यमंत्री की रैली में शामिल होना ज़रूरी है।

राजीव —- पिता श्री, आपके स्वागत के लिए बार एसोसिएशन ने प्रोग्राम रखा हुआ है। मेरे सीनियर एडवोकेट दीक्षित जी आपको आमंत्रित करने आए हैं।

मंत्री जी —- कौन हैं दीक्षित जी ?

दीक्षित जी —- सर, दास को ही दीक्षित कहते हैं। आप हमें मौक़ा देंगे सर ?

मंत्री जी —- टाइम तो इतना नहीं है पर राजीव बाबू जी कह रहे हैं तो कैसे इंकार कर सकते हैं ? दीक्षित जी व अन्य वकील मंत्री जी की अगवानी करते हैं व दस मिनट में सब बार एसोसिएशन के हॉल में पहुँच जाते हैं जहां वकील समुदाय ने उनका ज़ोरदार स्वागत किया। मेज़बान महानुभावों के बोलने के बाद मंत्री जी ने अपने भाषण में वक़ीलों से जनहित के लिए अपना कर्तव्य मेहनत एवं ईमानदारी से निभाने को कहा। जिस पार्टी के पक्ष या विपक्ष में फ़ैसला हुआ है, उसे लगना चाहिए कि मेरे साथ ज़्यादती नहीं हुई है। वकील का लक्ष्य अपने मुवक्किल को गुमराह करके पैसे ऐंठना नहीं होता बल्कि उचित फ़ीस लेकर उसे न्याय दिलवाना भी होता है। वकीलों को सरकार की नीतियों एवं कार्यक्रमों का संदेश लोगों तक पहुँचाना चाहिए। आप सब ने मुझे यहाँ बुलाकर सम्मानित किया है, आपका बहुत धन्यवाद ! दीक्षित जी, हमारे दामाद जी से जुड़े हैं व सीनियर एडवोकेट भी हैं, अगर आप सभी की मुझसे कुछ आशाएं व इच्छाएँ हैं तो मंच पर आकर खुलासा करें।

दीक्षित जी — मंत्री महोदय व साथियों ! हमारी दो प्रमुख माँगे हैं। एक - मंत्री जी ने हमारे निमंत्रण को स्वीकार कर हमें सम्मान का अवसर प्रदान किया व दूसरी - हम सब के साथ एक प्याली चाय लेंगे।

(पूरे वातावरण में तालियों की आवाज़ गूंजती है। सभी जलपान के लिए पंडाल में प्रवेश करते हैं।)

मंत्री जी — (जलपान के बाद) अब मुझे मुख्यमंत्री जी की रैली में करनाल जाना होगा। आप लोगों ने मुझे बहुत प्यार व सम्मान दिया। आप सभी का फिर से बहुत धन्यवाद। (एक बार घर की ओर आकर) मौसाजी, सभी मित्र एवं रिश्तेदार अब मुझे आज्ञा दें। बेटी दिव्या, संतोष व ख़ुशी है कि तुम्हें

भिवानी में रहते हुए जो माँ की कमी अखरती थीं वह अब पूरी हो गई है। भगवान तुम्हें ख़ुश रखे बेटी और अगली बार जब आऊँ तो तुम्हें नहीं बल्कि अपने छोटे वकील नाती से मिलने आऊँ।

दिव्या —- (शरमाते हुए) पापाजी, भगवान आपकी यह इच्छा भी पूरी करे।

(मंत्री जी सभी से विदा हो कर रैली के लिए निकल जाते हैं।)

***

20

तरुण - लक्ष्मी का वाशिंगटन में एयर एंड स्पेस म्यूज़ियम दर्शन

सुहावना मौसम और किसी काम की फ़िक्र न रहने से नींद लंबी हो जाती है। रात्रि में डिनर के बाद थोड़ा वॉक भी किया परंतु पूरे चौबीस घंटे की उड़ान से टाइम ज़ोन परिवर्तित होने पर जेटलैग की स्थिति भी बन जाती है जो नींद में विघ्न डालती है। हालाँकि दोनों ने ठीक समय पर बिस्तर संभाल लिया था परंतु करवटें ही बदलते रहे व देरी से सोने पर सुबह देर से ही जगे।

तरुण —- कैसी रही नींद ?

लक्ष्मी— लग तो ऐसा रहा था कि लेटते ही नींद घेर लेंगी लेकिन ऐसा हुआ नहीं बल्कि दिमाग़ में कुछ चक्कर सा लगा ही रहा।

तरुण —हाँ, ऐसा जेटलैग के कारण होता है व इसका असर एक-दो दिन तो दिखाई देगा ही। मुझे भी काफ़ी देर बाद ही नींद आई, तब तक दिमाग़ में विचार- श्रृंखला भी बनतीं- बिगड़ती रही।

लक्ष्मी —- हमें अब क्या चिंता है। अपनी ड्यूटी अच्छे से निभाते हैं, संतुलित आहार, भरपूर नींद व नियमित जीवन है हमारा। फिर क्यों विचार मस्तिष्क को घेर कर रखेंगे ?

तरुण —- मुझे अब तान्या की शादी की कुछ -कुछ फ़िक्र होने लगी है।

लक्ष्मी —- आप यह विचार त्याग दे, अभी मम्मी पापा सब कुछ करने में सक्षम हैं। अपनी संतान की सुख- दुख, लाभ- हानि की फ़िक्र वे ही करेंगे।यह उनका अधिकार व कर्तव्य भी है। बिस्तर छोड़ो, नौ बज रहे हैं। हमें नाश्ता बगैरह लेकर घूमने-फिरने जाना है।

तरुण —- हम नाश्ता बगैरह लेकर दस बजे निकल सकते हैं। नाश्ता होटल से ही मिलेगा। चलो आप इतने तक शेव करेंगे, मैं स्नान कर लेती हूँ। पानी तो गर्म होगा ही ?

तरुण —- दोनों तरह का पानी पूरे वर्ष मिलता है। तुम ख़ूब ठाठ से स्नान करो। दोनों स्नान व नाश्ते से निपट कर पैदल ही निकल गए थे। दस-पंद्रह मिनट में ही एक म्यूज़ियम में पहुँच गए थे दोनों जो Air & Space से संबंधित व सरकार द्वारा संचालित था।बाहर ही काफ़ी लोग पंक्ति में खड़े हुए थे अंदर जाने के लिए। तरुण व लक्ष्मी भी पंक्ति बद्ध हो गए और मुश्किल से दस मिनट बीते होंगे कि दोनों म्यूज़ियम के अंदर पहुँच गए थे। अमूमन म्यूज़ियम, Zoo, पार्क में कुछ राशि टिकट के लिए चुकानी होती है पर यहाँ सब निःशुल्क था।ज्यों ज्यों दिन बढता रहा, लोगों की आमद बढ़ती रही। म्यूज़ियम के बाहर सड़क किनारे काफ़ी ट्रकनुमा गाड़ियाँ खड़ी हुई थी जहां लोग खिलौने, घर का सामान ख़रीद रहे थे व कुछ नाश्ता करने में व्यस्त थे। म्यूज़ियम, जैसा कि इसके नाम से ही संकेत मिल रहा है, वायु व अंतरिक्ष के संबंध में ही यहाँ काफ़ी कुछ प्रदर्शित किया गया था। हवाई जहाज़ की कार्य प्रणाली व खोज से लेकर अब तक की पूरी जानकारी उपलब्ध थीं।

तरुण —- देखो लक्ष्मी, हवाई जहाज़ की खोज करने वाले राइट बंधुओं के स्टैच्यू बिल्कुल जीवंत बन पड़े हैं। एक बड़े हॉल में आरंभ से अंत तक की खोज के मॉडल दिखाए गए हैं।

लक्ष्मी —- बड़ी हैरानी हो रही है इन सब मॉडल्स को देख कर। बहुत समय के अथक प्रयास का फल हैं ये खोज।

(हॉल से बाहर आकर)

तरुण —- वाह ! लक्ष्मी देखो, यह हवाई जहाज़ का इंजन, पहिए, पंख सबके मॉडल रखे हुए हैं।

लक्ष्मी —- क्या मै इंजन में पायलट के स्थान पर बैठ सकती हूँ ?

तरुण —- हाँ, शायद कुछ सीढ़ियाँ ऊपर चढ़ना होगा ?

(ऊपर जाते हैं जहां बहुत सारे लोग इंजन को देख कर विस्मित हो रहे हैं। लक्ष्मी ने भी बड़ी उत्सुकता से हवाई जहाज़ का इंजन देखा)

लक्ष्मी —- इसमें पायलट के बैठने की जगह नहीं बनाई गई है, यह सिर्फ़ मॉडल है।

तरुण —- हवाई जहाज़ के प्रत्येक अंग का यहाँ प्रदर्शन किया गया है जो जिज्ञासा से भरपूर है। लक्ष्मी, तुम्हारे पास पानी की बॉटल है ना ? मुझे प्यास लगी है।

लक्ष्मी — और मुझे भूख ! ये लो पहले बॉटल से पानी पी लो।

तरुण —- (पानी पीकर) गला बिल्कुल सूख गया था, नाश्ते में ऑमलेट का सेवन किया था। तुमने को फलाहार लिया था ना ?

लक्ष्मी —- तभी शायद मुझे कुछ समय पहले ही भूख लगी है।

तरुण —- (मोबाइल पर कुछ देखते हुए) पहली मंज़िल पर रेस्टोरेन्ट है, हमें वहाँ कुछ फ़ूड मिल सकता है। चलो, लिफ़्ट से चलेंगे।

लक्ष्मी —- तुमने नेट पर सर्च किया है क्या ?

तरुण —- यस ! लिफ़्ट से पहली मंज़िल पर पहुँच कर फ़ूड के लिए टोकन पाने को क्रेडिट कार्ड हाथ में थामे लगी लाइन में खड़े हो गए थे दोनों। अपनी बारी आने पर दो पीस बर्गर, दो सिंपल डोसा, एक पैक फ़्रेंच फ़्राई का टोकन लेकर अब डिलीवरी की लाइन में जा खड़े हुए थे।

तरुण —- इतने सब से काम चल जाएगा ?

लक्ष्मी —- हाँ, यह काफ़ी रहेगा, ज़्यादा लेने से आलस चढ़ेगा।

तरुण —- (काउंटर से फ़ूड प्राप्त कर) आओ हम उधर चेयर्स पर बैठ कर आनंद से खाएँगे। (दोनों लंच के बाद फिर म्यूज़ियम देखने में व्यस्त हो गए थे।)

लक्ष्मी —- अब यहाँ कितना कुछ और देखने को है ?

तरुण —- अभी तक हमने म्यूज़ियम के एक भाग को ही देखा है, दूसरा भाग जो अंतरिक्ष (Space) का है, अब देखेंगे।

(ऊपर एक अंधेरे से किंतु रोशनी से जगमगा रहे हॉल में प्रवेश कर) देखो लक्ष्मी, यहाँ मानव की अंतरिक्ष यात्रा की कहानी का इतिहास मॉडल्स के ज़रिए दिखाया गया है।

लक्ष्मी —- हाँ यह देखो, इस काँच के बॉक्स में चांद से लाई गई मिट्टी के नमूने सुरक्षित रखे हुए हैं। बॉक्स पर लिखा है (Don't Touch) और साथ वाले बॉक्स में चांद से प्राप्त चट्टान का टुकड़ा रखा है।

तरुण —- अमेजिंग ! बहुत कुछ एक ही स्थान पर देखने को मिल रहा है।

लक्ष्मी —- बाईं तरफ़ अंतरिक्ष यात्रियों की ड्रेस, शूज, कैप, हेल्मेट सब पहनने की आइटम रखी है। अंतरिक्ष यात्रियों के स्टैच्यू भी बने हैं।

तरुण —- वाह ! कितने सुंदर ढंग से बने हैं, लगता है सपने देख रहे हैं। दाई ओर देखो लक्ष्मी, अंतरिक्ष यान, रॉकेट का मॉडल रखा हुआ है।

लक्ष्मी —- यहाँ कोई गाइड क्यों नहीं है ?

तरुण —- सब स्पष्ट तो है और ज़रूरत के हिसाब से लिखा भी गया है। पढ़ने से पूरा समझ में आ जाता है। आओ अंतरिक्ष से अब हम अवनि पर चलते हैं।

लक्ष्मी —- कैसे ? क्या दूसरे हॉल में कुछ और आश्चर्यजनक है ?

तरुण —- सब कुछ बारीकी से देखेंगे तो कई दिन लग जाएँगे। यहाँ म्यूज़ियम में एक Dom Theatre है, उसमें डॉक्यूमेंट्री देखेंगे। आधे घंटे की है, थोड़ा आराम भी मिल जाएगा।

लक्ष्मी —- हाँ बिल्कुल, घूमते-घूमते पाँव भी थकने लगे हैं।

(टिकट लेकर थियेटर में प्रवेश करते हैं)

लक्ष्मी —- क्या सुंदर व शांत है। लोग आ रहे हैं, क़रीब सौ के बैठने की सीट तो हैं।

तरुण — हाँ इतनी सीट ही लगती हैं पर कितनी नरम व गद्देदार सीटें हैं। मंद- मंद प्रकाश, मंद- मंद ठंडक, मन करता है, यहीं बैठे रहें।

लक्ष्मी — आधा घंटा तो स्वर्ग में बीतेगा ही।

अब Air & Space से संबंधित डॉक्यूमेंट्री शुरू हो चुकी थी, चित्र जैसे सिर के ऊपर से गुजर रहे हों। आवाज़ जैसे कानों में गूंज रही हो। अंतरिक्ष के बारे में जो दिखाया जा रहा था, अद्भुत था। डॉक्यूमेंट्री ख़त्म होते ही दोनों बाहर आ गए थे।

लक्ष्मी —- अब होटल चलेंगे या कुछ और भी देखने को है ?

तरुण —- तुमने एक बात नोट की ?

लक्ष्मी —- क्या ?

तरुण —- इतनी भीड़ होते हुए भी सब कितने अनुशासित है।

लक्ष्मी —- यही यहाँ की ख़ासियत है। चलो अब आराम की ज़रूरत होने लगी है।

तरुण —- हाँ, वहाँ गर्म- गर्म कॉफी का आनंद लेंगे। दोनों बाहर आकर फिर से पैदल ही होटल के लिए निकल जाते हैं।

***

21

तान्या की अपनी माँ तृप्ता से बातचीत

तरुण लक्ष्मी को हनीमून के लिए गए अभी कुछ ज़्यादा वक़्त नहीं गुजरा था लेकिन दोनों माँ बेटी को लग रहा था कि महीनों बीत गए हैं उन्हें गए हुए। सूना- सूना सा घर हर तरफ़ रिक्तता का अनुभव करवा रहा था। हालाँकि तरुण-लक्ष्मी यहाँ रहते हुए भी घर में ज़्यादा नहीं टिकते थे फिर भी सायंकाल में घर आने की उम्मीद से सारा दिन कोई किसी प्रकार का अभाव नहीं खटकता था। तृप्ता अकेले ही अपना समय गुजार लेती थी लेकिन अब तान्या के आने के बाद उसे सूनापन अधिक लगने लगा था। दीपावली पर व तरुण की शादी के बाद में तान्या अपने घर आई है, माँ को यह आभास करवाता कि बेटी घर आई है तो उसका टाइम ख़ुशी- ख़ुशी बीते पर दोनों के हनीमून पर जाने व तरसेम लाल के शॉप पर जाने के बाद तान्या कुछ अपनी पढ़ाई करती व घर के काम में माँ का हाथ बँटाती। दाल चपाती सब्ज़ी बनाना अब वह पूरी तरह से सीख गईं थीं।माँ ही तो प्रथम गुरू मानी जाती है जो बच्चों को बाह्य व आंतरिक वातावरण के साथ एडजस्ट करना सिखाती है।

तृप्ता —- बेटी, औरत कितने ही ऊँचे पद व शोहरत पा जाए, उसे घर के काम में भी दक्षता हासिल करना चाहिए। तुम्हारी भाभी लक्ष्मी को घर का सब काम करना आता है।

तान्या —- हाँ माँ, अभी छोटे शहरों व क़स्बों में लड़कियाँ घर के काम में रूचि दिखाती हैं।

तृप्ता —- अच्छी बात है बेटी, नौकरी करना व धनार्जन करने का लक्ष्य जीवन को सुविधाजनक बनाना ही होता है पर अगर हम इन्हीं के बहाने घर में

बच्चों को भूखे रहने, फिर बाहर से जंक फ़ूड मंगवाने को विवश होते हैं तो जीवन बोझ लगने लगता है। हम फ़ैशन जैसे शब्दों की आड़ में अकर्मण्यता को जन्म व विकसित करते हैं।

तान्या —- हाँ माँ, तुम्हें देख कर यह सब काम करने को जी चाहता है। तुमने दिल्ली जैसे मेट्रो सिटी में किचन का काम रूचि से किया, यह गर्व की बात है।

तृप्ता —- काम सीखा व किया है तो रात को भी भूख लगे या कोई मेहमान अचानक ही आ जाए तो उसे खाना खिलाने में कोई परेशानी नहीं, सर्वेंट बगैरह तो दिन में ही निभा सकते हैं।

तान्या —- वाक़ई मम्मी जी, घर को रेस्टोरेन्ट नहीं बनने देने के लिए औरत का घर के कामों में रूचि लेना आवश्यक है। रश्मि भी सब काम अपने हाथ से ही कर लेती है। कह रही थी कि दादा जी ने सभी को हिदायत दी हुई है कि घर में जंक फ़ूड नहीं लाना है, कभी कुछ ज़्यादा ही किसी को उतावलापन हो जाए तो रेस्टोरेन्ट जाकर ही सेवन करे।

तृप्ता —- बेटी, जीवन बहुत लंबा सफ़र है, कोई एक दो दिन का खेल नहीं। औरत को इतना काम तो करना आना चाहिए कि उसके खुद के बाल-गोपाल शकुन से खा पी सकें।

तान्या —अब तुम्हारे वे दो बच्चे जो अमेरिका यात्रा पर गए हैं, खूब ठाठ- बाट से खाना - पीना कर रहे हैं। मैंने उस दिन फ़ोन लगाया था, सब मज़े में चल रहा है।

तृप्ता —-किसी होटल में ठहरे होंगे ?

तान्या —हाँ किसी 'हिल्टन' का नाम बता रहे थे, अच्छा वर्ल्ड क्लास होटल है। नाश्ता बगैरह भी किराए में शामिल रहता है। कॉफी- चाय खुद बनाओ तो कोई चार्ज नहीं।

तृप्ता —— रूम का किराया भी काफ़ी होगा ?

तान्या —- लगभग पंद्रह से बीस हज़ार रुपये में अच्छा रूम मिल जाता है।

तृप्ता —- डॉलर में कहो तो कितना होगा ?

तान्या —- यही कि दो या अढ़ाई सौ डॉलर और इतनी ही राशि लंच - डिनर पर खर्च हो जातीं हैं ।कार व टैक्सी का किराया भी देना पड़ता है।

तृप्ता — सीधा सा मतलब हुआ कि पचास हज़ार प्रति दिन।

तान्या —- यह तो कम की सीमा में है। दिन में पार्क, ज़ू आदि में जाना है तो टिकट व टैक्सी का किराया भी चुकाना पड़ता है।

तृप्ता —- मुझे लगता है कि एक महीने की तनख़्वाह निकल जाएगी ?

तान्या —- दो महीने की कम से कम ।अमेरिका में महंगाई भी ज़्यादा है फिर हर लेन देन में डॉलर का भुगतान करना पड़ता है जिसे लेने के लिए अतिरिक्त कमीशन चुकाना पड़ता है।

तृप्ता —— बेटी तान्या, अभी तो उनको गए हुए तीन दिन ही हुए हैं।

तान्या —— यस मम्मी जी, एक दिन व रात तो पहुँचने में ही बीत गए, दो दिन घूमते हुए हुए निकल गए। अब आगे क्या रहेगा फिर फ़ोन करूँगी तो पता चलेगा?

तृप्ता —- अच्छा बेटी, जब फ़ोन करो तो मुझे बताना, मैं वीडियो कॉल कर के वहाँ के दृश्य, स्थान नदी, पहाड़ देखूँगी।

तान्या —- ठीक है मम्मी जी, शायद तुम नियाग्रा फ़ॉल की बात कर रही हो ?

तृप्ता —- नहीं, मुझे ऐसे किसी विशेष फॉल की जानकारी नहीं है। मेरा मतलब अमेरिका की प्राकृतिक छटा निहारने से है।

तान्या —- वाह मम्मी ! तुम भी माडर्न हो गई हो। मैं कल तरुण भैया को फ़ोन ज़रूर लगाऊँगी। अब दिन ढलने लगा है, डिनर के लिए तैयारी कर सकते हैं।

तृप्ता —- बातों- बातों में टाइम का पता ही नहीं चला। तुम्हारे पिताजी तो आठ बजे के क़रीब आएँगे।

तान्या —- इतने तक तो हम डिनर आराम से तैयार कर सकते हैं।

तृप्ता —— हां, मैं सब्ज़ी बगैरह देखती हूँ, क्या बनाना है ? इतने तक तुम आटा गूंथ लो।

तान्या —- मम्मी जी, आटा व परांत कहां है ?

तृप्ता —- सबसे नीचे वाले खाने में, दोनों चीजें वही हैं।

तान्या —— ओ. के. मम्मी जी !

दोनों माँ बेटी डिनर की तैयारी में लग गईं थीं। बाहर से घर के अंदर आती हुई पदचाप की ध्वनि सुनकर चौक जातीं हैं। तरसेम लाल जब तान्या के नाम से आवाज़ लगाते हैं तब कुछ आश्वस्त होती हैं।

तृप्ता —- आप इतना वक़्त से कैसे आ गए, सब ठीक तरह से है ?

तरसेम लाल —शॉप पर काम ज़्यादा नहीं था, ख़ाली बैठे- बैठे बच्चों की याद मन में उभर आईं। सोचा कि घर जाकर दोनों से बातचीत करूँगा तो मन शांत हो जाएगा।

तृप्ता —- हम तो अपना मन शांत कर अभी डिनर की तैयारी में लगे हैं। तुम्हें क्यों याद आए बच्चे ? अब वे सब बड़े हो गए हैं, ज़रा मोह कम कर दो।

तरसेम लाल —— बच्चे कितने भी बड़े हो जाएं, माँ बाप के लिए तो बच्चे ही रहेंगे। वे बड़े हैं या छोटे, मोह भंग नहीं हो सकता। कल तान्या ससुराल चली जाएगी तो क्या हमारा मोह कम हो जाएगा ?

तृप्ता —बेटी को तो एक दिन जाना ही है, गरीब हो या धनाढ्य, बेटी को सब विदा करते ही हैं।

तरसेम लाल —मन कभी-कभी कमजोर हो जाता है तृप्ता, बच्चे आते-जाते दिखाई पड़ें तो आनंद सा भरा रहता है।आजकल एक दो बच्चे ही तो होते हैं और वे भी बाहर चले जाए तो मन उखड़ना स्वाभाविक है।

तृप्ता —हाँ कई बार ऐसा हो जाता है पर (किचन से तान्या के सुबकने की आवाज़ सुनकर) तान्या बेटी, क्या हुआ ?

तान्या —- (गर्दन झुकाए माँ तृप्ता के गले से लगकर ऊँची आवाज़ में रोते हुए) मम्मी जी, मैं पापाजी को छोड़कर कहीं नहीं जाऊँगी, मैं पापा की आँखों में आँसू नहीं देख सकती ?

तृप्ता —— (तान्या को सँभालते हुए) कौन पिता अपनी दुहिता को घर में रख पाया है बेटी ? पिता का घर तो एक सेतु है, उस पार पति के घर जाने के लिए।

तान्या —— (आँसू रोकने में विफल रोते हुए) नहीं माँ, पापाजी ने बड़े लाड - प्यार से मुझे पाला है, अब जब बड़े हो गए कुछ सुख देने के लिए तब जाने का समय पुकारने लगता है। मैं पापाजी की जीवन भर सेवा करूँगी।

तृप्ता —- समाज ने सबके अधिकार व कर्तव्य निर्धारित किए हुए हैं बेटी। तुम्हारे पिताजी की देखभाल व सेवा मेरे ज़िम्मे है, तुम मुझसे यह अधिकार नहीं छीन सकती ? यह परंपरा सदियों व पीढ़ियों से जारी है।

तान्या —- पिताजी के प्रति मेरे भी तो कुछ अधिकार व कर्तव्य है, मुझे वे निभाने दो मम्मी जी, मुझे वे निभाने दो मम्मी जी ! (पुनः रोने लगती है)

तरसेम लाल —- (तान्या को गले लगाकर) बेटी तुम डॉक्टर बनने जा रही हो, कोई रोगी दांत के दर्द से चिल्लाने लगेगा तो क्या तुम उसका दांत का इलाज छोड़ दोगी ? कई बार कठोरता का व्यवहार भी फलदायक होता है।

तान्या —— पिताजी, एक बारगी तो डॉक्टर का हाथ भी कांप जाता है पर उसका कर्तव्य उसमें साहस व आत्मविश्वास जगाता है।

तरसेम लाल —- बच्चों के कर्तव्य व अधिकार इतने भर हैं कि वे अच्छी तरह से पढ़ लिख कर समाज व राष्ट्र की सेवा कर माँ बाप का नाम रोशन करें। चलो अब आँसू पोंछो और पापा के लिए स्वादिष्ट सा डिनर तैयार करो।

तृप्ता —— आप इस केरी बैग में क्या लाए हैं जो आते ही डाइनिंग टेबल पर रख दिया था।

तरसेम लाल —हाँ, मुझे सब भूल गया था। इसमें दो अलग-अलग बैग हैं, एक में आलू टिक्की व दूसरे में दही बडा, तुम दोनों के लिए। मैं स्नान करना चाह रहा था, क्या ताज़ा पानी आ रहा होगा ?

तृप्ता ——हां, बस कुछ ही देर चलेगा ?

तरसेम लाल —- ठीक है, मुझे दस पंद्रह मिनट तो लगेंगी ही, इतने तक तुम दोनों मज़े से खाओ।मेरे आने पर सब मिलकर डिनर करेंगे।

तृप्ता — हां, आपको नहा कर आने पर डिनर तैयार मिलेगा। हम एक साथ डिनर करेंगे।

तरसेम लाल —- तरुण लक्ष्मी का क्या समाचार हैं ?

तृप्ता —— ठीक हैं बच्चे, मज़े में मस्ती कर रहे हैं। तान्या कल फ़ोन करने को कह रही है। अब तुम जाओ स्नान करने के लिए। तान्या बेटी, आज रोटियाँ तुम्हें बनाना है, मैं सब्ज़ी बना रही हूँ।

तान्या —ओ.के. मम्मी जी, और पापाजी गर्म- गर्म खाएँगे।

***

22

तान्या की रश्मि से फ़ोन पर बातचीत

तान्या के आने से माँ तृप्ता को बड़ी राहत मिल गई थी। खाना पकाना, कपड़े धोना, साज-सफ़ाई करना हर काम में तान्या माँ का भरपूर सहयोग करतीं।माँ तृप्ता ने उसे गोल-2 चपातियाँ बनाना सिखाया व घर के अन्य कामों में भी पारंगत बना दिया। घर में सीखे हुए ये काम हालाँकि छोटे -2 प्रतीत होते हैं लेकिन इन्हीं से घर गृहस्थी में तालमेल बना रहता है। माँ तृप्ता हमेशा कहती- बेटी ! औरत कितनी भी बड़ी हो जाए, घर का काम ज़रूर सीखना चाहिए। इससे उसमें आत्मविश्वास बना रहता है व अपने परिवार का पालन- पोषण भी कर लेती है। आज सायं पाँच बजे के बाद तान्या कुछ फ़ुरसत में हुई तो रश्मि को ही याद कर बैठी।

तान्या — (फ़ोन लगाकर) हैलो रश्मि ! मैं तान्या।

रश्मि —- (उधर से) रांग नंबर।

तान्या —- क्या तुम रश्मि नहीं हो ?

रश्मि —- मैं रश्मि तो हूँ पर तुम्हें इस समय समीर भैया को फ़ोन लगाना चाहिए था ?

तान्या —- तुम्हें हर दम मज़ाक़ ही सूझता है।

रश्मि —-क्या समीर भैया का फ़ोन नहीं आया ? लगता है कि नहीं आया। इसीलिए चिड़चिड़ी लग रही हो।

तान्या —- जब से घर आई हूँ, एक बार हिचकी तक नहीं आईं। तुम तो डॉक्टर को बांहों में लेकर घूम रही होंगी ?

रश्मि — दूसरे की थाली में घी ज़्यादा ही नज़र आता है तान्या। एक दिन दादा जी के साथ अस्पताल जाते समय राकेश के पास गईं थीं, नेहा ननद आईं हुईं थीं। उसके तो एग्ज़ाम ख़त्म हो चुके हैं, घंटों तक बात करती रही। आख़िर उसे साथ लेकर घर आ गईं। डॉ. साहब के पास उनके बचपन के दोस्त देव बाबू 'फ़्री डेज़' में अपनी तरह आए हुए हैं।

तान्या —- तुमने हैलो- हैलो तो कर ही ली होगी ? हमें तो अब तक वह भी नसीब नहीं हुई ?

रश्मि —- मर्दों की हैलो तो होंठों से निकलकर सारे मुख को हेलोविन बना देती है।

तान्या —- पर मन तो गदगद होता ही है ज़ब प्यार मिलता है।

रश्मि —- अच्छा बेटा। प्यार में डूबीं पड़ी हो। समीर भैया को बोल दूंगी शाम को बात करने को।

तान्या — शाम में नहीं, रात में ही ठीक रहता है बात करना।

रश्मि —- समीर भैया शायद जींद में आ जाएं मामीजी के साथ, तुम भी आ जाओ।यहाँ के पवित्र तीर्थस्थलों में स्नान कर पवित्र आत्मा हो जाओगी।

तान्या —- वे क्यों आ रहे हैं ?

रश्मि —- ज़रूरी नहीं, मैं शायद कह रही हूँ।मेरे अंकल मुम्बई से आए हुए हैं, उनसे मिलने आ सकते हैं ?

तान्या — मुझे नहीं लगता, दिव्या की शादी में कुछ समय पहले सब लोग मिले तो थे। फिर भी मैं रात में पूछ लूंगी।

रश्मि —- तो वैसे आ जाओ अपनी सहेली से मिलने। घर में ख़ाली ही रहती होंगी ?

तान्या — कहाँ रश्मि ? जब से भैया- भाभी हनीमून पर गए हैं, घर के कामों की सारी ज़िम्मेदारी मुझ पर आ गई है। मम्मी मुझे सब काम करना सिखा रही हैं।

रश्मि —- हमारे परिवार में तो शुरू से ही परंपरा सी बनी हुई है, हम सब काम अपने हाथ से करते हैं। कोई सर्वेंट नहीं रखा जाता काम के लिए।

तान्या —- मम्मी भी सब काम खुद ही करती है। लक्ष्मी भाभी भी बेशक डॉक्टर है पर घर के काम में पूरी रूचि लेती हैं।

रश्मि —- छोटे शहर व क़स्बों की लड़कियाँ तो अब भी घर के कामों में मन लगातीं हैं लेकिन बड़े शहरों में नौकर रखने का प्रचलन कुछ ज़्यादा ही बढ़ गया है।

तान्या —- हाँ, तुम सही कह रही हो। मेरे मामा जी की लड़की अनिता यहीं दिल्ली में एडवोकेट है, घर के काम को हाथ नहीं लगाती।सारा काम मामीजी ही करती हैं। मामा जी का लड़का अखिल भी आया था यहाँ तरुण भैया को एयरपोर्ट पर छोड़ने के लिए।

रश्मि —- तुम्हारे मामा जी की लड़की वही है ना जिसका ज़िक्र तरुण की शादी में हुआ था दादा जी के सामने।

तान्या —- बिल्कुल, तुम्हें सब याद है।वह शायद ही शादी करे, जज बनना चाहती है।

तृप्ता — (अंदर आकर तान्या से) कौन बनना चाहती है जज बेटी तान्या?

तान्या —- मम्मी जी, मैं रश्मि दीदी से अनिता के बारे में बात कर रही थी। तुम भी रश्मि से बात करोगी क्या ? इतने तक मैं किचन में जाकर प्यास बुझा लेती हूँ।

तृप्ता —- (तान्या से फ़ोन लेकर) रश्मि बेटी, तुम ठीक हो ? राकेश बाबू भी ठीक हैं। बहुत शरीफ़ लड़का है राकेश, मुँह में जैसे ज़बान ही नहीं।

रश्मि —- नमस्ते आंटीजी ! समीर भैया भी ऐसे ही शर्मीले से है।

तृप्ता —— तभी तो एक डिग्री लेकर कॉलेज से भाग आए। तरुण लक्ष्मी अमेरिका गए हैं हनीमून के लिए। कल रात में फ़ोन आया था, दोनों अच्छे हैं।

रश्मि —- अच्छा किया आंटीजी, जो चले गए वरना जीवन भर दिमाग़ में नहीं जाने का मलाल रहता।

तृप्ता —- हाँ बेटी, तुम दोनों भी शादी होते ही निकल जाना, नहीं तो कुछ न कुछ झंझट आ ही खड़ा होता है।

रश्मि —- हाँ आंटीजी, मैंने व तान्या ने ऐसा प्लान बनाया है।

तृप्ता —- अच्छा बेटी, तान्या आ गई है, लो उससे ही बात कर ले।

(फ़ोन तान्या को देती है)

तान्या —- हैलो रश्मि ! तुम्हारे अंकल कब जा रहे हैं ?

रश्मि —- मेरी आंटी उमा के भाई साहब जो भिवानी से विधायक हैं, मंत्री बने हैं, उनसे मिलने दो दिन पहले ही आई थीं और कल सुबह में ही उनकी मुम्बई के लिए फ़्लाइट निश्चित है।

तान्या —- फिर मैं कैसे मिल सकती हूँ। तुम्हारी शादी में ही मिलेंगे।

रश्मि —- आज दिव्या के पिताजी का यहाँ प्रोग्राम है, अंकल - आंटी, दादा जी सब लोग दिव्या के घर गए हैं।

तान्या —- तुम क्यों नहीं गई ?

रश्मि —- सब लोग जमा हैं वहाँ फिर लेडीज़ को ज़रा मुश्किल रहता है राजनीति की सभा - सोसायटी में। हमें तो राजनीति का अ ब स भी मालूम नहीं।

(नेहा का आगमन)

नेहा —- भाभी, भैया से गुफ़्तगू हो रहीं है क्या ?

रश्मि —तुम्हारे भैया तो मंत्री जी के प्रोग्राम में व्यस्त हैं, उनकी साली से बात हो रही है।

नेहा —— अश्मि के साथ ! वहाँ से तो मैं अभी आ रही हूँ, फिर कौन-सी साली ?

रश्मि —- मेरी सहेली तान्या।

नेहा —- अच्छा ! डॉ तरुण की बहन तान्या।

रश्मि —— हाँ नेहा, तुम बात करोगी तान्या से ?

नेहा —— अगर आप कह रही है तो कर लेती हूँ। मैं उनको क्या पुकारूँ भाभी ?

रश्मि —- मेरी सहेली को भाभी ही पुकारोगी नेहा।

नेहा —- ठीक है (फ़ोन पर) तान्या भाभी को नेहा का प्रणाम !

तान्या —- अरे नेहा ननदी, कैसी है आप ?

नेहा —- मैं अच्छी हूँ, आप सभी ठीक हैं ? भैया- भाभी हनीमून पर गए हैं अमेरिका ?

तान्या —- हाँ, एक सप्ताह के लिए, अभी तीन दिन निकले हैं।एक पूरा दिन व रात तो सफ़र में ही बीत जाता है।

नेहा —- सफ़र करने का नाम ही हनीमून है तान्या भाभी। आप कब जा रही है ?

तान्या —- मैं तो तुम्हारी भाभी रश्मि के साथ ही जाऊँगी। अभी किसी जगह की पहचान नहीं की है। नेहा, तुम आगे की पढ़ाई का क्या - कैसे कर रही हो ?

नेहा —— भाभी, अभी कुछ नहीं हो पा रहा। कुछ दिन पहले ही एग्ज़ाम से फ़ारिग होकर भैया के पास लौटी हूँ। भैया उसी दिन से व्यस्त चल रहे हैं। एक दो दिन में तय करेंगे।देव भैया व शुभम भैया भी आए हुए हैं।

तान्या —- ठीक है नेहा, जब कोई निर्णय हो जाए, मुझे भी बताना।

नेहा —- ठीक है भाभी। अच्छा नमस्ते भाभी !

(फ़ोन रश्मि भाभी को देते हुए) लो भाभी, आप करो बात।

रश्मि —- तान्या बहुत देर हो गई, सब लोग मंत्री जी के प्रोग्राम से लौटने लगे हैं। अब तुम भी विश्राम करो।

तान्या —- हाँ रश्मि, वह रात वाली बात मत भूलना ?

रश्मि —- अगर मैं भूल गई तो तुम ही सीधे कर लेना।अब क्या हिचक रह गई है ?

तान्या — मैं राकेश बाबू को तुम्हारी याद करवाऊँ क्या ?

रश्मि —- आज पूरा परिवार जमा है यहाँ, फ़ोन पर बात नहीं हो सकेगी। मैं कल सायं वहाँ जाऊँगी नेहा को लेकर, फिर मिलना होगा।

तान्या —- पढ़ाई कुछ एग्ज़ाम की तैयारी चल रही है ?

रश्मि —- अभी तक तो किताब हाथ में नहीं ली, बहुत व्यस्त चल रहा है सब।

तान्या —- हम भी ख़ाली हैं, हमें व्यस्त कर दो।

रश्मि —- मैं तुम्हारी भावनाएँ पकड़ रही हूँ व समीर भैया को भेज रही हूँ।

तान्या - ओ. के. गुड लक !

रश्मि —- गुड लक ! आज रात के लिए।

***

23

सतलोक - उमा की जींद पहुँच कर पूरे परिवार से बातचीत व मंत्री के जाने के बाद मित्रों की मस्ती

शंकर प्रसाद का संदेश मिलने के बाद उमा व सतलोक दोनों बच्चों के साथ दोपहर में ही जींद शहर अपने घर पहुँच गए थे। घर में शैली बुआ, अंजना ने गले लगाकर ख़ुशी का इज़हार किया। सतलोक ने अपने पिता के चरण स्पर्श किए व अग्रज भ्राता आलोक को प्रणाम कहा। गोलू व भोलू को सब ने प्यार भरा आशीर्वाद दिया। सतलोक अब क्लीनिक से घर पहुँच गया था ताकि मंत्री जी के प्रोग्राम के लिए रणनीति बनाई जा सके। सतलोक ने पहले शैली बुआ के चरण स्पर्श किए फिर अंजना भाभी को नमस्कार बुलाया।

शैली बुआ —- सतलोक बेटा, तुम्हारी शादी में ही मिले थे, उसके बाद मिलना ही नहीं हुआ ? बहूरानी व बच्चों से भी मिलकर अच्छा लगा। भाई साहब कह रहे थे कि तुमने अपनी पत्नी का मेरे वाला नाम बदलकर 'उमा' रख दिया है।

सतलोक —- यह सब पापाजी ने ही किया है। शादी के तुरंत बाद ही पापाजी ने नया नाम भी दे दिया था।

शैली बुआ —-हाँ बेटा,अब मेरा नाम तो बदला नहीं जा सकता, बहू का बदल दिया, ठीक किया।

सतलोक — यह सब बुलाने - पुकारने के लिए ही है। रिकार्ड में तो (शैली) ही रहेगा ?

शैली बुआ —- रिकॉर्ड में बदलवाने के लिए तो बहुत संघर्ष करना पड़ता है। बच्चे पढ़ रहे हैं, किस पर गए हैं ?

सतलोक —- दोनों पढ़ रहे हैं। किस पर गए हैं, कभी गौर नहीं किया बुआ।

शैली बुआ —-आजकल तो दो बच्चे हुए और परिवार पूरा। कम से कम चार बच्चे होना बहुत ज़रूरी है।

सतलोक — बुआ जी, बच्चों का पालन- पोषण बड़ा कठिन हो गया है, हर चीज में मनमानी करते हैं। माँ बाप तो नौकरों की तरह इनकी सेवा में लगे रहते हैं।

(उमा का आगमन बुआ जी के चरण स्पर्श कर फिर से आशीर्वाद प्राप्त करती है।)

शैली बुआ — बहूरानी, मंत्री जी की बहन बन गईं हो, इतनी दूर से आईं हो मिलने के लिए पूरे परिवार को लेकर।

उमा — हाँ बुआ जी, रिश्तेदार- मित्र तो सुख- दुख में शामिल होते ही हैं। भाई साहब भी दिव्या की शादी के बाद अकेले से ही रह गए हैं।

शैली बुआ —- ऐसी क्या बात हुई ? उम्र के इस पड़ाव पर एकाकी जीवन बड़ा कठोर लगता है।

उमा — बुआ जी, कई बार क़िस्मत भी अपने खेल खेलती है। भाभी को राजनीति से घोर नफ़रत है और भाई साहब को गहन प्यार। बस इसी से फलता -फूलता परिवार वीरान हो गया। औरत के बिना घर भूत जैसा हो जाता है। भाई साहब को कहते हैं तो वे ज़िक्र तक नहीं चलाने देते, न दूसरी शादी की बात सोचते।

शैली बुआ —- बहूरानी, इस अवस्था में आदमी चौराहे पर आ जाता है। दोनों का जीवन नीरस व सूना हो जाता है।

उमा —भाभी ने बिल्कुल कुछ नहीं सोचा, कुछ समय परिवार का तंगी में क्या गुजरा, बस किनारे हो गए।

शैली बुआ —- तो क्या उसने अपनी शादी कर ली है ?

उमा —- नहीं, एक स्कूल चला रही है। उसी के सहारे दिन बिता रही है। मंत्री जी के जाने के बाद दो केंद्रों पर चर्चा थीं, एक केंद्र था डॉ. भगवत स्वरूप का घर व डिनर का समय। दूसरा केंद्र था राजीव का घर जहाँ देव भैया, शुभम, राकेश, कांति भाई आदि मित्र थे। डॉ. भगवत स्वरूप जी ने परिवार को बताया कि मंत्री जी का समारोह आयोजन सफल रहा। मंत्री जी अपनी बेटी दिव्या से मिलकर बड़े प्रसन्न हुए व आनंदित थे तथा दिव्या की परिवार में प्रशंसा होने पर गदगद थे। क्यों बेटी उमा ? मैं सब उचित ही कह रहा हूँ ?

उमा —- हाँ पिता जी, दिव्या की ज़िम्मेवारी अब भाई साहब पर ही आ पड़ी है। उसे ख़ुश देख कर वे भी आनंद महसूस कर रहे थे।

डॉ. भगवत स्वरूप —- सतलोक बेटा, तुमने अपनी सुबह जाने की तैयारी पूरी कर ली है ?

सतलोक —- हाँ पिता जी, हम कोई ज़्यादा सामान लेकर ही नहीं निकले थे। केवल रोज़ के लिए एक ड्रेस डालीं थीं एक सूटकेस में।

डॉ. भगवत स्वरूप — सही किया, सफ़र में सामान जितना कम हो उतनी ही परेशानी कम होती है। मुम्बई में कोई दिक़्क़त तो नहीं ? रुपए- पैसे की ज़रूरत हो तो संकोच न करना ?

सतलोक — सब ठीक चल रहा है, आप अपने स्वास्थ्य का भी ध्यान रखें तो ठीक रहेगा।

डॉ. भगवत स्वरूप —- यहाँ तक पहुँच कर उम्र के हिसाब से कुछ तो विकार आ ही जाता है। फिर भी मैं योग आसन व प्राणायाम नियमित रूप से करता हूँ।

सतलोक —- अच्छी बात है पिताजी, मैं भी वहाँ जिम खाना क्लब में नियमित तौर पर जाता हूँ।

डॉ. भगवत स्वरूप —- गोलू- भोलू ! तुमने तीन दिन में हरियाणा राज्य में क्या देखा ?

भोलू —- दादा जी, भिवानी में मैंने वे बड़े- बड़े ऊँट देखे जो टी.वी. पर विसलरी की बोतल से पानी पीते हैं।ये मुम्बई क्यों नहीं दिखाई देते ?

दादा जी —- बेटा, ये रेतीले इलाक़े के जीव है, इन्हें रेगिस्तान का जहाज़ भी कहा जाता है।

भोलू —- वाह दादा जी ! इन जहाज़ों पर बड़ी - बड़ी मूँछों वाले सैनिक घूमते रहते हैं।

दादा जी —- हाँ वे सब देश की सीमाओं की रक्षा के लिए चौकस रहते हैं।

भोलू —-दादा जी, क्या मैं भी ऊँट पर बैठ कर देश की सीमा की रक्षा कर सकता हूँ ?

दादा जी ——बेटा, देश की रक्षा तो हर काम में है। जिसको जो ड्यूटी मिली है उसे वह ईमानदारी व मेहनत से पूरा करे तो सबसे बड़ी देश सेवा है।

गोलू —- दादा जी, जब हम गाड़ी में सवार होकर मामा जी के साथ यहाँ आ रहे थे तो बहुत सी भैंसों को खुले में घूमते हुए देखा। उनमें कुछ मुख का आसन कर रही थी, कुछ आपस में लड़ रही थी। दादा जी, सब तो मार्निंग या इवनिंग वॉक करते हैं पर ये तो Noon वॉक कर रही थी।

दादा जी —- ये भैंसें सुबह - शाम दूध देती हैं व दिन में खेतों में घास खाती हैं।

गोलू —- दादा जी, इन्हें रोटी, पिज़्ज़ा, बर्गर बगैरह नहीं मिलता जो ये घास खा रहीं हैं।

दादा जी —- बेटी, घास ही इनका भोजन है। ये तली हुई व तड़का लगीं चीजें नहीं खातीं इसीलिए मोटी - तगड़ी है।

गोलू —- दादा जी, अगर मैं भी तली हुई चीजें खाना बंद कर दूँ तो क्या भैंस की तरह ताकतवर बन जाऊँगी ?

(सब हंसते हैं)

दादा जी —- भैंस से भी ज़्यादा ताकतवर, भोलू भी ऐसे ही ताकतवर बन सकता है।

गोलू —- ओ. के. दादा जी !

दादा जी —- नेहा बेटी, तुमने आगे पढ़ाई के लिए कौनसा फ़ील्ड चुना है ?

नेहा —- बड़े अंकल, आज भैया के साथ मिलकर विचार विमर्श करना था पर जबसे घर आई हूँ भैया को एक पल के लिए भी फ़ुरसत नहीं मिली। कल भाभी को लेकर भैया के पास जाऊँगी तब वहाँ सबके साथ सलाह मशविरा करके फ़ैसला लेंगे।

दादा जी —- रश्मि बेटी, तुम कब जाओगी यमुनानगर एग्ज़ाम के लिए?

रश्मि —- दादा जी, मैं कल से अगले वाले सोमवार को जाऊँगी। तान्या भी सोमवार को ही आएगी। एक महीने का एग्ज़ाम शेड्यूल है।

दादा जी —- और किसी को कुछ कहना है ?

शैली —- भाई साहब, तुम्हारी यह डिनर चर्चा तो परिवार की परंपरा बन गई। बहुत अच्छी सोच है परिवार के हर सदस्य के सुख- दुख की ख़बर रखना।

डॉ. भगवत स्वरूप —- शैली बहन, अब तो तुम परदादी बन गई हो, बड़ी उम्दा क़िस्मत पाई है। मुझे शायद ही यह ख़ुशी नसीब हो।

शैली —- परदादा नहीं तो नानाजी तो बन ही जाओगे भाई साहब। यह तो सब भगवान की कृपा पर निर्भर है। संसार में सब की सब इच्छाएँ कब पूर्ण होती हैं ?

डॉ. भगवत स्वरूप —- जो मिला है, मिल रहा है, हम उसी में संतुष्ट हैं। सब बच्चे अब रात्रि विश्राम के लिए जाएँगे।

चर्चा के दूसरे केंद्र में भी सभी मित्र प्रसन्नचित् दिख रहे थे। सब निर्धारित तरह से हुआ। मंत्री जी ने संक्षेप में ही सब कुछ बोल दिया। बार एसोसिएशन में भी मंत्री जी की बहुत तारीफ़ हुई।

राजीव —- शुभम भैया, तुम कब आए थे ?

शुभम —- मैं कल अंबाला कैट चला गया था। देव भैया ने कहा था कि लौटते समय यहाँ मंत्री जी के कार्यक्रम में शामिल होना है, क़रीब चार बजे पहुँच गया था।

राजीव —- कैसा लगा सब प्रोग्राम ?

शुभम —- सब व्यवस्था के अनुरूप हुआ घर व बार एसोसिएशन में मंत्री जी का भाषण संक्षिप्त था मगर सारगर्भित भी।

राजीव —- दिव्या, ज़रा हम सब के लिए कॉफी बनाना, कल से लगे हैं तैयारी करने में, थकान चढ़ गई है।

राकेश —- राजीव भाई, दिव्या भाभी ने भी घर में बहुत काम संभाला है, दो दिन से लगी है उलट-पुलट करने में ? हम सब तनेजा के यहाँ चलेंगे व गर्मागर्म चाय / कॉफी लेंगे।

कांति —- कई दिनों की थकावट चाय / कॉफी से जाने वाली नहीं है डॉ. साहब ! ज़रा और आगे भी कोई चीज़ है मर्दों के लिए। आज सुनहरा अवसर है, देव व शुभम भैया भी आए हुए हैं।

राकेश —- कांति भाई, नेहा बहन आई हुई है, गंध मिल गई तो क्या सोचेंगीं ?

कांति —- नेहा बहन तो कल रश्मि भाभी के साथ आएगी।

राकेश —- कैसे मालूम ?

कांति —- तुम्हारा मस्तिष्क मेडिकल है और हमारा प्रैक्टिकल! रश्मि भाभी व नेहा बहन को मालूम है कि देव व शुभम भैया भी आए हुए हैं, वे यह भी समझतीं है कि दोनों कहाँ रात्रि विश्राम करेंगे ?

राकेश —- वाक़ई कांति भाई तुम जीनियस हो।

कांति —- भाई साहब ! जीनियस का तो हमें नॉलेज नहीं पर हम प्रीसियस जरूर है। सभी मित्र हंसते हुए घर से बाहर आकर तनेजा रेस्टोरेन्ट की ओर निकलते हैं।

राजीव —- (बाहर आते हुए) दिव्या, मैं शायद देर से लौटूं। तुम अपना व मम्मी -पापा का ख़्याल रखना।

दिव्या —-ठीक है, शुभम के रात्रि विश्राम का इंतज़ाम तो राकेश भैया के पास ही होगा ? यदि कोई परेशानी है तो मैं बिस्तर बगैरह निकाल कर रख लूँगी। राकेश के पास तो देव भैया भी होंगे न ?

राजीव —-दिव्या तुमने बहुत अच्छा कहा, मैं राकेश भैया से पूछता हूँ।

राकेश —क्या पूछना है वकील साहब ? अब तो कांति भाई की पकड़ में आ ही चुके हो।

राजीव —- वो बात नहीं, दिव्या पूछ रही है कि शुभम के रात्रि विश्राम का इंतज़ाम कहाँ होगा ?

राकेश —- शुभम, देव भैया के साथ रहेंगे और देव भैया राकेश के पास रहेंगे।

कांति —- ये डॉक्टर भी जीनियस है। A, B के बराबर है और B, C के बराबर है इसलिए A, C के समान हुआ। सीधे क्यों नहीं बोलते कि शुभम भैया मेरे पास ही रात्रि विश्राम करेंगे।

देव —- कांति भाई, तुम्हें तनेजा रेस्टोरेन्ट के नाम से ही मदहोशी छाने लगी है।

कांति —- क्यों नहीं देव भैया, जॉनी वॉकर की बोतल की जब सील खुलेगी, ब्रह्मांड में सुगंधित हवाएं बहने लगेंगी और उन हवाओं से मदहोश हो स्वर्ग में अप्सराएँ नृत्य करने लगेंगीं।

देव —- वाह कांति भाई, आज तो मूड में आ ही गए।

कांति —- देव भैया, नाम लेने से ही मूड बन गया जब तीन चार पैग गटक जाऊँगा तब क्या होगा ?

देव —- कांति भाई, कल कोर्ट में ड्यूटी पर भी जाना है ?

कांति —- क्या देव भैया, डॉक्टर के जिगरी दोस्त हो ना, फिर भी जिगर नहीं। कोर्ट तो रोज़ ही जाते हैं, सब दोस्त इकट्ठे होने के मौक़े रोज़ थोड़े ही आते हैं।

देव —- ठीक है कांति भाई, बातों- बातों में रेस्टोरेन्ट पहुँच ही गए हैं। अब करो मौज मस्ती !

***

24

सतलोक परिवार का मुम्बई के लिए प्रस्थान

रत्नाकर ने एयरपोर्ट पर जाने के लिए अपनी कार गैरेज से निकाल ली थी व अपनी सीट पर बैठ कर इंतज़ार करने लगा। सतलोक व उमा ने बच्चों को तैयार किया व सभी ने संक्षिप्त नाश्ता लेकर कार में सवार होने से पहले पिता भगवत स्वरूप, शैली बुआ, आलोक- अंजना से भाव पूर्ण विदाई ली। हालाँकि बुआ शैली को भी आज ही जाना था लेकिन वे बस से लंच के समय तक ही जाने का प्रोग्राम बनाए हुए थी। सभी परिजन कार के पास आए व मुम्बई वासियो को विदा किया। साढ़े आठ बजे फ़्लाइट का टाईम निर्धारित था। रत्नाकर का तीन घंटे में ही एयरपोर्ट पहुँचने का लक्ष्य था इसीलिए वे घर से चार बजे निकल गए थे ताकि कम से कम डेढ़ घंटा तक पहले पहुँच सकें। पिता डॉ. भगवत स्वरूप सतलोक के जाने के बाद नित्य प्रति की तरह स्नान- ध्यान कर पूजा अर्चना में लीन हो गए थे व अंजना किचन में नाश्ता तैयार करने के लिए पहुँच गई थी। धीरे-धीरे पौ फटने लगी व प्रकाश फैलने लगा। परिवार के युवा प्राणी रश्मि, अश्मि व मेहमान नेहा भी नींद से जाग चुके थे।

रश्मि —- मम्मा, अंकल- आंटी चले गए क्या ?

अंजना —- हाँ बेटी, वे सब तो यहाँ से चार बजे ही चले गए थे।उनकी साढ़े आठ बजे की फ़्लाइट बुक थी।

नेहा —- अभी शायद सब एयरपोर्ट पर पहुँच गए होंगे ?

अश्मि —- हाँ नेहा, एग्ज़ाम तक तो मैं भी चार बजे उठ कर पढ़ती थी लेकिन अब तो रिज़ल्ट के बाद अगली कक्षा में ही पढ़ाई होगी।

नेहा —- अश्मि, अब तो तुम +2 में पहुँच जाओगी। यहीं पढ़ोगी या कहीं और।

अश्मि —- यहीं पढ़ना होगा। दीदी शादी के बाद तुम्हारे घर चली जाएगी तब मम्मी के पास मुझे ही रहना पड़ेगा।

नेहा —- सही कहा, मौसीजी इतने बड़े घर में अकेली कैसे रहेंगी ?

अश्मि — बारहवीं के बाद तो कहीं जाना ही पड़ेगा बाहर। तुमने अभी तक कोई निर्णय नहीं लिया है क्या ?

नेहा ——आज सायंकाल तक फ़ैसला हो जाएगा। मैं सायं को भाभी को लेकर जाऊँगी, वहाँ सबके साथ सलाह मशविरा करके फ़ैसला लेंगे।

अश्मि — तो वहाँ रश्मि दीदी क्या करेंगी ? जीजा जी के सब दोस्त मिल बैठकर विचार कर लेंगे। वैसे तुम्हें क्या पसंद है ?

नेहा —- मैं अभी निश्चय नहीं कर पाई हूँ, मन कभी इधर तो कभी उधर विषयों पर घूमता रहता है। अभी तक इतना जानकारी भी नहीं है।

अश्मि —- हाँ नेहा, मुझे भी ज़्यादा समझ नहीं है कि मैं तुम्हें कोई सलाह दे सकूँ। (अंजना माँ किचन से आवाज़ लगाकर दोनों को तैयार हो कर नाश्ते लेने के लिए कहती है।)

अश्मि —- अभी पंद्रह मिनट में तैयार होंगे मम्मी जी। इतने तक रश्मि दीदी भी कर सकती है नाश्ता। दादा जी भी पूजा- पाठ के बाद ही करेंगे नाश्ता।

अंजना —- नेहा बेटी, सबने नाश्ता कर लिया व अपने- अपने काम में लग गए, केवल तुम दोनों के लिए ही मैं किचन में अटकी हुई हूँ।

नेहा —- मौसीजी, हम दोनों के पास कोई काम नहीं है इसलिए सुस्ती हो रही है।

अंजना —- ठीक है जब तुम्हारा दिल करे बता देना। बुआ जी, आप नाश्ते में क्या लेंगी ?

शैली बुआ —- मैं तो ओट्स का दलिया ही लेती हूँ। अभी सूरज व तुलसी माता को जल देकर आ रही हूँ। कल रविवार को तुलसी माता को सारा दिन प्यासे रखा।

अंजना —- बुआ जी, मैंने तो भूल से गेहूं का दलिया ही बना दिया। अगर आप कहें तो ——।

शैली बुआ —- (बीच में ही) ठीक है बेटी, जो बना है, वही ला दो।

अश्मि —- (किचन के पास आकर) लो हम आ गए मम्मी जी, हम दोनों के लिए क्या बना है ?

अंजना —- तुम दोनों के लिए मैंने सिंपल डोसा बनाया है, कहोगी तो मसाला भी डाल सकती हूँ।

नेहा —- मौसीजी, प्रात काल में तो सिंपल ही ठीक रहता है। मै तो दो तक ही खा सकती हूँ।

अंजना —- (हंसते हुए) नेहा बेटी, गर्म- गर्म तीन भी खा सकती हो।

नेहा —- नहीं मौसीजी,ज़्यादा खाने से फिर लंच के लिए भूख नहीं लगती।

अंजना —- दोनों डाइनिंग टेबल पर आ जाओ। मैं वही लेकर आ रही हूँ।

अश्मि —- अच्छा मम्मा, आओ नेहा बैठते हैं व गर्मागर्म नाश्ते का लुत्फ़ उठाते हैं। वाह मम्मी जी, बहुत स्वादिष्ट बने हैं व सब्ज़ी और भी ज़्यादा स्वादिष्ट बनीं हैं।

नेहा —- मौसीजी, आप कैसे बनाती हैं इतनी स्वादिष्ट चीजें ? क्या आपने कहीं पढ़ाई या कोई कोर्स किया है ?

अंजना —- लड़कियों की ट्रेनिंग तो किचन में माँ के साथ ही हो जातीं है पर आजकल लड़कियाँ, लड़कों की तरह पढ़ाई करने बाहर आने-जाने लगीं है इसलिए वे किचन से दूर ही रह जाती हैं व काम नहीं सीख पातीं। इसका ख़ामियाज़ा उन्हें जीवन भर भुगतना पड़ता है।

नेहा ——मैं तो रश्मि भाभी से सब खाना बनाना सीख लूँगी।

अश्मि —- जीजा जी ने तो घर में ऐसा कुछ इंतज़ाम नहीं किया हुआ होगा, वे तो अपना व आए हुए मेहमान के लिए खाना डिब्बे वाले से ही मँगवाते हैं।

नेहा —- अभी तक तो यही चल रहा है। जब भाभी आ जाएँगी तब घर में ही कुछ प्रबंध करना पड़ेगा।

अंजना —— नेहा बेटी, अगर तुम मेरे पास रहो तो कुछ दिन में ही सीख जाओगी।

नेहा —- हां मौसीजी,जब तक एक सप्ताह के लिए देव भैया यहाँ हैं तब तक मैं यहाँ रहकर अश्मि के साथ मिलकर सब सीख सकती हूँ। मौसी जी, मैं एक सप्ताह में इतना स्वादिष्ट डोसा बना सकूँगी क्या ?

अंजना —- हाँ बेटी, अगर दोनों इकट्ठे सीखोगी तो एक सप्ताह लगेगा और अलग-अलग सीखोगी तो दो सप्ताह लगेंगे।

अश्मि —- यह क्या पहेली है मम्मी जी ?

नेहा—- अश्मि, मौसीजी ठीक कह रही है।

अश्मि —— कैसे ? मेरी बुद्धि तो काम नहीं कर रही।

नेहा —अश्मि, मौसीजी ठीक कह रही हैं। तुम अपना दिमाग़ कुरेद कर देखो, किसी कोने में कुछ हल ज़रूर निकलेगा।

अश्मि —- अच्छा मैं कोशिश करती हूँ। दिमाग़ के बाएँ कोने में शायद कुछ दिखाई पड़ रहा है।

नेहा — स्पष्ट करो।

अश्मि —- मुझे लगता है कि मम्मी का अभिप्राय है कि हम दोनों अगर अलग-अलग सीखेंगी तो एक सप्ताह तुम्हें व एक सप्ताह मुझे, दोनों के जोड़ करने पर दो सप्ताह हो गए।

नेहा — वाह अश्मि ! लगता है कि चलेगा। अब मैं बताऊँ।

अश्मि — हाँ, तुम भी अपना दिमाग़ लुटाओ।

नेहा —- मौसीजी कह रही है कि अगर अलग-अलग सीखोगी तो तुम्हें तो एक -एक सप्ताह लगेगा पर सिखाने वाले को तो दो सप्ताह लगेंगे।

अंजना —- लगता तो दोनों का ही ठीक है पर नेहा का ज़्यादा तर्क संगत है। नेहा बेटी, तुम्हें तो वकील बनने का कोर्स कर लेना चाहिए।

नेहा —- मौसीजी, एक बार यह विचार मेरे मन में भी आया था व मैंने लक्ष्मी दीदी की शादी में कांति भाई को बताया भी था पर वकील का काम झूठ पर ज़्यादा आधारित है इसलिए ज़रा संकोच सा ही लगता है।

अंजना —- नेहा बेटी, कोई भी काम बुरा नहीं होता, वे तो हम लालच के वशीभूत होकर उसे दूषित कर देते हैं।अगर तुम सच्चाई व ईमानदारी से काम करना चाहती हो तो कौन रोक सकता है ?

नेहा —- मौसीजी, जब सौ में से नब्बे लोग झूठ व धोखे का आवरण ओढ़ कर व्यवहार करते हैं तो दस प्रतिशत लोगों को दिक़्क़त तो होगी ही ?

अंजना —- शुरू में कुछ परेशानी हो सकती हैं लेकिन अगर हम दृढ़ संकल्प से सच्चाई व नैतिकता का मार्ग पकड़े रहेंगे तो लोग हमारे स्वभाव से परिचित होकर हमारा अनुकरण भी कर सकते हैं।

नेहा — फिर तो क्या मुझे यही कोर्स कर लेना चाहिए।अश्मि को आप क्या करवाएँगी मौसीजी ?

अंजना —- अश्मि तो अभी +2 में ही जाएगी, सोचने के लिए पूरा वर्ष है। वार्षिक परीक्षा में कितना प्रतिशत अंक मिलेगा, इस पर भी निर्भर करेगा ?

नेहा —- तो क्या मुझे भी अपने परीक्षा परिणाम का इंतज़ार करना चाहिए। उससे क्या होगा मौसीजी ?

अंजना —- अगर तुम्हारा अंक प्रतिशत अच्छा रहा तो अच्छे कॉलेज में दाख़िला मिल जाएगा, नहीं तो सामान्य स्तर के कॉलेज में कोर्स करना होगा। जैसे तुम्हारी रश्मि भाभी अगर ख़ूब परिश्रम करतीं तो BDS की बजाय MBBS कोर्स में एडमिशन मिल जाता।

नेहा —- रश्मि भाभी तो बहुत मेहनती व होशियार है मौसीजी, आजकल कंपीटिशन बहुत बढ़ गया है, इस कारण से पीछे रह गई। मैं भी तो MBBS में दाख़िला ले सकती हूँ पर मुझे डॉक्टरी में रूचि नहीं है।

अश्मि —- मम्मी क्या मैं डॉक्टर नहीं बन सकती ?

अंजना —- बेटी, इंसान जो चाहे बन सकता है- डॉक्टर, वकील, इंजीनियर, सी. ए. वैज्ञानिक, व्यापारी, अध्यापक या सिविल सरवेंट, पर उसी हिसाब से मेहनत भी करना होता है।

अश्मि —तो मुझे MBBS डॉक्टर बनने के लिए दीदी से भी ज़्यादा मेहनत करनी पड़ेगी।

अंजना — बिल्कुल सही कह रही हो पर मुझे लगता है कि सिर्फ़ मेहनत से नहीं दिमाग़ का स्तर (I.Q) भी एक फ़ैक्टर होता है और तुम में वह स्तर शायद है नहीं।

अश्मि — मम्मा, मैं आपको अब एम बी बी एस डॉक्टर बनकर ही दिखाऊँगी, बस आप सभी को मेरा सहयोग करना है।

अंजना — ठीक है बेटी, भगवान तुम्हें अपना संकल्प पूरा करने की शक्ति प्रदान करें।हम सबका सहयोग व आशीर्वाद तुम्हारे साथ रहेगा।

नेहा —- अश्मि अति आत्मविश्वास भी बहुत बार ख़तरनाक सिद्ध होता है।दृढ़ संकल्प के लिए कठोर श्रम आवश्यक होता है।

अश्मि —अब तो मैंने कदम बढ़ा ही दिया है, अब पीछे मुड़कर देखने का सवाल ही नहीं।

अंजना —- बेटी, यह तुम्हारी ज़िद है या दृढ़ संकल्प ?

अश्मि —- अब जो भी हो मम्मी, मैंने अपने जीवन की राह चुन ली है।

अंजना —- अच्छा बेटी ! नेहा बेटी तुमने नाश्ता कर लिया, अब भाभी के पास जाकर आराम करो या कुछ काम करो।

नेहा —- हाँ मौसीजी, मैं रश्मि भाभी को सायं का प्रोग्राम बनाने के लिए कहती हूँ, शायद वे ना जाएँ पर मुझे तो जाना ही पड़ेगा।

अंजना —- हाँ ठीक रहेगा, अगर कल आना होगा तो रत्नाकर को भेज देंगे।, वह तुम्हें कार में ले आएगा।

नेहा —- मौसीजी, रश्मि भाभी को भी भेजना। भैया कहते हैं कि रश्मि भाभी से अब तक उनकी बात नहीं हुई।

अंजना —- ठीक है नेहा बेटी, आज सायं को भी तुम्हें छोड़ आएगी।

नेहा — हाँ मौसीजी, भाभी से भैया भी मिल लेंगे।

***

25

तरुण - लक्ष्मी की म्यूज़ियम से लौट कर मौज मस्ती

म्यूज़ियम व होटल में आपस में कोई ज़्यादा दूरी नहीं है, पैदल में ही दस पंद्रह मिनट का समय खर्च आता है। दोनों अब काफ़ी थके हुए लग रहे थे इसलिए होटल आकर कॉफी लेने का फ़ैसला किया।

तरुण —- तुम कॉफी खुद बना सकती हो लक्ष्मी ?

लक्ष्मी —- हाँ, क्यों नहीं ? रेस्टोरेन्ट मालिक की बेटी जो ठहरी लेकिन यहाँ तो तैयार कॉफी ही मिल रही है फिर बनाने की क्या ज़रूरत है ?

तरुण —- ज़रूरत इसलिए है कि होटल में स्थित इस रेस्तराँ में हमें कॉफी के बदले दाम चुकाने होंगे, अगर हम ख़ुद तैयार करें तो कोई देनदारी नहीं होगी क्योंकि होटल की किचन में सब सामान दूध, शक्कर बगैरह सब बिना किसी चार्ज के प्राप्य है।

लक्ष्मी — उससे तो हम अपनी पसंद की कॉफी भी बना सकते हैं।

तरुण —- बिल्कुल, हमें इंतज़ार भी नहीं करना पड़ेगा ?

(कॉफी तैयार कर पीते हुए)

लक्ष्मी —- होटल में जब नाश्ता फ़्री ऑफ चार्ज है तो कॉफी के लिए चार्ज क्यों लिया जाता है ?

तरुण — हमने जो सुबह नाश्ता लिया था वह होटल का मेन किचन था जबकि यह अलग से रेस्टोरेन्ट है जिसके लिये होटल प्रबंधन बाक़ायदा किराया वसूल करता है। नाश्ता होटल देता है, रेस्टोरेन्ट नहीं।

लक्ष्मी —- (कॉफी ख़त्म कर मग टेबुल पर रखते हुए) अब हमें रूम पर जाकर आराम करना चाहिए।

तरुण —- हां, हमें कल के लिए भी प्रोग्राम तय करना है । मैं नेट से देखकर ही बता पाऊँगा कि कहाँ क्या है ? उसके बाद दोनों विचार कर फ़ैसला कर लेंगे।

लक्ष्मी —- हाँ अब चलो, रूम की चाबी तुम्हारे पास है न ?

तरुण —- तुमने अच्छा याद करवाया, चाबी तो हम सुबह काउंटर पर ही देकर गए थे। चाबी लेकर लिफ़्ट से रूम पर आकर काफ़ी देर तक नींद की गोद में समाए रहे, उठे तो बाहर घना अंधेरा दस्तक दे रहा था।

लक्ष्मी —- नींद में समय काफ़ी निकल गया, शायद नौ बज रहे होंगे।

तरुण —- अभी आठ ही बजे हैं। मैं तो फ़ोन की वाइब्रेशन से जाग गया।

लक्ष्मी —- किसी का ख़ास फ़ोन कॉल था क्या ?

तरुण —- हाँ मम्मी पापा ज़रा चिंता कर रहे थे, तान्या ने इसलिए फ़ोन किया था।

लक्ष्मी —- पापाजी तो इस समय शॉप पर होंगे, अपने देश में सुबह के दस बजे होंगे ?

तरुण —- मार्च से सितंबर तक साढ़े नौ घंटे व अक्तूबर से मार्च मध्य तक साढ़े दस घंटे हम अमेरिका से अंतर में रहते हैं। तान्या पूछ रही थी कि लक्ष्मी भाभी की तबीयत ठीक है?

लक्ष्मी —- मम्मी जी ने पुछवाया होगा ? माँ बाप बच्चों की शादी करते ही नव आगंतुक की आवाज़ सुनने को बेताब हो जाते हैं।

तरुण — तो इस विषय पर हमें भी सोचना चाहिए। हमारी शादी को लगभग चार महीने बीत गए, अभी तक बच्चे ही बने हुए हैं।

लक्ष्मी —- इंसान में जब तक बचपना रहता है, वह खुश रहता है। ज़िम्मेदारी आई तो शायद ख़ुशियाँ काफ़ूर हो जातीं हैं।

तरुण —- ऐसा नहीं होता हर समय, शादी केवल मनोरंजन के लिए नहीं बल्कि वंश- वृद्धि के लिए भी की जाती है। जो भी नवजीवन घर के आँगन में पुष्पित- पल्लवित होता है वह अपने साथ ख़ुशियों की महक लेकर आता है।

लक्ष्मी —- मुझे लगता है कि तुम्हारा मन बेईमान हो गया है।

तरुण —- कितने दिन व्रत में बीत गए, अब व्रत खोलने का समय आ गया है।

लक्ष्मी —- लगता है कि आज तुमने वंश वृद्धि का निश्चय कर लिया है पर अभी वह समय नहीं है। कोई भी दरवाज़े पर दस्तक दे सकता है। हमें रात्रि तक के लिए इंतज़ार करना होगा।

तरुण —- जब काम का वेग कुलाँचे भरता है तब मन भी तरंगित हो जाता है। उसे रोकना कठिन तो है ही, हानिकारक भी हो सकता है।

लक्ष्मी —- यह कोई रोग है या स्वाभाविकता?

तरुण —- अब मैं इन दार्शनिक सवालों में उलझना नहीं चाह रहा, बस मेरा लक्ष्य तुम्हें प्राप्त करना है।

लक्ष्मी —- बातों- बातों में तुमने मुझे विवश कर दिया है, ज़रा दरवाज़े का लॉक तो चैक करो ?

तरुण —- यह ऑटोमैटिक ही रहता है, बाहर से बिना चाबी के नहीं खुलेगा। (अपने बेड से उठ कर लक्ष्मी के बेड पर जाकर) बहुत दिनों के बाद

आज़ादी मिली है। घर में तो किसी न किसी रूप में डर सा लगा ही रहता था। माहौल सा बन ही नहीं पाता था।

लक्ष्मी — आज तुम्हें आज़ादी मिल ही गई ?

तरुण —- हाँ, आज मुझे तुम्हें क़ैद करने की आज़ादी मिली है, आओ लक्ष्मी, हम एक तन और एक मन हो जाएँ। पायताने कंबल की तह खोल कर लक्ष्मी को अपने आग़ोश में समा लेता है।

लक्ष्मी — मुझे कंबल नहीं सुहा रहा, कोई पतली चादर होगी ?

तरुण —— लगता है कि तुम पर भी कामदेव का प्रहार हो गया है। आओ हम दोनों एक नई दुनिया में खो जाएं लक्ष्मी, एक ऐसी दुनिया जो हमें भी ख़ुशी दे व औरों को भी ख़ुशी दे। आज तुम मेरा मून हो और मैं तुम्हारा हनी।

लक्ष्मी —- तुम मेरे मून हो और मैं तुम्हारी हनी।

तरुण —- (अधरपान करते हुए) वाक़ई हनी हो, आज तक तुमने अधर पान का सुअवसर ही नहीं दिया।

लक्ष्मी —- नारी तो पुरूष की धरोहर है, उसे कैसे ही प्रयोग करे।

तरुण —अर्द्धांगिनी है नारी, विश्व की जननी है, उसका सौम्य रूप ही कल्याणकारी है।

लक्ष्मी —- और पुरूष उस कल्याणी का स्वामी।

तरुण —- दोनों एक-दूसरे के बिना अधूरे हैं नर और नारी, लक्ष्मी ! तुम मुझे पूर्णता का अवसर दो, मेरे साथ एकाकार हो मुझे धन्य करो।

लक्ष्मी —- मैं तुम में ही समाईं हुईं हूँ तरुण ! मेरा तन - मन सब तुम्हें समर्पित है।

तरुण —- रूम की रोशनी को विराम देता है व दोनों अलौकिक आनंद की प्राप्ति में डूब जाते हैं।

26

शुभम- देव की पार्टी पर चर्चा व रश्मि भाभी तथा नेहा बहन से मिलकर शुभम का अपने घर फ़रीदाबाद के लिए निकलना

देर रात तक चला पार्टी का दौर, कांति, शुभम, देव, राकेश व राजीव आज सब मौज मस्ती से झूम रहे थे। रेस्टोरेन्ट से अब लोगों का जाना शुरू हो गया था। कुछ ही लोग जमा थे पर उनकी डिमांड भी अब सीमित हो गई थी। तनेजा भी आराम की चाह करने लगा था पर मित्र- मंडली को कुछ कहने का साहस भी नहीं जुटा पा रहा था इसलिए अपने मोबाइल फ़ोन पर ही उँगलियाँ तेरेरने लगा था। राजीव ने आख़िर बिल के लिए वेटर को बोला तो तनेजा वहाँ पहुँच कर कहने लगे कि आज की पार्टी उसी की ओर से समझी जाए पर दोस्तों ने तनेजा की याचिका ख़ारिज करते हुए कहा- आज की पार्टी राजीव भाई के नाम रहेंगीं ।तनेजा ने बिल भिजवाया और सभी दोस्तों ने बिल चुकाने के बाद अपने गंतव्य की ओर कूच किया। राजीव, कांति ने अपने घर की राह ली व शुभम, देव राकेश के साथ रूम पर पहुँच गए थे।

शुभम — देव भैया, मज़ा आ गया पार्टी में, इतने मित्रों के साथ मेरा तो यह पहला अनुभव है।

राकेश —- ससुराल आने- जाने का भी शायद पहला ही अनुभव होगा?

देव —- वाह डॉ. साहब ! शायद कुछ कम ही चढ़ाई है जो सहीं- सही बोल रहे हो। शुभम को मैंने ही वहाँ भेजा और मंत्री जी के प्रोग्राम में भाग लेने के लिए यहाँ बुलाया था।

राकेश —-देव भैया, तुमने भी सीमा तक रह कर ही चढ़ाई है, तुम्हारी आवाज़ बिल्कुल स्पष्ट है।

देव —- मुझे ज़्यादा बर्दाश्त नहीं रहती, सिर्फ़ साथ रहने व बैठने के लिए ही एक छोटा पेग ले लेता हूँ जिससे शरूर बना रहता है।

राकेश —- हाँ देव भैया, शराब का सीमित मात्रा में सेवन ही सुरक्षित रहता है।

शुभम —- सभ्य समाज की पार्टी में यही मज़ा रहता है कि कोई कितनी ही मात्रा में गटके, अपनी सामर्थ्य के अनुसार, दबाव किसी का नहीं रहता।

राकेश —- मित्रों की पार्टियाँ शुगल- मेले के लिए होती हैं किसी ज़ोर ज़बरदस्ती के लिए नहीं ? देव भैया, अब हम सब विश्राम करें।शुभम को कल घर जाना है, मुझे भी सुबह ड्यूटी करना है। शुभम, तुम्हारा क्या कैसा रहा वहाँ ससुराल में ? सब शांतिपूर्वक है ?

शुभम —- हाँ राकेश भैया, पिता श्री व मौसीजी अपने पहले व्यवहार के लिए शिवि से क्षमायाचना कर रहे थे।

राकेश —- यह बड़ा सुखद संदेश है, अब लगता है कि शिवि को राहत होगी।

शुभम —- इसीलिए मैं निश्चिंत होकर लौट रहा हूँ। अगर कुछ अजीब व नाउम्मीद घटित होता है तो देव भैया तुम पहले की तरह अब भी ध्यान रखना।मैंने शिवि को बोल दिया है कि किसी भी आपदा में देविना से या देव भैया से संपर्क कर लेना।

देव —- बिल्कुल ठीक किया, हम हर स्थिति के लिए तैयार रहेंगे। अब रात्रि का तीसरा पहर शुरू हो गया है, सब को आराम करना चाहिए।

शुभम —- गुड नाइट, राकेश भैया।

राकेश — गुड नाइट !

शुभम —- सॉरी राकेश भैया, दिन में रश्मि भाभी कहीं दिखाई नहीं पड़े। क्या मंत्री जी के कार्यक्रम में शामिल नहीं थीं।

राकेश —- रश्मि सारा दिन घर में ही रही थी, उसकी बुआ व मम्मी जी भी घर में ही रहे। कल सायंकाल में आने का विचार है शायद नेहा के साथ।

शुभम —- भैया, मैं तो नेहा बहन से भी नहीं मिल पाया।

राकेश —- कल बहुत व्यस्त रहेगा रश्मि का। सुबह अंकल- आंटी मुम्बई के लिए निकलेंगे, बुआ जी दोपहर में बस से जाएँगी, फिर सायं में नेहा को लेकर यहाँ आएगी।

देव —- शुभम भैया, अब तो शादी के दिन ही दर्शन करना रश्मि भाभी के या फिर कल सायं तक यहाँ स्टे करो।

शुभम —- देव भैया, फ़्री डेज़ के दो दिन ऐसे ही बीत गए, एग्ज़ाम की तैयारी घर जाकर ही होगी।

देव —- ठीक है तो विश्राम करो, कल भी सारा दिन सफ़र में चला जाएगा। ओ. के गुड नाइट !

जब देर से शयन किया है तो स्वाभाविक है कि जागना भी विलंब से ही होगा लेकिन राकेश को अपनी ड्यूटी पर जाना था इसलिए देव, शुभम को न जगा कर खुद तैयार हो कर जाने लगा तब दोनों को जगा कर अस्पताल की ओर रूख किया। दोनों शेर फिर सो गए थे और एक घंटे बाद रश्मि, अपनी प्यारी ननद नेहा के साथ रूम पर पहुँच गईं थीं।

नेहा —- भाभी देखो, देव भैया व शुभम भैया का खर्राटों मुक़ाबला चल रहा है। अब ये शेर कितनी देर में जगेंगे, इंतज़ार करना होगा।

रश्मि —- तुम्हारे भैया कह रहे थे कि शुभम भैया को फ़रीदाबाद जाना है, बहुत लंबा कई घंटों का सफ़र है, तुम उसे जगा दो।

नेहा —- नहीं भाभी, कच्ची नींद से जागने पर सारा दिन चिड़चिड़ापन रहता है।

देव —- (नींद से जाग कर रश्मि भाभी व नेहा को देख कर) अरे भाभी, नेहा, तुम दोनों यहाँ, क्या मैं नींद से जाग गया हूँ या कोई सपना ही देख रहा हूँ।

नेहा —- नमस्ते देव भैया !

रश्मि —- नमस्ते देव भैया !

देव — दोनों को प्रभात काल की शुभकामनाएँ, पर आप दोनों यहाँ कैसे? किसी ने आपको सूचना देकर बुलाया है ?

नेहा —- हाँ, राकेश भैया ने मोबाइल फ़ोन पर मैसेज भेजा था रूम पर आने के लिए व दो जनों का नाश्ता भी लाने के लिए। अब तुम दोनों नहा धोकर नाश्ता कर लेना। शुभम भैया को भी जगा दो।

शुभम —- (आँखें खोलकर चारों ओर निहारते हुए) जो पहले से ही जगा हुआ हो, उसे कौन जगाएगा प्यारी बहना। रश्मि भाभी, नमस्ते !

रश्मि —- नमस्ते शुभम भैया !

नेहा —- तुम पहले से ही जागे हुए थे तो क्या शिवि भाभी के सपने देख रहे थे, उठे क्यों नहीं ?

शुभम — हम सब बहुत देर से सोए थे, इसलिए जागने में देर हो रही है।

नेहा —- अब जाग ही गए तो तैयार होकर गरम- गरम नाश्ता कर लो। मम्मी व रश्मि भाभी ने बनाया है।

शुभम —- अच्छा, फिर तो मैं बिना नहाए ही खा जाऊँगा।

नेहा —- शुभम भैया, यह डॉक्टर का घर है, ऐसी सुस्ती यहाँ पर नहीं चलेगी।

शुभम — (हँसते हुए) ठीक है बहन, मैं तैयार हो रहा हूँ।

नेहा —- देखो, देव भैया नहा धोकर आ गए हैं। इतने तक ये प्रभु-स्मरण करें, तुम भी तैयार हो जाओ। फिर भाभी को जाना भी है।

शुभम — कहाँ, भैया के पास अस्पताल में?

नेहा — नहीं भैया, अपने घर।

शुभम —- क्या यह रश्मि भाभी का घर नहीं है जो उस घर में जाएगी ?

नेहा —- शुभम भैया, लड़कियों के दो घर होते हैं, एक जन्म का घर, दूसरा शादी का घर।

शुभम —-ऐसे तो लड़कों के भी दो घर होते हैं नेहा बहन ?

नेहा —- पर लड़के ससुराल में थोड़े ही रहते हैं लड़कियों की तरह।

देव —- शुभम भैया, नेहा के सामने तुम टिक नहीं पाओगे, चुपचाप नाश्ता करके अपने घर की राह पकड़ो।

शुभम —- ठीक है देव भैया, मैं स्नान के लिए जा रहा हूँ, तुम इतने तक नाश्ता कर सकते हो।

देव —- तुम जल्दी स्नान कर आ जाओ, हम दोनों साथ ही लेंगे।

शुभम —- ओ. के. भैया, अभी गया और अभी आया।

दोनों नाश्ता लेकर जाने के लिए तैयार होते हैं, शुभम घर फ़रीदाबाद के लिए व देव उसे बस स्टैंड तक विदा करने के लिए।

रश्मि —- देव भैया, मैं अपनी कार से शुभम भैया को बस स्टैंड तक पहुँचा दूँगी। रत्नाकर बाहर इंतज़ार में है।

देव —- यह तो और भी अच्छा रहेगा भाभी, इतने तक मैं नेहा बहन से बातें करता रहूँगा।

नेहा —- देव भैया, भाभी फिर यहाँ थोड़े ही आएँगी ? शुभम भैया को छोड़कर अपने घर जाएँगी। दोपहर को बुआ जी बस में बिठाकर आएँगी।

देव —- अच्छा तो ठीक है, नमस्ते रश्मि भाभी !

शुभम —- नमस्ते देव भैया !

(दोनों रत्नाकर के साथ कार में सवार होकर निकल जाते हैं।)

देव —- नेहा बहन ! (फ़ोन की घंटी बजती है) हैलो !

राकेश — देव भैया, तुम यहाँ आ जाओ अस्पताल में, एक ज़रूरी विचार- विमर्श करना है डॉ जैन के साथ। शुभम तो चला गया होगा ?

देव —- हाँ, नाश्ता कर कार में निकल गया रश्मि भाभी के साथ, नेहा अब यहीं है।दोनों नाश्ता लेकर यहाँ आईं हुईं थीं।

राकेश —- ठीक है नेहा अपना कुछ काम कर लेगी, तुम आ जाओ।

देव —- आ रहा हूँ, नेहा बहन ! मैं अस्पताल जा रहा हूँ, राकेश भैया ने बुलाया है।

नेहा — ओ. के. देव भैया।

***

27

शैली बुआ का अपने घर प्रस्थान

रश्मि शुभम भैया को बस स्टैंड पर छोड़ कर घर आ गईं थीं। घर में अंदर घुसने से पहले ही रत्नाकर को गाड़ी बाहर ही रखने को कहा ताकि कुछ समय बाद बुआ जी को बस स्टैंड तक छोड़ने जा सके। आज शैली बुआ दोपहर लंच के बाद अपने घर जाने के प्रोग्राम में है। अभी- अभी मुम्बई अंजना को अपनी देवरानी उमा का फ़ोन आया है, कह रही है कि वे सब ठीक तरह से मुम्बई पहुँच गए हैं हालाँकि फ़्लाइट एक घंटा देर से रवाना हुई व एयरपोर्ट पर गेट बदलना पड़ा तो कुछ परेशानी तो हुई।

अंजना — (रश्मि को फ़ोन देते हुए) चाची जी तुमसे बात करेंगी।

रश्मि —- (मम्मी से फ़ोन लेकर) हैलो ! आंटीजी, क्या परेशानी हुई मुम्बई जाने में ?

उमा —- रश्मि बेटी, वैरी सॉरी, हम तुमसे मिलकर नहीं गए। असल में क्या है कि हमने तुम दोनों बहनों व नेहा को नींद से जगाना अच्छा नहीं माना। तुम कभी मुम्बई आओगी निकट भविष्य में शादी के बाद, फिर मिल लेंगे।

रश्मि —- चाची, तुम शायद नींद की कमी की वजह से ऐसा कह रही हो, शादी के बाद क्यों ? शादी में नहीं आओगी क्या आप ?

उमा —- वाक़ई रश्मि बेटी, नींद की कमी व हवाई जहाज़ की घुमेर के कारण दिमाग़ काम ही नहीं कर रहा ?

रश्मि —— आपको जाने में कुछ परेशानी हुई, क्या कैसे हुआ ? मम्मी ने जब मुझे फ़ोन दिया तो उस समय आप किसी परेशानी का ज़िक्र कर रही थी।

उमा —- हाँ, रश्मि बेटी, यहाँ जींद शहर से इतने वक़्त से उठ कर भी निकले, एयरपोर्ट के अंदर गेट पर इंतज़ार में थे कि घोषणा हुई - मुम्बई के लिए 8:30 पर उड़ने वाली फ़्लाइट किन्ही कारणों से एक घंटा देरी से रवाना होगी। यात्रियों को होने वाली असुविधा के लिए खेद है।

रश्मि —- हाँ आंटी जी, बिना काम के ख़ाली बैठना दूभर हो जाता है।वहाँ एयरपोर्ट के अंदर भी चाय- कॉफी की सुविधा मिलती है।

उमा —- हाँ, तुम्हारे अंकल चाय लेकर आए थे, अभी घूंट ही भरी थी कि फिर घोषणा हुई — दिल्ली से मुम्बई के लिए जाने वाली 9:30 बजे की फ़्लाइट के गेट में परिवर्तन किया गया है। यह अब गेट न. 6A की बजाय गेट न. 19B से उड़ेगी। यात्रीगण कृपया तदानुसार गेट पर पहुँच जाएँ। असुविधा के लिए खेद है। चाय के कुल्हड़ कचरादान में डाले व सभी के साथ गेट की तरफ़ चल पड़े।

रश्मि —- गेट तो पास ही होगा चाचीजी ?

उमा — लगभग दस मिनट लगे, एक कि.मी. तो होगा ही। जाते ही साँस भी नहीं ली थी कि बोर्डिंग शुरू हो गई और लाइन में खड़े होना पड़ा।

रश्मि —- हाँ चाचीजी, वाक़ई ऐसे में सबको ही परेशान होती है। अब तो मुम्बई घर पहुँच गए होंगे ?

उमा —- हाँ- हाँ, तुम्हारे अंकल ऑफिस चले गए व बच्चे स्कूल।

रश्मि —-बच्चों को बस मिल गई थी क्या ?

उमा — हाँ, बच्चों की बस तो अपने टाइम पर ही निकलतीं हैं, तुम्हारे अंकल दोनों बच्चों को अपनी कार से स्कूल छोड़ कर अपने ऑफिस चले गए थे। शैली बुआ अभी यहीं हैं या चली गई ?

रश्मि — अभी यहीं हैं।मैं लंच के बाद बस में बिंठा कर आऊँगी।

उमा —-अच्छा बेटी रश्मि, अब मैं भी घर संभाल लूं, तीन- चार दिन से सब रूटीन बिगड़ा हुआ है।

रश्मि —- अच्छा चाचीजी नमस्ते !

(फ़ोन बंद कर मम्मी को देती है)

अंजना —- रश्मि बेटी, वहाँ सबने नाश्ता कर लिया था ?

रश्मि —- डॉ. साहब तो अस्पताल चले गए थे, देव भैया व शुभम ने ले लिया था। मैं वापिसी में शुभम को बस स्टैंड पर भी छोड़ दिया था।

अंजना —- वही शुभम जो शिवि के साथ है।

रश्मि —— हां वही, जो शिवि को अंबाला कैंट छोड़ने गए थे और वापिसी में देव भैया ने मंत्री जी के प्रोग्राम में बुला लिया था।

अंजना — तुम्हें किसने बताया ?

रश्मि —- नाश्ते के समय नेहा ने पूछा तो देव भैया बता रहे थे।

अंजना —- अब लंच की तैयारी करो बेटी, बुआ जी को भी छोड़ कर आना है।

रश्मि —- हाँ मैंने रत्नाकर को कार गैरेज में न डालने को कहा था।

डॉ. भगवत स्वरूप जी— (घर के अंदर आकर आवाज़ लगाते हुए) बहन शैली, तुम कहाँ हो ?

शैली —- तेरे ही घर में हूँ भाई और अपने घर जाने की तैयारी में हूँ।

डॉ. भगवत स्वरूप—- अब इस उम्र में क्या तैयारी करोगी ? दो ड्रेस लेकर आईं होगी छोटे सूटकेस में ?

शैली —- आदमियों को कुछ ख़्याल नहीं होता भाई साहब कि क्या लाना व ले जाना होता है ? आती बार आलोक- अंजना की एक-एक ड्रेस, बच्चों की ड्रेस व खिलौने लेकर आई थीं।

डॉ. भगवत स्वरूप —- अंजना बेटी, अपनी बुआ जी से लिया ही है या कुछ दिया भी है ? लड़कियों को तो कुछ बढ़ाकर ही देकर विदा करते हैं बेटी।

अंजना —- हाँ पिताजी, हमने बुआ जी के मान - सम्मान के लिए सब कुछ किया है। भगवान का दिया घर में सब कुछ है और उसमें घर की लड़कियों की हिस्सेदारी भी होती है।

शैली — बहुत अच्छे संस्कारों वाले परिवार की बेटी है भाई साहब ! लेने-देने से न किसी के घर भरते हैं, न ख़ाली होते हैं, सब क़िस्मत से ही प्राप्त होता है। बहू ने यहाँ रहने तक पूरा मान दिया व मुँह में हाथ रखा।

डॉ. भगवत स्वरूप —- शैली बहन ! जब तक मेरी साँसें चल रही हैं, कभी भी, जब भी दिल करे, यहाँ घर में आ ज़ाया करो।

शैली —- हाँ भाई साहब ! औरत को तो मरते दम तक मायके का सहारा रहता है। अब तो भगवान ने चाहा तो रश्मि बेटी की शादी में पूरे परिवार के साथ आऊँगी।

डॉ. भगवत स्वरूप — क्यों नहीं बहन ? एक महीने में इसके एग्ज़ाम पूरे हो जाएँगे, उसके बाद तुरंत हाथ पीले कर देंगे।

शैली —हाँ भाई साहब, बहुत शरीफ़ घर का है राकेश बेटा, आजकल कहाँ ऐसे लाल मिलते हैं ?

डॉ. भगवत स्वरूप —- सब ऊपर वाला ही प्रबंध करके भेजता है।अब समीर को देखो, बड़े शहर की लड़की मिल गई और वह भी डॉक्टर। कॉलेज से ख़ाली हाथ निकला था।

शैली —- समीर तो अपनी बहूरानी अंजना के भाई साहब का लड़का है ना ?

डॉ. भगवत स्वरूप —- हां, तुम्हें सब याद है। उसकी शादी भी हम करनेवाले ही है। रश्मि के साथ पढ़ती है लड़की।

शैली —- आजकल तो पढ़ते-लिखते ही मेल- जोल हो जाए तो ठीक रहता है। बाद में तो सब रिश्तेदार- मित्र मुँह मोड़ कर खड़े हो जाते हैं। कोई बीच में नहीं पड़ता।

रश्मि —- (दादा जी के पास आकर) बड़ी बुआ जी, खाना तैयार है, आपके लिए यहीं लेकर आऊँ या डाइनिंग टेबल पर बैठकर लेंगी ?

शैली —- भाई साहब आप भी आ जाओ, हम एक साथ लंच करेंगे।

डॉ. भगवत स्वरूप —- आज सोमवार को मेरा व्रत रहता है, तुम ले लो।

शैली बुआ — फिर तो यहीं ले आ बेटी दो फुलके, सब्ज़ी में ज़्यादा घी मत छोड़ना, ब्लड प्रेशर बढ़ जाता है।

रश्मि —- ठीक है बुआ जी, चपाती खुश्क लेंगी या चुपड़ी हुईं ?

शैली बुआ —थोड़ा सा घी छुआ देना, एक गिलास पानी भी ले आना बेटी।

रश्मि —- दादा जी, आप कोई फल या ड्राई फ्रूट लेंगे ? बिना कुछ लिए आप कमजोरी महसूस करेंगे।

दादा जी —- पहले अपनी बुआ जी को लंच करवाओ, मैं जब इच्छा होगी तब मँगवा लूँगा। अभी आधा घंटा मैं अपने रूम में आराम करने जा रहा हूँ।

(फ़ोन की घंटी बजती है)

आलोक —- हैलो पिता जी, क्लीनिक पर डॉ जैन व राकेश बाबू आए हैं व आपसे मिलना चाहते हैं ?

डॉ. भगवत स्वरूप —- आलोक बेटा,अब तो मैं आराम कर रहा हूँ, आज मेरा व्रत है न ? क्लीनिक पर बहन शैली को विदा कर क़रीब पाँच बजे ही आऊँगा। कोई ज़्यादा ज़रूरी व जल्दी का काम हो तो फ़ोन से ही बात कर लेंगे।

आलोक —- आप डॉ जैन से ही बात कर लें।

(फ़ोन डॉ जैन को देते हैं)

डॉ. जैन —- डॉ साहब, प्रणाम स्वीकार करें।अर्ज़ यह है कि दो दिन बाद हम आपके विद्यालय में दांतों के लिए एक हेल्थ चैकअप कैंप लगाना चाहते हैं, आपकी इजाज़त की दरकार है।

डॉ. भगवत स्वरूप —- आपके रिश्तेदार ही तो प्रधान हैं स्कूल की कमेटी के।फिर भी आप मेरा सम्मान करते हुए इजाज़त लेने आए हैं तो मेरी तरफ़ से कोई परेशानी नहीं।

डॉ. जैन —- सर, मुझे आपसे यही उम्मीद थी। असल में डॉ राकेश ने अभी दो घंटे पहले ज़िक्र किया था, अपने लेखक साथी देव बाबू को भी बुलाया था सलाह मशविरे के लिए। अब दोनों मेरे साथ ही है।

डॉ. भगवत स्वरूप —- घर आ जाओ सब, लंच तैयार है।

डॉ. जैन —- धन्यवाद डॉ. साहब ! (फ़ोन आलोक को देते हैं)

आलोक —- पिताजी, मैं लंच के लिए घर ही आ रहा हूँ। शैली बुआ से मिल लूँगा। अभी घर में ही हैं ?

डॉ. भगवत स्वरूप —- हाँ बेटा आ जाओ, अगर राकेश बाबू को कुछ फ़ुरसत हो तो उन्हें भी ले आओ साथ में।

आलोक —- मैं राकेश बाबू से पूछ लेता हूँ। (राकेश बाबू से) पिताजी कह रहे हैं कि लंच के लिए आ जाओ।

राकेश —- अभी तो हमें अस्पताल जाकर ड्यूटी करना शेष है। इस काम की उपयोगिता व शीघ्रता के चलते ड्यूटी छोड़ कर आए थे।

आलोक —- जैसी आप की इच्छा !

तीनों कार में सवार होकर निकल जाते हैं व आलोक लंच के लिए घर पहुँचते हैं।

आलोक —- रश्मि बेटी, लंच तैयार है क्या ?

रश्मि —- आप के लिए तो मम्मी ने रोज़ की तरह लंच क्लीनिक पर भिजवा दिया है, रत्नाकर लेकर गया है पैदल ही ।आपको रास्ते में नहीं मिला क्या ?

आलोक —- संडे की छुट्टी के बाद आज बाज़ार में कुछ भीड़ ज़्यादा ही थीं इसलिए मैं छोटे रास्ते से आ गया।

अंजना —- (किचन से बाहर आकर) आप हमें बता देते कि मैं घर पर ही आऊँगा।

आलोक —- बाद में जब राकेश बाबू ने बुआ जी के बारे में पूछा तब ध्यान आया। मैं इतने तक बुआ जी से मिलता हूँ, तब तक रत्नाकर लौट आएगा।

अंजना —- हाँ, बुआ जी ने लंच कर लिया है। बाबू जी अपने रूम में आराम कर रहे हैं।

आलोक —- (बुआ जी के पास आकर) आपने लंच ले लिया बुआ जी ? आप आज ही जा रही हैं क्या ?

शैली बुआ —- हाँ बेटा, आज नहीं, अभी ! रश्मि बेटी छोड़ कर आएगी गाड़ी में।

(रत्नाकर लौट कर आता है व आलोक लंच लेने लगता है।)

आलोक —- (लंच ख़त्म कर) रश्मि बेटी, बुआ जी को तुम छोड़ आओगी या मैं भी चलूँ ?

रश्मि —- मैं ही जा रही हूँ। रत्नाकर, तुम यह सूटकेस गाड़ी में रख लो। शैली बुआ व रश्मि कार में सवार होती हैं व सारा परिवार हाथ जोड़ कर उन्हें विदाई देता है।

शैली बुआ —- सब सुखी रहो, आलोक बेटा, भाई साहब का ख़्याल रखना, एकाध बार रात्रि में चैक कर लिया करो।

आलोक — हाँ बुआ जी, अवश्य ! रत्नाकर अपनी ड्राइविंग सीट संभाल लेता है व बस स्टैंड के लिए रवाना हो जाती है शैली बुआ रश्मि बिटिया के साथ।

***

28

शुभम अपने घर फ़रीदाबाद पहुँचा, मित्रों की नेहा की उच्च शिक्षा पर चर्चा

सुबह दस बजे बस में सवार होकर सायं चार बजे फ़रीदाबाद अपने घर पहुँच गया था शुभम। रास्ते में कहीं कुछ नहीं लिया सिवाय पानी के। नाश्ता ही इतना हो गया था कि शाम तक भोजन की ज़रूरत ही न पड़े। देव बाबू भी नाश्ता लेकर अस्पताल चला गया था राकेश के पास और वहाँ से डॉ. जैन से मिलकर डॉ. भगवत स्वरूप जी के क्लीनिक पर उनसे मिलने चले गए थे। कुछ देर बातचीत कर क्लीनिक से लौट आए व राकेश के साथ रूम पर आकर लंच किया। जब राकेश फिर से ड्यूटी पर चला गया तो देव बाबू ने कोर्ट जाकर कांति से रूम की चाबी ली व वहाँ आकर आराम करने लगा। तभी उसे ध्यान आया कि शुभम का अभी तक पहुँच का समाचार नहीं मिला है। सायं के पाँच बजने को आए थे, कांति भाई भी कोर्ट से घर पहुँचने वाला था तो देव ने शुभम को फ़ोन लगाया।

देव —- हैलो ! शुभम भैया, तुम घर पहुँच गए हो या अभी राह में ही भटक रहे हो ?

शुभम —- (हंसते हुए) देव भैया, यह कौन-सी भाषा बोल रहे हो, अजीब सा लगता है तुम्हारे मुँह से ऐसे बोलना।

देव —सारा दिन बस में सवार गुमसुम बैठे रहा होगा, सोचा कि थोड़ा मनोरंजन कर दूँ।

शुभम —- मैं चार बजे बस स्टैंड फ़रीदाबाद पहुँच गया था और अब पाँच बजे घर पर मम्मी के हाथ बनी चाय की चुस्की ले रहा हूँ। भूख लगी थी इसलिए चाय के साथ मम्मी ने कुछ और भी खाने को दिया है।

देव —- अभी तो ससुराल का खाना ही हज़म नहीं हुआ होगा ? क्या चल रहा था वहाँ ?

शुभम —- हम परसों लगभग सात बजे शिवि के घर पहुँच गए थे, पिता श्री व मौसीजी कोर्ट से घर लौट आए थे उस समय तक। शिवि को देखकर बहुत भावुक हो गए थे दोनों, बार-बार शिवि से क्षमायाचना कर रहे थे।

देव —- इसका मतलब यह हुआ कि सब कुछ ठीक चल रहा है।

शुभम —- हाँ, बिल्कुल ! चाय के बाद हम दो घंटे बाहर भी घूमने निकले थे।

देव —— फिर तो वहाँ पर भी शैतान जाग गया होगा ?

शुभम —- देव भैया, आप भी ! इक प्यार ही तो है जो स्त्री- पुरूष को जोड़े रखता है, एक अर्थ में दोनों एक-दूसरे के बिना अधूरे हैं। जितनी निकटता होगी उतना मन निकट होगा। दोनों के प्यार में परमात्मा की झलक दिखाई पड़ती है।

देव —- क्या ओशो को पढ़ना शुरू कर दिया है?

शुभम —- कॉलेज के समय ही उनकी एक पुस्तक 'संभोग से समाधि की ओर' किसी साथी से लेकर पढ़ी थी।

देव —- अब तुम समाधि की ओर नहीं, संसार की ओर जाने का झुकाव रखना।

शुभम —- (हंसते हुए) देव भैया, अब अंबाला कैंट कब आ रहे हो देविना भाभी से मिलने ?

देव —- तुम क्या वहाँ उनके घर मिलने गए थे ?

शुभम —- हाँ, हम दोनों सुबह ही नाश्ता लेकर पहुँच गए थे। देविना भाभी सुबह में भी मुरझाए पुष्प की तरह लग रही थी। बहुत चाहती है तुम्हें देव भैया।

देव —- नारी को प्रेम की प्रतिमा बनाया है भगवान ने ।पति से प्यार, बच्चों से दुलार, और कहीं भी सत्संग- संकीर्तन हो, वहाँ प्रभु से प्यार ।अभी तीन दिन ही बीते हैं हमसे जुदा हुए। रविवार में दिन कितने बाक़ी है ?

शुभम —- देव भैया, प्यार के वियोग में एक-एक पल युग की तरह गुज़रता है। तुम तो काम में लगे रहकर समय बिता लेते हो पर देविना भाभी को पढ़ाई के सिवाय कुछ काम नहीं।

देव —- अंकल - आंटी ठीक है, सपना व अल्पना की पढ़ाई कैसी चल रही है ?

शुभम ——मम्मी पापा ठीक हैं, पापाजी शॉप पर है ।दोनों बहनें ट्यूशन पढ़ने के लिए गईं हुई हैं।

(रूम पर कांति भाई आकर चुपचाप आराम करने लगता है तो देव भैया फ़ोन बंद कर कांति से कहता है।)

देव —- कांति भाई, चलो राकेश के पास चलेंगे, राजीव भी वहीं आएगा। हम सब आज नदी की सैर करेंगे, बहुत दिनों से नदी किनारे आपस में तो जुदा थे ही, हमसे भी किनारा किए हुए है।

कांति —- पहले डॉक्टर के पास ही चलेंगे, राजीव वहीं आ जाएगा।

देव —- ठीक है, चलो !

कांति —- (राकेश के रूम पर पहुँच कर) आज तो दरवाज़ा खुला है देव भैया, यह तो चमत्कार हो गया, कल तक कभी रूम पर नहीं मिले, आज कहाँ से बुद्धिमान हो गए ?

देव —- कांति भाई, तुम सारा दिन कोर्ट में काम करते- करते भुलक्कड़ हो गए हो, रूम पर राकेश बाबू नहीं, नेहा बहन है।

कांति —- देव भैया, मैं कोर्ट में खूब दिल लगाकर काम करता हूँ लेकिन शायद भुलक्कड़ नहीं हूँ। रश्मि भाभी जब अपने दादा जी के साथ अस्पताल में आईं थीं तो यहाँ रूम पर भी नेहा बहन को मिलने पहुँची थी। लौटते समय नेहा को अपने साथ ले गईं थीं ताकि तुम आराम से रात्रि विश्राम कर सको और मंत्री जी के प्रोग्राम को सुचारू रूप से हैंडल कर सको।

देव —- वाह कांति भाई, तुम्हारी याददाश्त तो एकदम चकाचक निकलीं, मुझे ही शायद रात्रि में भिगोकर सुबह छिलका उतार कर बादाम का सेवन करना होगा। (दोनों खूब ज़ोर से हंसते हैं)

नेहा —- (हँसी की आवाज़ सुनकर खिड़की से झांकते हुए) देव, कांति भैया, अंदर आ जाओ, राकेश भैया भी आ ही रहे हैं अस्पताल से।

कांति —-नेहा बहन, तुम यहाँ कब आईं? परसों तो रश्मि भाभी के साथ उनके घर चलीं गई थी, कल भी वहीं रहीं, आज यहाँ कब व कैसे पहुँच गईं ?

नेहा —- कांति भाई, आज सुबह शुभम भैया को अपने घर में जाना था। वे रश्मि भाभी व मुझसे मिलना चाहते थे अतः राकेश भैया ने अस्पताल आकर हम दोनों को देव भैया व शुभम भैया का नाश्ता लेकर यहाँ आने को कहा था।

कांति —- तो अब रश्मि भाभी भी रूम पर हैं क्या ?

नेहा —- नहीं कांति भैया, वे शुभम को अपनी गाड़ी से बस स्टैंड छोड़ कर अपने घर चलीं गई थी ताकि दोपहर बाद शैली बुआ को भी बस स्टैंड ले आकर बस में बिठा सकें।

कांति —- तो आज तुम यहीं पर रहोगी नेहा बहन ?

नेहा —- ये सब तो भैया ही जानते हैं, मुझे तो न यहाँ, न वहाँ कुछ दिक़्क़त है। वहाँ भाभी, यहाँ भैया।

देव —- कांति भाई, देखना वे अपने राकेश बाबू हैं ना ?

कांति —- बिल्कुल सहीं पहचाना, अस्पताल से छुट्टी करके इधर ही आ रहे हैं।

राकेश —- (दोनों के पास आकर) कांति भैया, सेहत सही है ?

कांति —- क्यों क्या हुआ मेरी सेहत को ? सारी दुनिया को ही पेशेंट समझ रखा है क्या ?

राकेश—- नहीं कांति भाई, कल रात तनेजा के यहाँ कुछ ज़्यादा ही चढ़ा ली थी न, इसलिए पूछ रहा था।

कांति —— वह तुम्हारे लिए ज़्यादा हो सकती है, मुझे तो उससे ज़्यादा से भी कोई परेशानी नहीं होनी थी।

देव —- मैंने व राकेश भैया ने तो केवल ख़ुशबू ही ली थी, बॉटल का भूतल तो राजीव भाई के साथ मिलकर तुमने ही खोज निकाला था।लो, कांति भाई, राजीव भी नाम पुकारते ही पहुँच रहा है।

कांति —- कोर्ट से घर होकर आया है दिव्या भाभी का हाल- चाल जानकर।

राजीव — (पास आकर) आज मित्रों की महफ़िल खिड़की के नीचे ही सड़क पर सजी है ?

देव — क्या करें राजीव भैया, कभी तेरे, कभी मेरे, दर- दर के रमते जोगी हैं हम, आज सड़क पर ही धूनी रचा ली।

राजीव —-देव भैया, आज हमें मिल बैठकर नेहा के लिए पढ़ाई का लक्ष्य तय करना है।

कांति —- मैंने तो तीन महीने पहले ही तरुण की शादी में लक्ष्य निर्धारित कर दिया था।

देव —- आओ, अंदर बैठकर विचार करें। नेहा बहन ! पहले तुम अपना ही लक्ष्य स्पष्ट करो।

नेहा —देव भैया, मैं डॉक्टर तो नहीं बनना चाहती, वकील या प्रोफ़ेसर बन सकती हूँ।

कांति —- यही विचार नेहा बहन ने उस दिन प्रकट किया था। रश्मि भाभी की क्या राय है राकेश भैया ?

राकेश —- मुझे तो रश्मि से बात किए ही सदियां गुजर गईं।

कांति —- लो भई, अब ये डॉ. साहब अपना ही राग अलाप रहे हैं। तेली को तेल की, मसदी को खल की।

राकेश —- मैं कोई असत्य का प्रकाशन नहीं कर रहा हूँ। जो बीत रहा है, वही बयां कर रहा हूँ। नेहा का केरियर आप तीनों मिलकर तय करें।नेहा के दोनों विषय तुम्हारे फ़ील्ड के हैं।

राजीव —- अगर जज बनना है तो लॉ कोर्स में दाख़िला करो और प्रोफ़ेसर बनना है तो देव भैया बताएँगे।

देव —- दोनों स्ट्रीम में स्नातक स्तर तो आवश्यक होता है। उसके बाद ही कोई विशेषज्ञता की लाइन चुननी होगी।

राजीव —देव भैया, लॉ पाँच साल का Integrated Course भी होता है जिसमें 10+2 के बाद दाखिल संभव है।

देव —- यह अब परिजनों को सोचना होगा क्योंकि अगर अब दाखिल किया तो पाँच साल बाहर रह कर कोर्स करना होगा जबकि स्नातक स्तर पर केवल तीन वर्ष ही बाहर पढ़ना होगा ?

राकेश —देव भैया, अभी तो रविवार तक यहाँ हो, हम जल्दी में कोई फ़ैसला नहीं लेंगे।

नेहा —- भैया, आज सुबह अश्मि ने तो एकदम डॉक्टर बनने का निर्णय ले लिया।

कांति —- नेहा बहन, तुमने भी वकील बनने का अपना संकल्प मुझे बता दिया था। अगर न्याय प्रक्रिया में रूचि है तो तीन साल का एल.एल.बी. कोर्स करना होगा। उसके बाद से जज बनने के लिए लिखित व मौखिक परीक्षा बगैरह पार करने होते हैं, अच्छा मुक़ाबला होता है।

नेहा —- कांति भैया, मुझे यह लगता है कि मेरे करियर संबंधित फ़ैसला लेने में रश्मि भाभी की राय भी ज़रूरी है।

राजीव —- अगर तुम लॉ करके वकील बनना चाहती हो तो राजनीति में भी सक्रिय हिस्सेदार बन सकती हो।प्रोफ़ेसर या टीचर होकर राजनीति निषिद्ध है।

राकेश —- नेहा बहन, हम दोनों कल ही तुम्हारी भाभी के साथ विचार विमर्श करेंगे व उचित फ़ैसला ले पाएँगे।

नेहा —- ठीक है भैया, इस दौरान और रिश्तेदारों व मित्रों से सलाह मशविरा किया जा सकता है।

देव —- अब हमें सरिता भ्रमण के लिए निकल जाना चाहिए। बहुत दिनों से मन बेचैन था मित्रों संग सैर- सपाटे के लिए।

राकेश —- हाँ, सब चल रहे हैं। नेहा बहन, आज देव भैया कांति भाई के पास ही रात्रि विश्राम करेंगे। यदि रश्मि का फ़ोन आए तो बता देना।

नेहा —हाँ भैया, मैं भाभी को बोल दूँगी। आप लोग बेशक नदी किनारे भ्रमण के लिए निकल सकते हैं।

***

29

देव व मित्रों का नदी-भ्रमण

मार्च-अप्रैल के महीनों में न गर्मी का प्रकोप, न सर्दी की कंपकंपी, मौसम सुहावना ही बना रहता है। सायंकाल में अब मंद-मंद पवन बह रही है, हल्के बादलों की पातें आसमान में जहां- तहां बिखरी हुई हैं। सूरज जग को अलविदा कह अपनी कुटिया में जाने को लालायित है। कोई कितना ही बड़ा क्यों न हो, उसे अपना छोटा सा घर भी बहुत प्यारा होता है। जैसे मानो सूरज व चांद ने मिलकर एक ही बसेरा बनाया हों जिसमें दिन में चंद्रमा व रात्रि में सूरज विश्राम करता है। कितनी आत्मीयता है प्रकृति के पिंडों में, एक जब थक हारकर विदा हो अपने निवास पर आता है तब दूसरा शांत भाव से एग्जिट कर जाता है।मंद पवन भी अब जैसे पेड़- पौधों को लोरी सुनाकर नींद में ले जाने की तैयारी कर रही हो। नदी के शांत तीर अब अंधेरों मे विलुप्त हो गए थे, क्यों न हों ? अलग अलग रहने वाले हमेशा विलुप्त ही हो जाते हैं, इंसान हो या प्रकृति ! चारों मित्र हँसते- खिलखिलाते नदी पर पहुँच गए थे। देव ने काफ़ी दिनों के बाद अपने मित्रों के साथ नदी भ्रमण किया था।

देव —राकेश भैया, क्या शानदार मौसम है ? जी चाहता है कि सारी रात यहीं गुज़ार दूँ।

कांति —- गुज़ार दो देव भैया, मुझे मेहमाननवाज़ी नहीं करनी पड़ेगी।

देव —- आज मैं तुम्हारा मेहमान हूँ, कांति भाई, सब संसार ही दो दिन का मेहमान है।

कांति —-दार्शनिक मत बनो देव भैया, धरातल पर आओ। तुम लेखक हो तो हम भी रीडर हैं। तुम लिखते हो, हम पढ़ते है।

देव —— आज हम न लिखेंगे, न पढ़ेंगे, केवल सुनेंगे।

राजीव —- हाँ कांति भाई, कुछ चटपटा सा सुनाओ।

कांति —- राजीव भाई, आप तो हमेशा ही चटपटा सुनना चाहते हैं। कोर्ट में जो चटपटी बातें व तर्क प्रस्तुत करते हो।

राकेश —- कांति भाई, आप हमेशा धार्मिक कथा- कहानी ही सुनाते हैं, कभी अपने वर्तमान में भी झांक लिया करो।

कांति —-आज डॉ. साहब की बात पर गौर करना होगा। कुछ वर्तमान का दिग्दर्शन भी ज़रूरी है।

देव —- हाँ कांति भाई, ज़रा लय ताल पकड़ कर सुनाना।

कांति —- राजा अकबर का दरबार लगा था, दरबारी मौज मस्ती में खिलखिला कर ठहाके लगा रहे थे।

राकेश —- कांति भाई, बहुत पुराने क़िस्से ढूँढ कर लाए हो। कुछ नया हो तो दिल बहल जाएगा।

कांति —— डॉ. साहब का दिल कहाँ लगा है, यह किसी से छिपा हुआ नहीं है। धैर्य रखकर सुनते जाओ, कल, आज और कल सभी काल कथा में दिखाई पड़ेंगे।

राजीव —- कांति भाई, आगे बढ़ो।

कांति —- राजा अकबर का दरबार हो और बीरबल का ज़िक्र न हो, संभव नहीं। उसी क्षण दो सुरक्षा कर्मी एक व्यक्ति को पकड़ कर दरबार में पेश

करते हुए - महाराज ! यह व्यक्ति रंगे हाथों रिश्वत लेता पकड़ा गया है, इसे फाँसी की सजा सुनाई जाए।

देव —- कांति भाई, नई बोतल में पुरानी शराब डालकर लाए हो?

कांति—— महाराज अकबर ने उसे बंदीगृह भेजने का आदेश दिया व बीरबल से पूछा—- बीरबल, क्या पद किसी कर्मचारी व अधिकारी को भ्रष्टाचार में लिप्त होने का कारण बनता है ?

बीरबल —- नहीं महाराज ! पद नहीं बल्कि भ्रष्ट मानसिकता इसका प्रमुख कारण है। ऐसे व्यक्ति को किसी भी पद या स्थान पर तैनात करेंगे तो वह वहीं भ्रष्टाचार (रिश्वत) का रास्ता निकाल लेगा।

राजीव —- कांति भाई, क्या बीरबल का यह कथन उचित है ?

कांति —- राजीव भाई, सभी दरबारी जो हमेशा बीरबल से ईर्ष्या करते थे बोले — महाराज, बीरबल का यह कथन भ्रामक है। कई पद ऐसे हैं जहां रिश्वत लेने के आसार बिल्कुल नहीं है। इस कर्मचारी को वहाँ तैनात किया जाना चाहिए।

बीरबल —- (दरबारियों से) कुछ इस प्रकार के पद व स्थानों का नाम बताएं तो दरबारियों ने उसे यमुना नदी किनारे लहरे गिनने के काम पर लगाने का सुझाव राजा साहब को दिया।

राकेश —- कांति भाई, लगता है कि दरबारियों का सुझाव वाजिब है, अब वह कर्मचारी कहाँ से रिश्वत लेगा ? बीरबल ने भी दरबारियों की सलाह मान ली।

राजीव —- तो राजा साहब ने उस भ्रष्ट कर्मचारी को यमुना नदी के किनारे पर लहरें गिनने के लिए लगा दिया होगा जहां रिश्वत की कोई गुंजाइश नहीं थी। कहानी ख़त्म हुई अब घर लौट चलो।

कांति — क्या दिव्या भाभी याद आ गई है राजीव भाई ? अभी कहानी शुरू हुई है।

राजीव —तो सुनाओ कांति भाई, ज़्यादा देर की तो नेहा बहन भी परेशान हो जाएगी।

कांति —- दरबारियों की सलाह पर राजा साहब ने उस कर्मचारी को यमुना नदी के किनारे तैनात कर दिया और प्रतिदिन की लहरों का रिकार्ड रखने का भी आदेश दिया। वह कर्मचारी वहाँ तैनात हो गया। दरबारी अपनी विजय पर उत्साहित थे व बीरबल भी हताश नहीं था। सप्ताह - पखवाड़े पर जब उसकी कोई शिकायत नहीं मिली तो दरबारी बड़े प्रसन्न थे कि उन्होंने बीरबल को मात दे दी है व बादशाह की नज़र में बीरबल का प्रभाव कम हो जाएगा।

देव — कांति भाई, कहानी सुनाकर तुमने भ्रष्टाचार निवारण का मार्ग प्रशस्त किया है जो आज समाज की जड़ों तक फैल कर उसे खोखला कर रहा है।

कांति — देव भैया, एक माह बाद बीरबल ने राजा साहब को भेष बदलकर उसके साथ चलने का आग्रह किया व कुछ नावों का प्रबंध करने का भी निवेदन किया। अकबर व बीरबल व्यापारी का भेष बदले हुए नावों पर बैठ कर किनारों की ओर बढ़ने लगे थे। पास आने पर उसी तैनात कर्मचारी ने दोनों की नाव रोक कर कहा - मैं बादशाह अकबर के आदेश पर यहाँ लहरें गिनने के लिए नियुक्त हुआ हूँ।तुम्हारी नावों के चलने से मुझे लहरें गिनने मे बाधा उत्पन्न हुई है। मैं तुम सभी को राजा के समक्ष पेश कर सजा की माँग करूँगा ताकि मैं स्वयं को लहरें न गिनने का दोषी बनने से बच सकूँ। बीरबल ने जो एक साधारण व्यापारी के भेष में था उससे पूछा — इस प्रकार के अपराध के लिए क्या वह उसे क्षमा कर सकता है ?

कर्मचारी —- तुम्हें मुझे कुछ धन देना होगा ?

बीरबल —- यह लो पचास अशरफ़ी और मुझे जाने दो।

(बीरबल रिश्वत देकर निकल गया व अब अकबर की बारी आई।)

अकबर — (व्यापारी के भेष में) मैं पचास नहीं सौ दूँगा और अशर्फ़ी नहीं बल्कि सौ कोड़े दूँगा। कर्मचारी ने तब अकबर को पहचान लिया और पैरों पर गिरकर गिड़गिड़ाने लगा कि जहाँपनाह उसे क्षमा कर दें। राजा अकबर ने बीरबल की ओर देखा और बोले — बीरबल, तुम ठीक कह रहे थे, भ्रष्टाचार करने वाले को पद की नहीं, कहीं भी तैनात कर दो, वह रिश्वत का मार्ग ढूँढ लेगा। बीरबल ने शांत चित हो अकबर की ओर देखा व संतोष महसूस किया।

राजीव — कांति भाई, मज़ेदार व चटपटी कहानी सुनाई है।

राकेश —- कहानी का उद्देश्य भी स्वतः ही स्पष्ट है। भ्रष्ट कर्मचारी व अधिकारी को पद की नहीं बल्कि मानसिकता बदलने की ज़रूरत है।

कांति —- बिल्कुल राकेश भैया, जब दरबारियों को इस घटना का पता चला तो वे बेहद शर्मिंदा हुए व बीरबल से क्षमायाचना करने लगे।

देव —- कांति भाई, क्या हम भी अपने देश के भ्रष्ट अधिकारियों व कर्मचारियों की मानसिकता बदल सकते हैं ?

कांति —- नागरिकता घर से ही आरंभ होती है।हम जिस काम के लिए जहां नियुक्त किए गए हैं, ईमानदारी व मेहनत से अपना उत्तरदायित्व पूरा करें। भ्रष्टाचार स्वयं ही घुटने टेक देगा।

राजीव —- बिल्कुल सही कहा कांति भाई, यही एक कारगर रास्ता है जब हम भ्रष्टाचार पर विजय प्राप्त कर सकते हैं। अब शायद डिनर का टाइम हो गया है हमें घर चलना चाहिए।

देव —- कांति भाई, चलो, हमें तो किसी कोने में बैठकर दो चपातियाँ चबानी हैं, कभी भी पानी के साथ निगल लेंगे।

राकेश —- हाँ, आज तुम्हारा डेरा कांति भाई के यहाँ है।

देव —- हाँ हम जी भरकर बातें करेंगे, क्यों कांति भाई ?

कांति —- अब चलो वरना दिव्या भाभी कभी घर जाने पर चाय भी नहीं पूछेगी।

(सभी हँसते हुए निकल जाते हैं।)

***

30

शुभम की घर से पार्क की सैर व डिनर पर सबसे बातें

तीन दिन लगातार लंबे सफ़र की थकान शुभम के शरीर की सुस्ती से स्पष्ट झलक रही थी। अंबाला कैंट से दूसरे दिन मंत्री जी के समारोह के कारण भी ज़्यादा थकावट हुई। रात्रि में तनेजा रेस्टोरेन्ट में पार्टी के दौरान हालाँकि उसने अल्प मात्रा में ही व्हिस्की का सेवन किया था लेकिन आज उस दिन की चुस्ती के मुक़ाबले सुस्ती ज़्यादा थी। उत्तेजक द्रव्य बाद में थकावट व आलस का कारण बनते ही हैं। चाय ले चुकने के बाद मम्मी जी से पूछा — ट्यूशन से कब तक लौटेंगी दोनों बहनें ?

रंजना —- तुम्हारे आने से पंद्रह मिनट पहले ही गईं हैं। पाँच बजे शुरू करके सात बजे के बाद लौटती हैं।

शुभम —- अभी तो बहुत समय शेष है, मैं बाहर घूमने के लिए जा रहा हूँ।

रंजना —- अगर शॉप पर जाओ तो पापाजी को अच्छा लगेगा।

शुभम —- मैं शॉप पर नहीं जा रहा, कहीं खुले में पार्क बगैरह में जाऊँगा।

रंजना —- ठीक है, तुम जब तक आओगे, डिनर तैयार मिलेगा।

शुभम —- ओ.के. मम्मी जी, मैं जा रहा हूँ।

आज दो दिन हो गए हैं शिवि से अलग हुए, घर में ऐसे लगने लगा था कि जैसे सांसों को कोई पकड़ रहा है, दम घुटने लगा था। समारोह में व दोस्तों

के साथ तक शिवि की याद भूली रहीं लेकिन आज पूरे सफ़र में उसी के ख़्याल दिलोदिमाग़ में छाए रहे। सोचता - विचारता बोझिल सा फ्रैंड्स पार्क के एक कोने में शरण ली पर बेचैनी शुरू हुई तो पार्क में ही घूमने लगा। अभी लोगों का पार्क में आना आरंभ हो गया था, प्रेमी जोड़ों का यह स्वर्णिम काल होता है। न किसी की इजाज़त की ज़रूरत और न ही देर से लौटने का भय।अठखेलियाँ करते, निकल जाते। उसने भी तो सब यही कुछ किया था, किरोड़ीमल मंदिर में हुई थी शिवि से पहली मुलाक़ात जब देव भैया के साथ संपादक बनने पर प्रभु का धन्यवाद करने व भोजन करने गए थे। एक बार हैलो बोलने के बाद जैसे दोनों के मुँह बंद हो गए थे। देविना ने शिवि को उसकी पसंद की दाद दी थी। मारवाड़ी ढाबे पर डिनर के दौरान की बातों से घनिष्ठता बढ़ने लगी थी और एक दिन सिनेमा हॉल में शुभम- शिवि प्यार में डूब गए थे।

शालू मौसी ने जब दीपावली के अवसर पर राजू के साथ बिना शादी किए ही सुहाग रात मनाने का दबाव बनाया तो शिवि घर से भागकर देव भैया के पास जींद शहर आ गईं थीं। देव भैया व मित्रों ने मुझे बुलाकर मंदिर में शादी करने की पूरी तैयारी कर ली थी पर ऐन वक़्त पर शिवि के पापाजी व शालू मौसी राकेश भैया के यहाँ पहुँच गए थे जहाँ हम सब एकत्रित थे। शिवि के पापा के यह विश्वास दिलाने पर कि डोली तो पिता की दहलीज़ से ही उठेगी तो सभी मित्रों ने उन पर विश्वास कर मंदिर - विवाह का प्रोग्राम टाल दिया था।आज वही शिवि के पापा खुद विपत्ति में घिरे हुए हैं।शालू मौसी ने फ़ोन कर शिवि को बुलाया पर कहीं कोई षड्यंत्र न हो इसलिए मुझे भी देव- देविना की सलाह पर शिवि के साथ जाना पड़ा। अब मैं यहाँ और शिवि वहाँ। प्यार में पागल होने के बाद यह पहली जुदाई है। शिवि मैं अब क्या करूं, कहीं दिल नहीं लग रहा, न घर में, न पार्क में, सब काटने को दौड़ रहे हैं। तुम आकर मुझे बचा लो।तुम चुप क्यों हो शिवि ? क्या शालू मौसी ने तुम्हें मुझसे बोलने को मना किया है ? तुम घबराओ मत शिवि, मैं तुरंत उड़कर तुम्हारे पास आ जाऊँगा। अभी कॉलेज

लौटने में एक सप्ताह है, इतने दिनों तक क्या मैं तुम्हारे बिना जीवित रह पाऊँगा। अगर ज़िंदा रहा भी, तो मुर्दों की तरह। न कोई उमंग, न कोई तरंग, न कोई आशा, न कोई उत्साह। तुमसे बिछुड़े तीसरा दिन है पर तुमने तीस सेकेंड भी मुझसे बात नहीं की।क्या तुम मुझसे अलग रहकर खुश हो ? क्या मेरा प्यार तुम्हें कचोटता नहीं ? सोते समय तुम्हें बेचैन नहीं करता, तुम्हारी नींद नहीं चुराता, क्या तुम मुझे सपनों मे शामिल नहीं करती ? गुप्ता सर ने सपनों के बारे में क्लास में ख़ूब ज्ञान बांटा पर प्यार में सपने आते हैं या नहीं, शायद ही बताया होगा। सपने आएँगे तो कैसे ? जब दोनों एक दूसरे की याद में सोएँगे ही नहीं।

(सामने से आते हुए युवक से टकराता है।)

युवक —-भाई साहब, बाईं तरफ़ चलिए न ? यह भारत है अमेरिका नहीं।

शुभम —- क्या मैं पगडंडी के दाईं ओर चल रहा हूँ ?

युवक —- तो क्या मैं असत्य कह रहा हूँ? तुम कुछ बुदबुदाते चल रहे थे।

शुभम —- सॉरी भाई साहब !

युवक —- क्या किसी की इंतज़ार में हो ?

शुभम —- प्यार में इंतज़ार कौन नहीं करता ? इंतज़ार ही तो प्यार का अमृत है जिसके पान करने से प्यार पुष्पित- पल्लवित होता है।

युवक —- मैं भी अपनी प्रिया से मिलने पार्क में आया हूँ पर मैं इतना पागल तो नहीं हुआ जितने तुम लग रहे हो।

शुभम —- मेरा प्यार मुझसे दूर है यार, कोसों दूर। तुम भी कभी अपने प्यार से जुदा होंगे तब मेरी तरह पागल लगोगे।

युवक —- भैया, आपने सॉरी बोला, अब इसकी कोई ज़रूरत नहीं है। मैं ही सॉरी बोलता हूँ, मैंने तुम्हें तुम्हारे प्यार से अलग किया, मुझे ही रास्ता हटना चाहिए था। शुभम प्यार के स्वप्निल संसार से बाहर निकला तो देखा कि आठ बजने वाले हैं। सपना व अल्पना ट्यूशन से लौट आईं होगी। डिनर भी तैयार हो गया होगा। अब मुझे घर चलना चाहिए।

रंजना — सपना बेटी, तुम्हारे पापाजी शॉप से आने वाले हैं, शुभम भी आता ही होगा, तुमने डिनर तैयार कर लिया है क्या ?

शुभम —- (घर के अंदर कदम रखते हुए) लो मैं आ गया, कहाँ हैं मेरी लाड़ली दोनों बहनें ?

सपना —- (किचन से बाहर आकर) भैया, हमें एक घंटे से ज़्यादा समय हो गया है घर आए, तब से तुम्हारे लिए तरस रही है।शिवि भाभी को क्यों नहीं लाए ?

शुभम — मैं शिवि को लेने पार्क में गया था पर वह कहीं दिखाई नहीं पड़ी ? इसलिए ख़ाली लौट आया। तुमने कहीं देखा है क्या अपनी शिवि भाभी को ?

सपना —- भैया, आप बात को मज़ाक़ में टाल रहे हैं।हमें भाभी को देखे बहुत समय हो गया है।

रंजना —- बेटी, तुम्हारी शिवि भाभी को लाने के लिए पूरी बारात लेकर जाएँगे व बाजे- गाजे के साथ लाएँगे।

सपना —- तब तक तो हम आगे पढ़ाई करने के लिए कहीं बाहर चले जाएँगे।

अल्पना —- हम नहीं केवल तुम, मैं तो अभी दो साल यहीं हूँ।मैं रहूँगी अपनी प्यारी शिवि भाभी के साथ।

सपना —- अच्छा ठीक है, मैं आज डिनर नहीं करूँगी। मैं तुम सबसे रूठ रही हूँ।

रंजन गुप्ता —- (घर में प्रवेश करते हुए) सपना बेटी, क्या हुआ ? किससे व क्यों रूठ रही हो ?

सपना —- पापाजी, भैया शिवि भाभी के बिना ही घर में आ गए ।हमें शिवि भाभी बहुत याद आ रही है।

रंजन गुप्ता —- (कृत्रिम क्रोध में) नालायक बेटा, क्यों अकेला आया है, शिवि बिटिया को क्यों लेकर नहीं आया ?

शुभम —- पापाजी, गुड ईवनिंग ! आप ने ही तो पिछली बार कहा था कि जैसे मम्मी को बैंड- बाजे के साथ लाए थे, उसी तरह से शिवि को लेकर आएँगे। अब बैंड- बाजा मुझे कहीं बजता नहीं सुनाई पड़ा, सो मैं अकेला ही चला आया।

रंजन गुप्ता — अच्छा, अपने बापू का मज़ाक़ उड़ा रहे हो। सपना बेटी, लाना वह डंडा, जिससे यह बचपन में डरता था।

सपना —नहीं पापाजी, भैया इतने दिनों के बाद घर में आए हैं, स्वागत डंडे से नहीं, डिनर से किया जाएगा।

रंजन गुप्ता —- (कृत्रिम क्रोध हटाकर शुभम को गले लगाते हुए) आओ बेटा, हम सब मिलकर डिनर करेंगे। वहीं बातचीत भी करते रहेंगे ।मैं ज़रा हाथ- मुँह धोकर आ रहा हूँ।

सपना —और मैं भी रूठना छोड़ रही हूँ। अगली बार भाभी के साथ ही आना, वरना मैं फिर रूठ जाऊँगी।

शुभम —- तुम दोनों को बारात में लेकर जाऊँगा, मम्मी पापा का आशीर्वाद प्राप्त कर डोली में बिठा कर ले आएँगे तुम्हारी प्यारी शिवि को।

रंजना —- पहले तो डिनर के लिए चेयर पर बैठो, नाश्ते के बाद कुछ भी नहीं खाया दिन भर। भूखे पेट कैसे लेकर आओगे शिवि बिटिया को।

(रंजना की बात सुनकर हंसते हुए खाने की टेबुल पर डिनर के लिए पहुँच जाते हैं सब)

रंजन गुप्ता — (बाथरूम से बाहर आकर अपनी हेड की सीट पर बैठते हुए) सभी खाना लेना आरंभ करें।

शुभम —- इतने दिनों के बाद घर में बना भोजन मिला है, हॉस्टल की दाल खाते- 2 जी भर गया था।

सपना —- क्या हॉस्टल की दाल गली हुई नहीं होतीं ? कुछ दिनों के बाद शायद मुझे भी मौका मिले।

शुभम —- घर के बने खाने से बढ़कर कहीं कोई खाना नहीं, सपना बहन। क्या तुम्हें उम्मीद है कि तुम्हारा दाख़िला MBBS में हो जाएगा ?

सपना —भैया, मैं पुरज़ोर मेहनत कर रही हूँ, सुना है कि परिश्रम का फल मीठा होता है।

रंजन गुप्ता —- हां बेटी, मेहनत करना इंसान का फ़र्ज़ है और फल देना भगवान का। हमें फल की इच्छा रखकर नहीं बल्कि स्वभावत: परिश्रम करना ही चाहिए। सफलता के लिए परिश्रम के अलावा कोई दूसरा विकल्प नहीं है।

अल्पना — शुभम भैया, मैंने तो अभी तक अपना लक्ष्य निर्धारित नहीं किया है। शिवि भाभी जब आएँगी तब मंथन करेंगे।

शुभम —- अल्पना बहन, अभी तो तुम्हारा दशम् स्टैंडर्ड है। एग्ज़ाम हो चुके होंगे ?

अल्पना — हाँ भैया, दशम स्टैंडर्ड के एग्ज़ाम तो मार्च महीने में ही समाप्त हो जाते हैं। मैं अगली क्लास की तैयारी के लिए ही ट्यूशन जाती हूँ।

रंजन गुप्ता —- बहुत ट्यूशन फ़ीस जातीं हैं दोनों की शुभम बेटा।

रंजना —- हाँ बेटा, अब शॉप पर भी इतनी आमदनी नहीं होती। नए-नए शोरूम खुल गए हैं, ग्राहक वहीं जाना पसंद करते हैं।

शुभम —- बस कुछ ही दिनों के बाद हम भी जब नौकरी पा जाएँगे तब पापाजी पर बोझ कुछ कम हो जाएगा।

सपना —- हाँ भैया, तुम्हारी फ़ीस व हॉस्टल खर्च भी जाना बंद हो जाएगा।

शुभम —- वाह ! सपना बहन, फिर तो रोज़ घर का बना खाना मिलेगा। देखो, कितनी स्वादिष्ट सब्ज़ी बनी है आलू- मटर की और दही का स्वाद भी बहुत बढ़िया है। मम्मी जी, दोनों बहनों ने बनाया है डिनर ? शिवि आएगी तो ख़ुश हो जाएगी।

अल्पना —- हम भी भाभी के हाथ से बनी चपाती खाकर निहाल हो जाएँगे। भैया, तुमने तो ससुराल में शिवि भाभी के हाथ से बनी खाना ही खाया होगा ?

शुभम —- हम सायंकाल में देर से पहुँचे थे, जलपान कर घूमने निकल गए थे इतने तक मौसी जी ने चपातियाँ बना लीं थीं व कुछ चीज़ें पापाजी बाज़ार से ले आए थे। अगले दिन मै नाश्ता कर आ गया था मंत्री जी की मीटिंग के लिए।

रंजन गुप्ता —- कैसे, क्या हुआ शेखर बाबू के साथ ?

शुभम —- डिनर के दौरान ही बता रहे थे कि कोई रिश्वत लेने का इल्ज़ाम लगा है पर बरामद कुछ नहीं हुआ उनके पास। शालू मौसी जी की कोई मुँह बोली बहन है, उसका लड़का राजू ही सब फिसाद की जड़ है।

रंजन गुप्ता —- हाँ बेटा, लोग आज भलाई का अहसान नहीं मानते बल्कि भलाई करना एक कमजोरी व विवशता मानने लगे हैं।

शुभम —- समाज में परिवर्तन तो होता ही है पिता जी, अच्छाई- बुराई सब पनपती हैं।

रंजन गुप्ता —- (रंजना से) मुझे केशव की बात याद आ रही है, उसने कुछ संकेत पहले ही दे दिया था। मैंने तुम्हें ज़िक्र किया था न ?

रंजना — मेरे मामा जी का लड़का, वही जो इसी विभाग में नौकरी पर है।तुम शायद कुछ ज़िक्र तो कर रहे थे।

शुभम —अभी तो केस चल रहा है, कुछ दिनों में फ़ैसला होने की उम्मीद है। कोर्ट विभाग द्वारा ही बनाई गई है।

रंजन गुप्ता —- तुम्हारे एग्ज़ाम ख़त्म होने तक तो फ़ैसला हो ही जाएगा, तब अपना बैंड- बाजा तैयार कर लेना।

(सभी हंसते हैं)

डिनर लेकर शुभम टहलने के लिए निकल जाता है व शेष सदस्य सोने के लिए अपने- अपने ठिकानों की ओर गमन करते हैं। सपना अभी अपनी पढ़ाई में लगेगी क्योंकि उसके भी तो एग्ज़ाम होने वाले हैं।

***

31

तरुण - लक्ष्मी हनीमून यात्रा - व्हाइट हाउस व लिंकन मेमोरियल जाना

प्रातःकाल में आठ बज चुके थे, दोनों पति पत्नी जैसे घोड़े बेच कर सो गए थे। न अस्पताल जाने की दिमाग़ में चिंता, न घर की तरह माँ बाप के जगाने का भय, न गर्मी का प्रकोप और न सर्दी की सिहरन, फिर क्यों न नींद आएगी। रात्रि में दोनों ने फ़ैसला कर लिया था कि कल व्हाइट हाउस देखने जाएँगे, अगर समय मिला तो लिंकन मेमोरियल व वॉर हीरोज़ मेमोरियल भी जा सकते हैं।तरुण की आँखें खुलीं तो आठ से कुछ ज़्यादा ही टाइम दिख रहा था घड़ी में। हड़बड़ी में उठे व लक्ष्मी को जाग जाने के लिए आवाज़ लगाई।

लक्ष्मी —- अभी मुझे नींद आ रही है, और सो जाने का मन करता है।

तरुण —- हमें आज कई यादगार व महत्वपूर्ण स्थलों को जाना है।

लक्ष्मी —- वे सभी स्थल वहीं रहेंगे, कहीं भाग नहीं जाएँगे।

तरुण — कैसी अजीब बातें कर रही हो, कुछ ख़ास है क्या ?

लक्ष्मी —- मुझे कुछ अटपटा सा लग रहा है, शायद तुमने कुछ अनमना सा कारनामा कर दिया लगता है।

तरुण —- तुम सुस्ती में ऐसा महसूस कर रही हो, उठो व नहा धोकर नाश्ते के लिए नीचे चलेंगे।

लक्ष्मी —- मुझे अपना शरीर पराया सा लगने लगा है,मैं चाहकर भी उठ नहीं पा रही।

तरुण —- हिम्मत करो, यों ही पड़ी रहोगी और कहीं सैर- सपाटे के लिए नहीं जाओगी तो हनीमून का क्या फ़ायदा ?

लक्ष्मी —- हनीमून तो हो चुका तरुण। अब तो इधर-उधर घूमना ही शेष है।

तरुण —- तुम सुस्ती में सब बातें बना रही हो, आलस छोड़ो व तैयारी करो चलने की। ऐसे मौक़े जीवन में बार बार नहीं मिलते। सायंकाल में एक - दो डॉक्टर साथी हमें मिलने आ सकते हैं।

लक्ष्मी —- क्या किसी का मैसेज आया है?

तरुण —मैसेज तो नहीं मिला, फिर भी हमें मिलने आ सकते हैं अपना फ़र्ज़ समझकर।

लक्ष्मी —- तीन दिन बीत गए हमें यहाँ आए, सिर्फ़ एक मित्र का शिकागो से फ़ोन मिला है, वही आ सकते हैं मिलने ?

तरुण —- कोई भी फ्रेंड आ सकता है, हमें अपना रूटीन बनाए रखना चाहिए।

लक्ष्मी —- ठीक है, तुम पहले तैयार हो जाओ, मै भी जाग रही हूँ। दैनिक आवश्यक कामों से निवृत्त होकर दोनों पति पत्नी होटल की किचन में नाश्ते के लिए पहुँच गए थे व अपनी पसंद का नाश्ता लेकर पैदल ही निकल पड़े वाशिंगटन डी. सी. के दर्शनीय स्थलों के दर्शन करने हेतु। कुछ ही दूर निकले थे कि लक्ष्मी बोल उठी, तरुण ! आज हम कहाँ का प्रोग्राम बनाए हुए हैं ?

तरुण —- सबसे पहले नेशनल मेमोरियल जाएँगे, उसके बाद व्हाइट हाउस व फिर टाइम रहा तो लिंकन मेमोरियल भी जा सकते हैं।

लक्ष्मी —- लेकिन हम तो उसी म्यूज़ियम के रास्ते से जा रहे हैं जो हमने कल देखा था।

तरुण —- हो सकता है, हर मेमोरियल व दर्शनीय स्थल का रास्ता अलग से थोड़े ही होता है, रास्तों में से ही रास्ता निकलता है।

लक्ष्मी—-अभी नेशनल मेमोरियल कितनी दूर रहेगा ?

तरुण —- चलते रहेंगे तो कुछ भी दूर नहीं, वह देखो, कितना ऊँचा स्तंभ है।

लक्ष्मी —- वह सामने ! हाँ, बहुत ऊँचा है पर वह तो दूर हैं। ऊंचा है इसलिए पास लग रहा है।

तरुण —- हाँ, क़रीब 555 फुट ऊँचा है जो मानव निर्मित विश्व की सबसे ऊँची इमारत है। अब शायद एफिल टॉवर इससे ऊंचा बना है।

लक्ष्मी —- तो हमें वहाँ जाकर क्या देखना है ?

तरुण —- यही स्तंभ जो यहाँ से दिखाई पड़ रहा है।

लक्ष्मी — वहाँ जाकर भी ऐसा ही दिखाई पड़ेगा तो क्यों न हम अपने अगले टार्गेट के लिए निकल पड़ें, पर अब पैदल तो नहीं चल सकेंगे।

तरुण —- हम टैक्सी लेकर ही जाएँगे लेकिन वे व्हाइट हाउस तक तो नहीं जा सकते ? थोड़ी दूर ही छोड़ देंगे,जहां से हम पैदल चल पड़ेंगे।

लक्ष्मी —- हाँ, यह ठीक रहेगा, टैक्सी कॉल कर लो।

टैक्सी आने पर उसमें सवार होकर विभिन्न सड़कों से गुजरते हुए व्हाइट हाउस पहुँच जाते हैं।

तरुण —- लक्ष्मी, देखो, कितना सुंदर, बिल्कुल सफ़ेद हंस की तरह।

लक्ष्मी —- (ख़ुशी के मारे) क्या हम व्हाइट हाउस के अंदर नहीं जा सकते हैं ?

तरुण —- अंदर जाने के लिए पहले से ही मंजूरी लेनी होती है ।सब लोग, देखो, कितनी भीड़ है, बाहर से ही देख रहे हैं ।मोबाइल फ़ोन से फ़ोटो, सेल्फ़ी तथा वीडियो बना रहे हैं। आओ तुम मेरे साथ खड़ी हो जाओ, सेल्फ़ी लेंगे।

लक्ष्मी —- ओ. के. दाईं तरफ़ या बाईं तरफ़ ?

तरुण —-सेल्फ़ी में कुछ फ़र्क़ नहीं पड़ता, वह तो सड़क पर चलना दाईं ओर होता है अमेरिका में। दोनों व्हाइट हाउस के सामने काफ़ी देर तक उत्सुक होकर कभी भीड़ व कभी भवन को निहारते हैं व अनेकों फ़ोटो, सेल्फ़ी, वीडियो बना डालते हैं। अब दोनों कुछ भूख - प्यास का अनुभव करने लगे थे।

तरुण —- (कंधे पर लटके बैग से पानी की बॉटल निकाल कर) लो, पानी ले लो। यहाँ से जब हम लिंकन मेमोरियल जाएँगे तो रास्ते में अनेक ट्रक जैसी गाड़ियाँ सड़क किनारे खड़ी दिखाई देंगी, जिनमें खाना, पहनना, बच्चों के लिए खिलौने आदि बहुत आइटम मिलते हैं। ठीक हमारे देश की तरह जहां रेहड़ियाँ सड़क किनारे खड़ी होती है। हम वहाँ से मन पसंद खाना ले सकते हैं।

लक्ष्मी —- क्या पैदल ही चलेंगे ?

तरुण —- यस, यहाँ से कोई टैक्सी बगैरह नहीं मिलेगी। कुछ आगे जाएँगे तो शायद मिल जाए।

लक्ष्मी —- हम सड़क किनारे खड़े ट्रक गाड़ियों की बजाय किसी रेस्टोरेन्ट में लंच कर सकते हैं। कोई आसपास खोजबीन करने पर मिल जाएगा।

तरुण — यह नेशनल कैपिटल रीजन है, यहाँ बड़े 2 होटल हैं जहां विश्व भर से आनेवाले नेता लोग ही ठहरते हैं, रेस्तराँ अलग से नहीं दिखाई पड़ रहे। (कुछ दूर जाकर एक ट्रक से भोज्य सामग्री (पिज़्ज़ा व बर्गर बगैरह) लेकर वहीं खड़े हुए सेवन करते हैं व पैदल ही लिंकन मेमोरियल की ओर निकल जाते हैं। दस मिनट की यात्रा के बाद एक सुंदर स्थल पर पहुँचे तो लक्ष्मी बोल उठी।)

लक्ष्मी —- यह तो झील की तरह गहरा सा लगता है।

तरुण — तुमने यहाँ दाखिल होते हुए शायद झंडों को लगे नहीं देखा। यह द्वितीय विश्वयुद्ध के शहीद जवानों के लिए स्मारक स्थल है। यहाँ प्रत्येक राज्य का स्तंभ बनाकर उसे फूलों से सजाया गया है। अमेरिका के पचास राज्यों के स्तंभ वृत्ताकार में बने हुए हैं।

लक्ष्मी —- आप तो कह रहे थे कि हम लिंकन मेमोरियल जा रहे हैं ?

तरुण —इसके कुछ आगे जाकर लिंकन मेमोरियल है। वहाँ तक भी पैदल चलना होगा।

लक्ष्मी —- यहाँ पर भी व्हाइट हाउस की तरह भीड़ जुटी है व सभी वीडियो - सेल्फ़ी में उलझे हुए हैं।

तरुण — अब चलें आगे ? केवल दस मिनट की वॉक है।

लक्ष्मी — हाँ, कुछ खाने के बाद एनर्जी मिल गई है।

तरुण —- लक्ष्मी देखो, सामने से ही नज़र आ रहा है लिंकन मेमोरियल।

लक्ष्मी —- यह तो व्हाइट हाउस की तरह ही दिखाई पड़ रहा है, कहीं हम घूम कर व्हाइट हाउस तो नहीं पहुँच गए ?

तरुण —- ऐसा नहीं है, दोनों में बहुत अंतर है, वहाँ जाकर तुम्हें स्पष्ट ज्ञात हो जाएगा।

लक्ष्मी —- यहाँ तो रास्ता भी बहुत आकर्षक है, हरा भरा व लगातार बहतीं जलधारा के साथ।

तरुण —- अमेरिका में सफ़ाई - व्यवस्था बड़ी अनुशासित है।कहीं कोई काग़ज़ का टुकड़ा भी ढूँढने को नहीं मिलेगा। हर आवश्यक व पब्लिक प्लेस पर ढोल रखे गए हैं जहां गीला व सूखा कूड़ा डाला जाता है।

लक्ष्मी — क्या हम अपने देश में ऐसी सफ़ाई व्यवस्था नहीं कर सकते?

तरुण — कर सकते हैं लेकिन अनुशासन की ज़रूरत रहती है जो अपने देश में नदारद है। हम भारतीय स्वच्छंदतावादी हैं।

लक्ष्मी — वह तो विचारों से हैं, इससे सफ़ाई व्यवस्था में क्या रुकावट आती है ?

तरुण — हम भारतीय अनुशासन में फिसड्डी हैं। नियम सिद्धांत व क़ानून का पालन करने मे अपनी तौहीन व तोड़ने में सम्मान समझते हैं।

लक्ष्मी —-ऐसा कुछ ही लोग करते होंगे, सभी तो नहीं।

तरुण —- देश को स्वच्छ, मज़बूत व सुंदर रखने के लिए सभी के सहयोग की ज़रूरत होती है। सहयोग अनुशासन से आए तो अच्छा रहेगा, सख़्ती या डंडे के बल पर लाया अनुशासन चिर स्थायी नहीं होता। नागरिकों में राष्ट्र के प्रति प्यार व सम्मान हो तभी अनुशासन उत्पन्न होता है।

लक्ष्मी — तरुण, शायद हम अपने लक्ष्य को प्राप्त कर गए हैं।

तरुण —-हाँ, बातों में मशगूल थे, पता ही नहीं चला। अब बताओ, लिंकन की प्रतिमा (स्टैच्यू) तक सीढ़ियों से या लिफ़्ट से जाओगी ?

लक्ष्मी —- सीढ़ियाँ तो हमारे सामने ही है, बहुत खड़ी- खड़ी सी व काफ़ी हैं। लिफ़्ट कहाँ है ?

तरुण —- हमें बाई तरफ़ से नीचे जाना पड़ेगा, वहाँ वॉशरूम सुविधाएँ भी उपलब्ध हैं। मुझे तो इच्छा हो रही है।

(दोनों वॉशरूम बगैरह से निपट कर लिफ़्ट से स्टैच्यू हॉल में प्रवेश करते हैं।)

लक्ष्मी —- बहुत ज़्यादा भीड़ है यहाँ, इतने लोग कहाँ से आ गए ?

तरुण —- हमारे नीचे आते ही कुछ बूँदें गिरने लगीं, इसलिए सब लोग हॉल में शरण लिए हुए हैं।

लक्ष्मी —- शुक्र है कि हम दोनों ठीक समय पर पहुँच गए, अगर भीग जाते तो तुरंत होटल लौटना पड़ता। यहाँ से क्या होटल भी पैदल जाना होगा ?

तरुण —हम यहाँ से टैक्सी से ही चलेंगे।अब ज़्यादा चलने से स्वास्थ्य भी प्रभावित हो सकता है।

लक्ष्मी —- तीन दिन के बाद याद आया कि हम डॉक्टर भी है। वरना तो ऐसे ही चल रहा था। तरुण, इस बड़ी चेयर पर बैठे लिंकन ही हैं क्या ?

तरुण —- बिल्कुल, एक प्लेटफ़ॉर्म बना है, उस पर चेयर में पूर्व राष्ट्रपति इब्राहीम लिंकन बैठे हुए हैं।

लक्ष्मी —- बिल्कुल संजीदा लग रहे हैं। भीड़ काफ़ी बढ़ गई है, जैसे दम घुट जाएगा।

(बाहर आकर)

तरुण —- लक्ष्मी, मेरे पास आकर देखो। वॉर मेमोरियल, नेशनल मेमोरियल, व केपिटल हिल्स सब एक पंक्ति में हैं।

लक्ष्मी —- वाह ! वाक़ई सुंदर दृश्य है।

तरुण —- मैंने टैक्सी कॉल कर ली है, स्मारक के दाईं ओर जाना पड़ेगा।

लक्ष्मी —- चलो, अब थकावट भी बढ़ने लगी है। चाय - कॉफी की इच्छा जाग्रत हो रही है।

तरुण — होटल जाकर अपनी पसंद की बनाकर मज़े से पीएंगे।

***

32

देव कांति के पास रात्रि विश्राम में, कांति का अपने जीवन का रहस्योद्घाटन

नदी किनारे भ्रमण के बाद सभी मित्र लौट आए थे। राजीव, राकेश अपने- अपने घर व देव, कांति भाई के साथ रूम पर चला गया था। दोनों ने मिल-जुलकर खाना बनाया व अब शांत चित हो कर सेवन कर रहे थे। देव जब दीपावली पर जींद शहर आया था तब भी कांति भाई का मेहमान हुआ था लेकिन आज का मेहमान होना शायद राकेश के साथ सलाह मशविरा का परिणाम था। इतने दिनों तक की दोस्ती के बावजूद कांति भाई की पृष्ठभूमि से सब अपरिचित थे। नीलिमा के लिए कांति भाई का मन टटोलने, उसकी पूरी पारिवारिक जानकारी ज़रूरी था ताकि बाद में डॉ. गुप्ता को किसी मुसीबत से दो चार होने से निजात मिल सके। डिनर करते हुए देव बाबू ने ही वार्ता का श्री गणेश किया।

देव —- कांति भाई, तुम राकेश की तरह अपना खाना किसी रेस्टोरेन्ट या डिब्बे वाले से क्यों नहीं मँगवा लेते ? आजकल तो घरों से भी खाना सप्लाई होता है।

कांति —- देव भैया, सुबह नाश्ते में दो पराठे चाय के साथ ले लेता हूँ, कोर्ट नौ बजे शुरू होता है तब तक नाश्ता बनाने में मेरा टाइम पास हो जाता है। दोपहर को कुछ फल, समोसा- चाय, अदल बदल कर ले लेता हूँ व सायंकाल में तीन- चार चपाती बना लेता हूँ।

देव—- पिछली बार तो तुमने खाना नहीं बनाया था जब दीपावली पर मैं तुम्हारे पास ठहरा था।

कांति —- तुम राकेश भैया के घर से ही डिनर करके आए थे।

देव —- हो सकता है शायद मुझे ध्यान नहीं। कांति भाई, तुम्हें कोर्ट में नौकरी किसी सिफ़ारिश या सरमाए से मिली है ?

कांति —- (चपाती का कोर निगलते हुए) देव भैया, न सिफ़ारिश और न सरमाया, मुझे यह नौकरी अनुकंपा के आधार पर मिली है।

देव —- (एक दम हैरान होकर) क्या कह रहे हो कांति भाई, ऐसा क्या हुआ ? कुछ अनहोनी घटना हुई थी क्या ?

कांति —- देव भैया, आराम से भोजन करो, सोने जाएँगे तब बिस्तर में बैठ कर सब बातें होंगी।

देव —- कांति भैया, आजतक कभी किसी के सामने खुलासा नहीं हुआ?

कांति —- क्या फ़ायदा होगा देव भैया, पुराने घावों को कुरेदने से, जो बीत गया सो बीत गया।

देव —- कांति भाई, जब भूतकाल की घटनाओं का असर वर्तमान पर दिखाई देने लगे तो उन पर सोचना- समझना ज़रूरी हो जाता है। अगर हम मित्र आपस में एक - दूसरे के सुख -दुख में मददगार न बने तो मित्रता किस काम की।

कांति —- देव भैया, प्रकृति के सामने शक्तिशाली व धन संपदा से भरपूर इंसान भी तिनके के समान है। इंसान लाख कोशिश करे प्रकृति के बहाव की गति को परिवर्तित करने की पर सब निरर्थक, जो निश्चित है वह घटित होता ही है।

देव —कांति भाई, ये सब दार्शनिक बातें है, सत्य भी है, फिर भी मनुष्य कर्मशील तो रहता ही है। अच्छे- बुरे कर्मों से अपने भाग्य का निर्माण करता ही है।

कांति —-यह मृगतृष्णा के सम धोखा है, इंसान के हाथ कुछ नहीं, वह खिलौना मात्र है।

देव —- तो क्या हमें हाथ पर हाथ रखकर बैठ जाना चाहिए। अकर्मण्य रहकर जीवन को अंधकूप में धकेल देना चाहिए।

कांति —- आप साक्षी भाव से सब कुछ देखते रहिए, इससे जीवन में तनाव, चिंता, क्रोध आदि विकारों का शरीर पर दुष्प्रभाव नहीं होगा।

देव —- बड़े रहस्य की बात कही है कांति भैया, हम सब तो तुम्हें केवल रीडर ही समझते रहे, बड़े चिंतक हो आज मालूम हुआ। असल में अनुभव से ही इंसान ज़्यादा सीखता है।

कांति —- दस मिनट लूंगा, बर्तन अगर सारी रात यूँ ही पड़े रहे तो अशुभ माना जाता है।

देव —- मैं तुम्हारी मदद करूँगा। तुम साबुन चढाओ, मैं पानी से धो डालूँगा।

कांति —- फिर तो पाँच मिनट ही लगेंगे।

(बर्तन साफ़ कर स्लैब पर रख कर टहलने निकलते हैं)

देव —- कांति भाई, तुम्हारी राकेश भैया से दोस्ती कैसे हुई ?

कांति —- राजीव के माध्यम से। राजीव अपने माता-पिता को अस्वस्थ होने पर अस्पताल लेकर जाता व इलाज करवाता। एक बार दांत दर्द के मामले में डॉ जैन के पास पिताजी को लाया तो वहीं डॉ राकेश से मुलाक़ात हुई जो धीरे-धीरे मित्रता में बदल गईं।

देव —- राजीव भी बड़ा मिलनसार व अपने कामों में होशियार है।

कांति —- तभी तो इतने बड़े घर की बेटी से शादी हुई।

देव —- कांति भाई, सब क़िस्मत का खेल है, तुमने अब तक शादी क्यों नहीं की ?

कांति —- डॉ. भगवत स्वरूप जी की नज़रें मुझ पर अभी इनायत नहीं हुईं ?

(दोनों खूब ठहाका लगाकर हंसते हैं व घर की ओर चले आते हैं। अब सोने की तैयारी में हैं।)

कांति —- दोनों एक ही बेड पर सो जाएँगे या फ़ोल्डिंग निकालूँ ?

देव —— डबल बेड ही दोनों के लिए काफ़ी है। बैठकर बातें करेंगे। तुमने कुछ बताना शुरू किया था।

कांति —- देव भैया, दुख- अपमान को जितना जल्दी भुलाया जाए, अच्छा रहता है पर आज तुमने मुझे वह सब याद करने के लिए विवश कर दिया है। मैं अपने सागर से गहरे दुख को आप लोगों को कथा- कहानियों - क़िस्से सुना कर भूला रहता हूँ।

देव — कांति भाई, आज कथा- कहानी नहीं, असली क़िस्सा सुनाओ। क्या घटित हुआ व क्या परिणाम रहा ?

कांति —देव भैया, मेरे पिताजी श्री शांति लाल भिवानी सैशन कोर्ट में जज थे। लगभग तीन- चार साल पहले उनकी कोर्ट में एक रईसज़ादे का केस दाखिल हुआ जो मानसिक कुंठा का शिकार था लेकिन अमीरी के कारण उसकी कुंठा की भी तारीफ़ होती थी।वह शहर के ही प्राइवेट कॉलेज में पढ़ रहा था और जिस लड़की पर नज़रें टिका लेता, उसे प्राप्त कर उसकी अस्मत से खिलवाड़ करता।

देव —- क्या उसके माता-पिता को उसकी हरकतों की जानकारी नहीं थी ?

कांति —- थीं, पूरी जानकारी थी परंतु अमीरी के नशे में सारा परिवार अंधा हो चुका था। जो कोई उसके लड़के की शिकायत करता,उसे ही उल्टा कुछ सुनने को मिलता। इस तरह माँ बाप के पक्ष लेने के कारण उसकी अवांछित गतिविधियाँ बढ़ने लगीं थीं व जो लड़की उसे इग्नोर करती, उसे वह ऐसी सजा देता कि जीवन भर तिलमिलाने के सिवाय कुछ शेष नहीं रहता।

देव —- ऐसी कौन-सी सजा देने का अधिकार उसने प्राप्त कर लिया था?

कांति — वह लड़की के मुख पर एसिड अटैक करवाता जिससे लड़की का समूचा जीवन तबाह होकर रह जाता। इस काम के लिए वह किराए के गुंडों का इस्तेमाल करता था ताकि उस पर दोष न आए। उसका दुःसाहस बढ़ता ही गया। आख़िर एक दिन पाप का घड़ा फूटना ही था।

देव —- हाँ, सेर को सवा सेर तो मिल ही जाता है।

कांति —-बिल्कुल, तुम्हारा कथन सही है। एक बार राजनैतिक पृष्ठभूमि के एक नेता की लड़की पर उसने दाँव मारा और दांव फेल होने पर लड़की पर भरे बाज़ार में एसिड अटैक का घिनौना करतब करवा दिया। राजनीतिक लोगों की जान- पहचान व प्रभाव आमतौर पर सभी पर रहता है। कुछ शुभचिंतकों ने दोनों गुंडों को पकड़ कर पुलिस के हवाले कर दिया जहां उन दोनों बदमाशों ने पूछताछ में उस रईसजादे का नाम उगल दिया।

देव —- अब तो रईसज़ादों की मुश्किलें बढ़ जाएगी।

कांति —- हाँ देव भैया, धनाढ्य पिता के सामने से ही पुलिस उस मनचले को पकड़ कर ले गईं। थाने में जब सख़्ती से पूछताछ हुई तो उसने कई घटनाओ में शामिल रहने का खुलासा किया। जाँच के बाद दोनों गुर्गे सरकारी गवाह बन गए और इस तरह रईसज़ादे पर आफ़त आन पड़ी। माँ बाप भी खूब दौड़े लेकिन राजनेता विपरीत पार्टी का होने के कारण उसे माफ़ करने के मूड में

नहीं था। अब सरकारी गवाहों के बयानात पर रईसज़ादे को सजा मिलनी निश्चित थी।देव भैया, आपको नींद आने लगी है क्या ?

देव —— आज सारा दिन दौड़- धूप रही व कुछ आराम नहीं कर पाए इसलिए नींद के झटके लगने लगे हैं, तुम्हारा यह क़िस्सा रूचि कर तो है पर दुखदाई ज़्यादा। आगे क्या रहा ?

कांति —- (मटके से दो गिलास पानी लाकर एक स्वयं व दूसरा देव भैया को देकर) लो देव भैया, डिनर किए एक घंटा से भी ज़्यादा हो गया, थोड़ा जल ग्रहण कर लो।

देव —(पानी पीकर) वाह ! कांति भैया ! कुछ ताजगी सी महसूस हुई है, अब क़िस्सा पूरा करो।

कांति —रईसज़ादों का राजनीतिकारों पर तो ज़ोर नहीं चला, उन्होंने पिता जी को धमकी दी कि फ़ैसला उनके हक़ में न आने का ख़ामियाज़ा उन्हें भुगतना पड़ सकता है। अब पिताजी, 'एक तरफ़ कुआँ, दूसरी तरफ़ खाई' वाली स्थिति में उलझ गए। एक तरफ़ राजनीतिक लोगों का दबाव व दूसरी तरफ़ रईसज़ादों की धमकी।पिताजी ने क़ानून के मुताबिक़ फ़ैसला सुनाया जिसमें रईसज़ादों को दस वर्ष के सश्रम कारावास का प्रावधान था। बस फिर क्या था, रईसज़ादों ने षड्यंत्र रच कर सुबह मार्निंग वॉक के समय सुरक्षा रहित पिताजी पर जानलेवा हमला कर दिया। रईसज़ादों के किराए के बदमाशों ने पिताजी के शरीर को देसी कट्टे से गोलियां बरसा कर छलनी कर दिया। घर जब यह खबर पहुँची तो माँ यह आघात सहन नहीं कर पाईं और उसे ज़बरदस्त हृदय पीड़ा हुई और देखते ही देखते घर से दो जनाज़े निकल गए।

देव —- यह तो बेहद पीड़ादायक व गंभीर मामला है। यह तो खुल्लमखुल्ला न्याय के कार्य में हस्तक्षेप है।

कांति —- देव भैया, मैं उस समय कॉलेज में स्नातक स्तर पर पहुँच गया था, मुश्किल से पढ़ाई पूरी की व पिताजी के सर्विस के दौरान मृत्यु के कारण मुझे अनुकंपा के आधार पर नियुक्ति दे दी गई।

देव —- सभी अपराधी पुलिस की गिरफ़्त में आ गए होंगे ?

कांति —- देव भैया, किराए के टट्टू पकड़े गए, असली मगरमच्छ तो पहुँच से दूर ही रहे। जो दो लोग सरकारी गवाह बने थे, उन्हें भी इन लोगों ने जहन्नुम में पहुँचा दिया और येन केन प्रकारेण उच्च न्यायालय से सशर्त ज़मानत पाने में कामयाब हो गए।

देव — मुझे लगता है कि ये रईसज़ादे नहीं, अपराधी क़िस्म के लोग हैं जो सामाजिक वातावरण को दूषित कर रहे हैं।

कांति —- देव भैया, ऐसे लोग ही अब समाज का प्रतिनिधित्व कर रहे हैं व देश में वोट की राजनीति का बोलबाला होने के कारण पुलिस को इन पर हाथ डालने से पहले कई बार सोचना पड़ता है।

देव —- कांति भाई, तुम्हारे साथ बहुत बुरा हुआ। हमारे कॉलेज में एक प्रोफ़ेसर डॉ गुप्ता है, उनकी लड़की पर भी एसिड अटैक की वारदात हुई थी। लगता है कि सब उन्हीं लोगों का दुःसाहस था। आज तक डॉ. गुप्ता का परिवार इस घटना से उबर नहीं पाया है।

कांति —- एक नहीं, अनेक लड़कियों के जीवन को इन लोगों ने बर्बाद किया है।

देव —- कांति भाई, समाज में हर तरह के लोग हैं, अमीर- गरीब, सुखी- दुःखी, छोटा- बड़ा, मूर्ख- ज्ञानी। आज किसके पास कितनी ताक़त है, पता ही नहीं चलता। हर आदमी कहीं न कहीं ताक़त के साथ इन शक्तियों से गठबंधन किए हुए हैं।

कांति —- हम तो रोज़ ही कोर्ट में लोगों के व्यवहार को देखते हैं तो हमें महसूस होता है कि लोग अब अविश्वसनीय एवं खोखले होते जा रहे हैं। किसी को समाज व राष्ट्र की चिंता नहीं रह गई लगती है। आदमी स्वयं में ही भटक गया है।

देव —- कांति भाई, शायद दस बजने को आए हैं, हमें अब आराम करना चाहिए। तुम्हें भी कल कोर्ट में ड्यूटी करना है। मैं अभी रविवार दोपहर तक यहीं हूँ, फिर चर्चा करेंगे। अब सो जाओ।

कांति —- ओ.के. गुड नाइट देव भैया !

देव —- गुड नाइट, कांति भाई !

***

33

राकेश - रश्मि का अस्पताल में वार्तालाप

बहक जाते हैं या किसी और दिशा में बढ़ जाते हैं इंसान के कदम, नींद में चलने के समान मंज़िल को जाने बिना ।पर ये कदम बढ़ते क्यों हैं ? शायद अचेतन मन की किसी कुंठा, अपमान, दबाव या अभिलाषा के दमित होने के कारण जो इंसान के जीवन में उथल-पुथल मचाने की क्षमता रखते हैं । रश्मि बड़ी बुआ जी को छोड़ने के लिए बस स्टैंड आईं थीं, बस का इंतज़ार कुछ लंबा ही चला तो घर से संदेश मिला कि दादा जी को किसी के यहाँ जाना है इसलिए रत्नाकर को गाड़ी समेत भेज दो । काफ़ी देर बाद बस आईं तो बड़ी बुआ को सीट पर बिठाकर बस छूटने के बाद वह स्टैंड से निकली तो अस्पताल की ओर कदम बढ गए। न कोई लक्ष्य, न कोई प्रोग्रामिंग, न किसी का आदेश- अनुमति, फिर भी उसके कदम निकल गए थे राकेश के अस्पताल की ओर ।

रश्मि —- (अस्पताल पहुँच कर) डॉ. साहब, गुड ऑफ्टरनून !

राकेश —— रश्मि तुम ! इस समय ! गर्मी व धूप में कहाँ से आ रही हो?

रश्मि —— बस स्टैंड से बड़ी बुआ जी को घर जाने के लिए बस में बिठा कर आ रही हूँ।

राकेश —— बुआ जी के पास सामान भी होगा व उन्हें चलने में भी कठिनाई है, बिना किसी वाहन के कैसे किया ?

रश्मि —— सुबह आपके फ़ोन करने के बाद मैं नाश्ता लेकर नेहा के साथ आ गईं थीं । लौटते समय गाड़ी में शुभम भैया को बस स्टैंड पर ड्रॉप किया

और घर पहुँच कर लंच की तैयारी की व सभी ने लंच लिया। अब बुआ जी को जाना था इसलिए रत्नाकर के साथ गाड़ी में सवार होकर बस स्टैंड पहुँच गए पर बस बहुत लेट हो गई थी। इसी दौरान दादा जी ने गाड़ी भेजने को कहा, मुझे फिर पैदल ही यहाँ आना पड़ा।

राकेश —— तुमने मम्मी जी को बता दिया होगा कि मैं अस्पताल जा रही हूँ।

रश्मि —— ऐसी कोई ज़रूरत नहीं समझी, घर जाकर बता दूँगी।

राकेश —— तुम्हारे आने का कोई कारण हो तो बताओ ?

रश्मि ——- हम बिना कारण भी मिल सकते हैं। अब अकेले दिल नहीं लगता राकेश बाबू ! न पढ़ाई में, न घर के काम में।

राकेश —— तुम ही नहीं, नेहा और मै भी दोनों नितांत अकेले हैं।

रश्मि—— नेहा रूम पर होंगी, कुछ पढ़ाई बगैरह कर रही होगी ?

राकेश——- अभी तक उसका फ़ैसला नहीं हो सका है कि कौन सी स्ट्रीम में केरियर चुनना है।

रश्मि —— बड़ा ही मुश्किल दौर होता है यह जीवन को दिशा देने का, नेहा मेडिकल नहीं चाहती, उसकी बुद्धि तार्किक है इसलिए क़ानून की पढ़ाई का ही विचार करना होगा।

राकेश —सभी का यही विचार है और मुझे भी लगता है कि सब की कही बात मान लेना चाहिए। और पाँच वर्षीय कोर्स में दाख़िला करवा देना चाहिए।

रश्मि —— पहले कुछ कोचिंग बगैरह कर ले तो किसी क्वॉलिटी कॉलेज में चांस बन सकता है।

राकेश —— बिल्कुल, ट्रेनिंग अच्छे कॉलेज में पाई हो तो आत्मविश्वास से वकालत की जा सकती है।

रश्मि ——आज कोई पेशेंट नज़र नहीं आ रहा ? ख़ाली बैठे कैसा लगता है ?

राकेश ——सुबह की पारी में ही लोग ज़्यादा आते हैं। तुमने नेहा के पास जाना है तो रूम पर चली जाओ ।मैं भी ड्यूटी के बाद घर में ही आऊँगा। देव भैया तो कांति के साथ उसके घर में हैं ।एक दो दिन में दांतों की देखभाल व सुरक्षा के लिए डॉ जैन ने सनातन धर्म विद्यालय में कैंप लगाने का प्रोग्राम बनाया है। तुम भी प्रातःकाल दस बजे आ जाना, कुछ प्रैक्टिकल अनुभव हो जाएगा।

रश्मि —— हां, पापाजी बता रहे थे कि आप डॉ जैन के साथ शिविर की प्रोग्रामिंग के लिए दादा जी से परमिशन लेने क्लीनिक पर आए थे।

राकेश —- हाँ, कल ही शायद कैंप का आयोजन होगा। देव भैया भी सहयोग के लिए तैयार हो गए हैं।

रश्मि —— इन फ्री दिनों में तो सब हतोत्साहित से लग रहे हैं, सब अलग-अलग से हो गए हैं।

राकेश —— हाँ, देव भैया भी कुछ उदास से ही दिखाई पड़ते हैं हालाँकि मुस्कुराने की, संवाद करते रहने की कोशिश करते हैं फिर भी दिल की बात जबां पर आ ही जाती है।

रश्मि —— देव भैया बहुत अकेलापन जी रहे हैं। न कोई ठिकाना, न कोई सहारा, सब परिवार से अलग।

राकेश —— हाँ रश्मि, देव भैया आजकल संघर्षों से जूझ रहे हैं। नौकरी करते हुए जो बचत की थी, वह सब ट्रेनिंग पर खर्च हो गई। अब जेब खर्च भी शायद ही बचा है।

रश्मि ——उपन्यास बगैरह से कोई कमाई नहीं होती क्या ?

राकेश —-प्रेम कहानियाँ लिखते- लिखते खुद ही प्रेम में बंध गए। ट्रेनिंग में पढ़ाई की वजह से सब लिखना पीछे रह गया। साथियों में ही मस्त रहते हैं। शुभम, शिवि, देविना ही उसका परिवार सा बन गया है।कोई प्रोफ़ेसर गुप्ता हैं, उनकी लड़की पर एसिड अटैक हो गया था, देव भैया अब उसके उद्धार में जुटे हैं। डॉ. जैन की मदद से लड़की का इलाज करवाएँगे।

रश्मि —- देव भैया, परोपकारी प्रवृत्ति के तो हैं ही, उपन्यास पढ़ने से भी उनके स्वभाव की झलक मिल जाती है।

राकेश —- तुम्हें अपना दांत चैक करवाना है क्या ?

रश्मि —- कल कैंप में ही चैक हो जाएँगे, यहाँ तो फ़ीस देनी पड़ेगी।

(दोनों मुस्कुराते हैं) अब चलती हूँ, लगता है कि शैतान का उद्भव हो रहा है। मम्मी को भी देरी का हिसाब देना होगा ?

राकेश ——तुम केवल मुझमें शैतान का प्रादुर्भाव करने आईं थीं क्या?

रश्मि —— आदमियों का शैतान तो चौबीसों घंटे जन्मा ही रहता है। दिव्या से भी मिलने जाना था, हाल- चाल पूछने, दो महीने हो गए शायद।

राकेश —— हम तो अपने ही दिन गिन रहे हैं और लहरों की तरह हर बार भूल जाते हैं।

रश्मि —अब तो एक मास बचा है, एग्ज़ाम ख़त्म होते ही नया जीवन आरंभ हो जाएगा।

राकेश —- समीर भैया का कैसा चल रहा है?

रश्मि —— तान्या मिलती रहती है समीर से लेकिन बिज़नेस के कारण उसे टाइम ही कहाँ है ? अभी घर आने से पहले हम चारों फ़िल्म देखने गए थे।

राकेश —— चारों कौन-2 थे ?

रश्मि——- समीर भैया, मैं और तान्या तथा मेरी सहेली श्रेया, बेचारी प्रेम की मारी।

राकेश —— क्यों क्या हुआ ?

रश्मि —— प्यार भी क़िस्मत वालों का फ़रमान चढ़ता है। फ़ाइनल ईयर के श्रेयस के साथ चक्कर में थीं, अब वह पी.जी. में किसी और के चक्कर में हो गया और इसे यहाँ चक्कर आ रहे हैं। प्रेम रोग भी क्या है ?

राकेश ——- प्रेम रोग की दवा क्या है ?

रश्मि ——- 'मिलन' और जितने मिलने के मौक़े मिलेंगे उतना ही ज़्यादा और मिलने की इच्छा रहेगी।

राकेश ——तो अभी के बाद मुझसे मिलने की इच्छा कब पैदा हो रही है। कोई फ़िल्म बगैरह देखने का प्रोग्राम बनाते हैं।

रश्मि —-यहाँ नहीं, अगर जाना ही है तो दूसरे शहर या फिर राजीव-दिव्या के साथ जा सकते हैं। अब मैं जा रही हूँ, मम्मी जी इंतज़ार कर रही होगी।

राकेश —- जाओ, हमें तो कुएँ के पास रहकर भी प्यासा रहना पड़ रहा है। न जाने कब प्यास बुझेगी इस दिल की ?

रश्मि —- कुआँ खुद ही प्यासा है राकेश बाबू, डूब कर ही दोनों की प्यास बुझेगी। बाय ! बाय !!

***

34

सनातन धर्म विद्यालय में दांतों का कैंप

सनातन धर्म विद्यालय के प्रांगण में आज डॉ. जैन की अगुवाई में ज़िला अस्पताल की ओर से दांतों की देखभाल एवं सुरक्षा के बारे में एक कैंप का आयोजन किया गया है। हालाँकि एग्ज़ाम के बाद सब बच्चे रिज़ल्ट घोषित होने तक स्कूल में नहीं आ रहे थे फिर भी कुछ उत्साही अध्यापकों के प्रयास से बच्चों को बुलाया गया और काफ़ी बच्चे कैंप में शामिल भी हुए। स्कूल की कमेटी के अध्यक्ष महोदय श्री चंद जैन ने कैंप का उद्घाटन करते हुए कहा-

आदरणीय डॉ. भगवत स्वरूप जी, प्रबंध समिति, मुखिया जी, दंत चिकित्सक डॉ. ज्ञान चंद्र जैन एवं डॉ राकेश शर्मा व अन्य उपस्थित अध्यापक व प्यारे बच्चों! आज बड़े हर्ष का विषय है कि हमारे विद्यालय में ज़िला स्वास्थ्य विभाग की ओर से दांतों की देखभाल के बारे में एक कैंप का आयोजन किया जा रहा है। छुट्टियों के कारण ज़्यादा बच्चे व अभिभावक कैंप में शामिल नहीं हो सके हैं फिर भी जो उपस्थित हैं उनके लिए भी यह आयोजन लाभकारी सिद्ध होगा। हमने आँखों के कैंपों का आयोजन होते हुए सुना है परंतु दांतों की देखभाल व सुरक्षा के बारे में शायद ज़िले का यह प्रथम प्रयास है जो सराहनीय कहा जा सकता है। यह सब डॉ. ज्ञान चंद्र जैन के अथक प्रयासों का फल है। हालाँकि डॉ. ज्ञान चंद्र जैन मेरे निकट के रिश्तेदार हैं पर इसका अभिप्राय बिल्कुल नहीं होगा कि मैं उनके द्वारा बताए गए दंत चिकित्सा के उपायों की अनदेखी करूँ। (मंच पर हल्की सी हँसी की आवाज़) ज़्यादा समय न लेते हुए सभी उपस्थितों से निवेदन करूँगा कि सुअवसर का लाभ उठाकर अपने दांतों को मज़बूत व सुरक्षित करें। कोई जिज्ञासा, पुख़्ता जानकारी के लिए कुछ पूछना

चाहें तो निःसंकोच पूछें। स्कूल समिति के प्रबंधक डॉ. भगवत स्वरूप जी से प्रार्थना करना चाहूँगा कि वे भी अपना संबोधन दें।

डॉक्टर भगवत स्वरूप — ज़िला अस्पताल के मुख्य दंत चिकित्सक डॉ. जैन एवं साथी, मुखिया ब्रज किशोर गुप्ता जी, उपस्थित महानुभाव व प्यारे बच्चों! एक पुरानी कहावत है- आँख गईं तो जहान गया और दांत गए तो स्वाद गया। भोजन का मज़ा दांतों पर टिका हुआ है। मैं कहना चाहूँगा कि पूरा शारीरिक स्वास्थ्य दांतों पर ही आश्रित है।खूब चबाकर किए भोजन से ही शरीर पुष्ट होता है। वृद्धावस्था या अन्य किसी रोग के कारण जिसके दांत चले गए, उसे ही इनके महत्व का अहसास है। विस्तृत जानकारी डॉ. जैन की टीम द्वारा प्रदान की जाएगी। मुखिया जी, अब अपने विचार प्रस्तुत करें।

मुखिया ब्रज किशोर गुप्ता— प्रधान व प्रबंधक महोदय, ज़िला अस्पताल से दंत चिकित्सक एवं सहायक स्टाफ़ व प्यारे बच्चों ! मौसम के बदलाव के कारण शरीर की देखभाल के साथ दांतों की सुरक्षा जाँच भी आवश्यक है।दांत केवल भोजन को चबाकर स्वाद लेने में ही सहयोग नहीं करते बल्कि उच्चारण में भी सहायक होते हैं। दांतों की सफ़ाई व अन्य जो भी बातें डॉ जैन की टीम बताएँ, उन पर गंभीरता से अमल करें। टीम प्रमुख डॉ. जैन से निवेदन करूँगा कि कैंप के सुचारू संचालन के लिए आवश्यक दिशा निर्देश हमें दें।

डॉ. ज्ञान चंद्र जैन —- प्रधान एवं प्रबंधक महोदय, मुखिया जी, उपस्थित सज्जनों व प्यारे बच्चों ! हम विद्यालय की प्रबंध समिति व मुखिया जी के आभारी हैं इस कैंप के लिए स्थान उपलब्ध करवाने के लिए।मेरी टीम केवल भाषण नहीं बल्कि दांतों की जाँच भी करेगी व ज़रूरी निर्देश भी देगी। महिला व लड़कियों के लिए प्रशिक्षु डॉ. रश्मि की टीम बनाई गई है।

डॉ. राकेश शर्मा— विद्यार्थियों व अध्यापकों को जानकारी एवं दांतों का निरीक्षण करेंगे। वरिष्ठ जन व बुज़ुर्ग मेरे साथ रहेंगे।

(मंच के पीछे कुछ कोलाहल सुनकर)

डॉ. जैन —- (डॉ. राकेश शर्मा से) आप मंच के पीछे आए लोगों से पूछें कि वे किस मक़सद से यहाँ आए हैं ? शायद आँखों का कैंप समझकर आए होंगे। उन्हें सही जानकारी देकर संतुष्ट करें। अब तीन टीमें तीन कमरों में जाँच का काम शुरू करें। रूम न. -101. टीम डॉ रश्मि शर्मा. रूम न. -111. टीम डॉ राकेश शर्मा हॉल - डॉ जैन।

मुखिया जी — मै डॉ. जैन को बताना चाहूँगा कि उनकी व दोनों टीमों की सहायता व किसी वस्तु की आवश्यकता के लिए उनके साथ दो- दो अध्यापक मौजूद रहेंगे। रूम न. 1- लता तनेजा व नलिनी जैन, रूम न. 2- प्रेम नाथ व देव बाबू हॉल — महेंद्र सिंह व सोम नाथ। डॉ. जैन से निवेदन है कि कैंप का श्री गणेश करें। तीन घंटे की क़वायद, देखभाल व जाँच के बाद तीनों रूम व हॉल से जो रिपोर्ट मिली, उसका विवरण इंचार्ज डॉक्टर से खुद ही सुने। रूम न. 101. प्रशिक्षु डॉ. रश्मि – डॉ. जैन सर, मुझे दांतों की देखभाल व सुरक्षा की जो ज़िम्मेवारी सौंपी गई, इसके लिए मैं विभाग की शुक्रगुज़ार हूँ। मैंने इस कैंप में बारह छात्राओं व अध्यापिकाओं के दांतों की जाँच की। पाया गया कि तक़रीबन सभी छात्राओं के दांतों में पीलापन, दांतों पर मैल की परत, मुँह से दुर्गंध होने की शिकायत मिली। अध्यापिकाओं की दांत चैकिंग में मैल जमा, दांतों के मध्य अन्न कणों की विद्यमानता, पीलापन भी पाया गया।(रिपोर्ट डॉ जैन को सुपुर्द करते हुए) रूम न. - 111. डॉ राकेश शर्मा - मैंने तैंतीस छात्रों के दांत जांचे व सभी में पीलापन, मैल जमा होना पाया गया। बीड़ी- सिगरेट पीने की आदत से मुँह से दुर्गंध के भी कुछ केस मिले।

डॉ. जैन — (दोनों रिपोर्ट संभाल कर रखे हुए) मैं स्वास्थ्य विभाग के कर्मचारियों व मेहमानों से निवेदन करना चाहूँगा कि लंच का समय हो गया है

इसलिए सभी लंच ग्रहण करें।उसके बाद हॉल में सभी जाँच रिपोर्ट की समीक्षा करके कुछ सुझाव व टिप्स दिए जाएँगे।

संक्षिप्त लंच के बाद डॉ. ज्ञान चंद्र जैन ने अपने संबोधन में कहा- दोनों डॉक्टरों से जो रिपोर्ट प्राप्त हुई है वह लगभग एक समान ही है। वरिष्ठ जनों मे भी पीलापन व दांतों पर प्लाकर्ड जमा होने की जानकारी मिली है व कुछों में ग़लत तरीक़े से ब्रश करने से दांतों के क्षरण की समस्या पैदा हुईं है। नौजवान बच्चों को कहना चाहूँगा कि ब्रश केवल सुबह ही नहीं रात को सोने से पहले भी हमेशा नियमित रूप स करें। दांतों के बीच अन्न कण व अन्य खाद्य सामग्री के अवशेषों को हटाने के लिए फलॉस या इंटर डैंटल का प्रयोग करें। मैल जमा हो जाने पर डॉक्टर से सफ़ाई करवाएँ। अब वरिष्ठ जनों के लिए सुझाव है कि इलाज से परहेज़ अच्छा रहता है। अक्सर देखा गया है कि पेट की गड़बड़ी के कारण भी दांतों में प्रॉब्लम पैदा होता है। पेट साफ़ रखना बहुत ज़रूरी है।ब्रश को दाएं- बाएं घिसाने की बजाय ऊपर नीचे गोल में घुमाएँ।दांतों की नियमित जाँच करवाते रहना चाहिए पर किसी नीम हकीम से नहीं, प्रशिक्षित डॉक्टर की सेवाएं ही ली जाएं मुझे उम्मीद है कि कैंप से सभी को लाभ मिला है। अब कैंप का समापन हुआ, आप सभी का बहुत धन्यवाद।

मुखिया जी — डॉ. जैन व साथियों ने पवित्र व धार्मिक कार्यों को अंजाम दिया है इसलिए इनका बहुत धन्यवाद। भविष्य में भी ऐसे आयोजन करते रहिएगा, हम आपके सहयोग के लिए तत्पर रहेंगे। सभी प्रतिभागियों का स्वागत एवं धन्यवाद।

***

35

देविना का वियोग - विरह एवं एम. गुप्ता तथा शिवि का संवाद

शुभम के जाने के बाद शिवि भी देविना की तरह ही मुरझा गई थीं। दोनों एक दूसरे को बोल्ड दिखाने का स्वांग सा कर रही थी पर चेहरा मन का दर्पण होता है, लाख छिपाएँ मन की बातें, चेहरा सब उगल देता है।मेधा गुप्ता अब सोच- विचार करने लगी थी कि शुभम व शिवि क्यों बार-बार मेरे सामने देव की तारीफ़ों के पुल बाँध रहे थे। देविना बिल्कुल शांत रही, कहीं यह संपादक मंडली प्रेम की पुस्तक तो नहीं रच रहे। शुभम- शिवि के प्यार के चर्चे तो जगज़ाहिर हो चुके, कहीं देविना भी देव के प्रेम पाश में न उलझ गई हो। मुझे माँ होने के नाते देविना से स्पष्ट पूछ लेना चाहिए। कहीं शिवि की तरह पलायन का सामना न करना पड़े। आज मौक़ा है, गुप्ता जी सो रहे हैं, शिवि सब कुछ उगलने को तैयार लगती है। शुभम उसे कह कर भी गया है कि देविना के पास सायंकाल तक रहना। इसका सीधा सा मतलब है कि देविना को कुछ परेशानी हो जाए तो तुम उसकी मदद करना पर क्या परेशानी हो सकती है ? कहीं नादानी में कोई बड़ी भूल न कर बैठें हों, जिससे बाद में लोगों के सामने मुँह दिखाने के लायक़ न रहे। मैंने भी आजतक कभी देविना के मन की बात नहीं जानी, ट्रेनिंग कैसी चल रही है ? साथियों के साथ व्यवहार कैसा चल रहा है ? कभी पूछ लेती तो आज यह चिंतन नहीं करना पड़ता। वैसे चिंतन का लाभ भी क्या है ? जोड़ियां तो भगवान स्वर्ग से ही बना कर भेजता है। शिवि को भी तो शुभम मिल ही गया, क्या इतने दूर कोई कल्पना भी कर सकता है। अच्छा घर, अच्छा वर। और

क्या चाहिए लड़की को, पिछले जन्म में पुण्य किए होंगे जो आज फल भोग रही है।

(दोनों के पास आकर) मेधा गुप्ता —- शिवि बेटी, तुमने अपने घर कह दिया था कि तुम यहाँ सायंकाल तक रहोगी।

शिवि —- यस आंटीजी, हम सब के एग्ज़ाम अब नज़दीक आ गए हैं, पूरा वर्ष गफ़लत में ही निकल गया। आज देविना दीदी से कुछ मार्ग दर्शन लेना है इसीलिए शुभम भी कह कर गए हैं कि सायंकाल तक यहीं रहकर कुछ तैयारी कर लेना।

मेधा गुप्ता —- (कुछ झेंपती हुई सी) मैं तुम दोनों के लिए लंच तैयार कर डाइनिंग टेबल पर रख दिया है, मैं इतने तक देखती हूँ कि तुम्हारे पिताजी जाग गए हैं या अभी सो रहे हैं (बेडरूम में जाकर अचानक गुप्ता जी को समाचार-पत्र पढ़ते देखकर) आप कब से जाग रहे हैं ? बेड टी के लिए भी नहीं पुकारा ?

एम. गुप्ता — थर्मस मे रखी थी चाय, उसी में से निकाल कर पी ली थी। मैंने आधा समाचारपत्र तो पढ़ लिया है।

मेधा गुप्ता —- तुम्हारे वे एस.डी.ओ. शेखर बाबू हैं ना, उनकी लड़की व मंगेतर अपने घर आए हुए हैं। आपको ध्यान है ना उस लड़की का जो देविना के साथ भिवानी में कोर्स कर रही है।

एम. गुप्ता —- पर उसकी सगाई कब हुई ?

मेधा गुप्ता —- दीपावली के दिन जब मौसी से डरकर जींद शहर चली गई थी तब वहाँ रिंग सेरेमनी कर ली गई थी।

एम. गुप्ता —- तुम्हें देविना ने बताया होगा, अब वे दोनों यहीं हैं या चले गए ?

मेधा गुप्ता —- शुभम चला गया, उसे किसी मंत्री जी के प्रोग्राम में शामिल होना था। शिवि अभी सायंकाल तक यहीं रहेंगी देविना के साथ।अब दोनों लंच कर रही है। आप की तबीयत ठीक है ना ?

एम. गुप्ता —- हाँ, नींद पूरी हो जाने पर आराम मिलता है। अपना भानू काफ़ी दिनों से घर नहीं लौटा, क्या उसे एग्ज़ाम के लिए फ्री डेज़ नहीं मिले ?

मेधा गुप्ता —- उसकी पढ़ाई अलग तरह की है, कह रहा था कि एक दिन मैं चांद पर इंसान भेज दूँगा।

एम. गुप्ता — अच्छा है इरादे नेक व बृहत् हों, तभी जीवन की सार्थकता है पर अभी तो वह स्नातक भी नहीं हुआ है।

मेधा गुप्ता —- आप स्नान बगैरह लेकर तैयार हो जाएं, मैं आपके लिए नाश्ते में क्या बनाऊँ ?

एम. गुप्ता —- आज संडे है तो मैं फलों से ही नाश्ता करूँगा। आधा गिलास संतरे का रस व एक सेब काफ़ी रहेगा।

मेधा गुप्ता —— ठीक है, मैं तैयार करती हूँ व बच्चों को भी देखती हूँ कि लंच लिया है या सपनों में ही खो रहे हैं। (पास आकर) देविना बेटी, शिवि को लंच अच्छी तरह करवा देना, पहली बार अपने घर आई है।

शिवि —- आंटीजी, हम लंच करके कुछ देर घूमने जाएँगे बाज़ार में।

मेधा गुप्ता —- बेटी बाहर तो बहुत धूप व गर्मी है अभी, सायं पाँच बजे के आस-पास चले जाना। देविना तुम्हे छोड़कर लौट आएगी, अभी तुझे अंकल से भी मिलना होगा।

एम. गुप्ता —- (बाहर आकर) अंकल यहीं आ गए, बोलो, किस- किस से मिलना है ?

शिवि —— अंकल नमस्ते !

एम. गुप्ता —- नमस्ते शिवि बेटी ! तुम दोनों आए थे, शुभम कहाँ चले गए बिना मिले ही ?

शिवि —- अंकल, शुभम को मंत्री जी के समारोह में जाना था, देव भैया ने चार बजे पहुँचने को कहा था।

एम. गुप्ता —- ये देव भैया कौन है शिवि बेटी ?

देविना —- पापाजी, वे मेरे क्लास मेट हैं। बड़े अच्छे सामाजिक उपन्यास लेखक हैं। कॉलेज की वॉल मैगज़ीन के चीफ़ एडिटर है।

एम. गुप्ता —- मैं शिवि से पूछ रहा हूँ बेटी, तुम्हारे से जब पूछूँगा, तब जवाब देना।

शिवि ——देविना सब कुछ ठीक बता रही है अंकल, हम चारों वॉल मैगज़ीन के संपादक हैं। इस बार जितने अंक प्रकाशित हुए हैं, रिकार्ड बना है। वॉल मैगज़ीन के इंचार्ज व प्रिंसिपल साहब ने हम चारों की प्रात क़ालीन सभा में जमकर तारीफ़ की है।

एम. गुप्ता —— पढ़ाई का भी ध्यान रखा है या यूं ही तारीफ़ पाए घूमते रहे।

शिवि —अंकल, ट्रेनिंग में तो प्रैक्टिकल ज़्यादा रहता है, रटा हुआ कुछ काम का नहीं।

एम. गुप्ता —- शिवि बेटी, तुम्हारे पापाजी का वह केस का क्या रहा ?

शिवि —— पापाजी निर्दोष हैं अंकल, मैं आपसे मदद के लिए भी आई हूँ। आप अपने प्रभाव से पापाजी का बचाव करें।

एम. गुप्ता —- शिवि बेटी, मुझे लगता है कि शेखर बाबू ने रिश्वत लेने का घृणित कृत्य तो किया है पर होशियारी से बच निकलने में कामयाब हो जाएँगे। मुझसे जितना हो सकेगा, मैं दायरे में रहकर मदद करूँगा।

शिवि —— पापाजी मौसीजी के आने के बाद बहुत बदल गए हैं। अब उनका व्यक्तित्व कुछ डांवाडोल सा रहता है।

एम. गुप्ता —- बेटी, जैसा मिलेगा अन्न, वैसा बनेगा मन। रिश्वत का नाजायज पैसा समुद्र के ज्वार- भाटे की तरह होता है, आता कम है व जाता ज़्यादा है। परिश्रम व ईमानदारी से कमाया धन ही मन - मस्तिष्क को तृप्त एवं दुरुस्त रखता है।

मेधा गुप्ता —— अब आप स्नान- ध्यान कर नाश्ता ले लें व बच्चों को भी लंच करने दे।

एम. गुप्ता —- अभी तो मुझे देविना बिटिया से भी बात करनी है।बोलो बेटी, देव में और क्या विशेषताएँ है ?

देविना —- सॉरी पापाजी, मुझे बीच में नहीं बोलना चाहिए था।

एम. गुप्ता —-अच्छा ही हुआ बेटी, उम्र दराज़ लोग बातों से ही बच्चों के मन की बात जान लेते हैं।

देविना —— जितना जानती थी, बता दिया, ज़्यादा जानने की कभी ज़रूरत ही नहीं पड़ी।

एम. गुप्ता —- जिस राह पर तुम्हारे कदम बढ रहे हैं, उसमें ज़्यादा जानना ज़रूरी है। हम अपनी बेटी को कहीं इधर-उधर तो नहीं डाल सकते हैं न ?

शिवि —- अंकल, मैं कुछ बोल सकतीं हूँ ?

एम. गुप्ता —- हाँ, अवश्य !

शिवि —- आप जो अनुमान लगा रहे हैं, वह सच है। देव एक सहृदय, निपुण व मिलनसार प्रकृति का इंसान है।

एम. गुप्ता —- लेकिन बनेगा तो एक टीचर ही ? हमारा समाज टीचर को कितना वैल्यू करता है, किसी से छुपा नहीं है ।हम आँखों देखी मक्खी तो नहीं निगल सकते ?

शिवि —- अंकल, अगर समाज को देखकर ही सब व्यवहार करते रहे तो शायद ही कुछ कर पाएँगे ।हर लड़की को तो सिविल सरवेंट मिल नहीं सकता?

मेधा गुप्ता —- (हस्तक्षेप करते हुए) आप भी तो शादी के शुरू के दिनों में प्राइवेट कॉलेज में प्रोफ़ेसर थे।

एम. गुप्ता —- मैं था पर वह मेरा अतीत था, वर्तमान नहीं, भविष्य नहीं।

मेधा गुप्ता ——यदि सब लोग आपकी विचारधारा का समर्थन करें तो अध्यापक से कोई लड़की शादी ही नहीं करेगी ?

एम. गुप्ता —- मेरा कहने का मतलब यह नहीं है जो तुम समझ रही हो। मैं यह कहना चाह रहा हूँ कि लड़के- लड़की के परिवारों का स्तर लगभग समान सा ही होना चाहिए। ऊपर- नीचे होने से गृहस्थी की गाड़ी चलाने में परेशानी होती है। फिर भी मैं अभी इंकार करने के मूड में नहीं हूँ। हम भाग्य में विश्वास करने वाले लोग भी हैं।

देविना —- (पापा के गले लगते हुए) क्या मैं आपके मन को दुखा रहीं हूँ ? मैंने अब तक ऐसा कोई कदम नहीं उठाया जिससे परिवार को शर्मिंदगी का सामना करना पड़े।

एम. गुप्ता —- हमें अपनी संतान पर गर्व है। मै तो अपना अनुभव बयां कर रहा था। हमें अपनी बेटी की पसंद पर कोई संदेह व एतराज़ नहीं फिर भी पिता होने का धर्म निभाना ज़रूरी है।

शिवि —- यस अंकल, आप बिल्कुल सही कह रहे हैं। शुभम के पापाजी ने भी ऐसी ही सलाह दी थी व बाद में अपने बेटे की ख़ुशी के लिए रज़ामंद हो गए थे। आज मम्मी पापा मुझे देख कर फूले नहीं समा रहे हैं।

एम.गुप्ता —- बेटी शिवि, मौसी के आने ने तुम्हें सजग रहना सिखा दिया। हर आफ़त कुछ न कुछ सीख देकर जाती है। अब तुम दोनों खुश हो बेटी?

शिवि —- बहुत खुश हैं अंकल, पापाजी व मौसीजी ने हमें स्वीकार कर लिया है।

एम. गुप्ता —- हम कौनसे अपनी रानी बेटी को धिक्कार करेंगे। बाबुल के घर से डोली सजकर निकलेगी हमारी चांद सी बिटिया की। (देविना की आँखों में मोटे- मोटे आंसू देखकर) ये आँसू उस दिन के लिए संभाल कर रखो बेटी जिस दिन दूल्हे देव राजा तुम्हें लेने आएँगे।

***

36

देव व मित्रों की गप्पशप व नदी-भ्रमण

देव को जींद शहर में राकेश के पास आए हुए लगभग एक सप्ताह बीत गया था, रात्रि में कांति का मेहमान रहता व दिन में कभी स्कूल, कभी अस्पताल, कभी क्लीनिक चला जाता। स्कूल में मुखिया व स्टाफ़ से संवाद करता, अपनी ट्रेनिंग की जानकारी बांटता, स्टाफ़ रूम में बैठकर समाचार पत्र बगैरह पढ़ लेता व ज़रूरत पड़ने पर एक दो पीरियड के लिए क्लास रूम में भी पहुँच जाता।आज सायंकाल में चाय की इच्छा उत्पन्न हुई तो तनेजा रेस्टोरेन्ट में चले आए। एकांत में बैठे फिर भी तनेजा की नज़रें से बच नहीं पाए।

तनेजा —- (देव को पहचानने की कोशिश करते हुए) आप देव भैया हैं न ?

देव —- यह संदेह क्यों उत्पन्न हुआ ?

तनेजा —— आप मुझे काउंटर पर बिना हाय- हैलो किए ही यहाँ छिपकर अंधेरे से में बैठ गए इसलिए संदेह हुआ कि देव भैया होते तो ज़रूर मिलकर जाते।

देव—- जब मैं रेस्टोरेन्ट में दाख़िल हुआ तब आप किसी ग्राहक से पेमेंट में व्यस्त थे, सो मैं चुपके से आकर यहाँ बैठ गया।

तनेजा —- यह कार्नर चिंतक, निराश, उदास व प्यार में डूबे लोगों की पसंद है। आप इनमें से कौन-सा होना चाहेंगे ?

देव —- ऐसा कुछ नहीं तनेजा सर, एकांत था व सीट ख़ाली थी सो बैठ गया। एक कॉफी की इच्छा तो अवश्य है।

कांति —- (तनेजा के पीछे आकर) एक नहीं दो चलेंगी।

देव —- चलेंगी नहीं, दौड़ेगी। कांति भाई, कुछ पहले तो नहीं आ गए ड्यूटी से?

कांति —- देव भैया, रात्रि में तुम हमारे मेहमान और दिन में हम तुम्हारे अतिथि, और अतिथि के आने का कोई समय निर्धारित नहीं होता। (दोनों खिलखिला कर हँसते हैं, तनेजा भी दोनों की संगति करते हैं) देव भैया, आज कहाँ - 2 गए व क्या कुछ किया ?

देव —- हम तो बंजारे (Gypsy) लोग हैं भाई साहब, पूरी धरा अपनी है, कहीं भी घूम आएं पर ठिकाना तो दोस्तों के पास ही मिलता है।

राजीव —- (रेस्टोरेन्ट में कदम रखते हुए) और दोस्त आ ही गए। बोलो देव भैया, कहाँ ठिकाना चाहिए ?

देव —- आज तो कांति भाई के यहाँ ही रिज़र्वेशन है, कल आपके पास हो जाएगा। हम तो प्यार व भाव के प्यासे हैं, कहीं ले चलो राजीव भैया ?

राजीव —- हाँ देव भैया, एक सप्ताह के वियोग में तो इंसान प्यार का प्यासा हो ही जाता है, क्यों कांति भाई ?

कांति —- यह तो डॉक्टर राकेश ही बता सकता है कि प्यार की प्यास की मियाद कितनी है, हमें तो प्यार की क,ख, ग, भी नहीं आता।

राजीव —— कांति भाई, बिना प्यार के जग सूना है।

कांति —- और प्यार होने से कोर्ट सूनी। न कोई विवाद- फ़साद होगा, न कोई कोर्ट आएगा।

राजीव —- कांति भाई तुम कह रहे हो कि कोर्ट में जितनी ज़्यादा भीड़ प्यार में उतनी ही न्यूनता।

कांति —— तर्क प्रस्तुत करने में तो राजीव एडवोकेट का मुक़ाबला नहीं, आख़िर दीक्षित जी की संगति में जो रहते हैं।

देव —- बाक़ी बातें नदिया किनारे बैठकर करेंगे।राकेश को घर से ले लेते हैं।

कांति —- मुझे तो आजतक कभी घर पर मिला नहीं, लॉक ही हमारा स्वागत करता है जब भी उधर का मुँह करते हैं।

देव —- कांति भाई, नेहा घर में है, अब तो डॉ साहब टाईम पर ही घर पहुँचते होंगे।

कांति —- अगर नहीं भी आए होंगे तो यूनिवर्सल एक्सक्यूज (वैश्विक बहाना) है कि पेशेंट आ गए थे।

(सभी ठहाका लगाकर हंसते हैं)

राकेश —- (रेस्टोरेन्ट में दाखिल होते ही सबको हँसता देख) मुझे पता चल गया था कि डॉ. साहब की खिंचाई चल रही है।

कांति —- कैसे इल्म हुआ, ज्योतिषी हो क्या ?

राकेश —- ज्योतिषी नहीं, राजीव भाई वाला तर्क।

राजीव — मेरे वाला तर्क ! क्या आज मेरी ख़ैर नहीं है डॉ साहब ?

राकेश —- सीधा सा तर्क है कि प्रशंसा पर तो कोई हंसता नहीं, खिंचाई पर सब हंसते हैं। तुम तीनों यहाँ हो और हंस रहे हो तो मेरी ही खिंचाई होगी न?

कांति —राजीव भाई, तुम्हारी वकालत ख़तरे में है, डॉक्टर जी से क्षमायाचना कर लो। वैसे मुझे आश्चर्य हैं कि डॉ साहब आज यहाँ इस समय कैसे आ गए ?

राकेश — तनेजा सर ने फ़ोन किया था।

कांति —-तनेजा सर ने ग्राहकों को आकर्षित करने का यह नायाब तरीक़ा अपनाया है। दोस्त भी खुश, बिक्री भी फ़ुल।

तनेजा —- कांति भाई, आप लोगों को मैं ग्राहक नहीं समझता आप सब के प्यार- प्रेम को देखकर मुझे बड़ा आनंद व तृप्ति मिलती है।

कांति —— तनेजा सर, शायद भूलोक पर पहले प्राणी होंगे जो दूसरों में प्यार देखकर आनंदित होते हो।

राजीव —- कांति भाई, जब से लक्ष्मी का रिश्ता क़ायम हुआ है तब से तनेजा हम पर एक्स्ट्रा सम्मान व प्यार लुटाते है। हमें भी तनेजा सर अपने से लगने लगे हैं।

राकेश —- मुझे भी इसीलिए बुलाया कि सभी तीनों दोस्त यहाँ मौजूद हैं।

कांति —- आप दोनों तनेजा सर के प्रशंसक हो गए हैं तो हम भी पीछे नहीं हटेंगे लेकिन लंच- डिनर व चाय - कॉफी मुफ़्त में नहीं स्वीकार करेंगे, पहले की तरह भुगतान करते रहेंगे।

देव —- मुफ़्त में नदी की सैर तो करोगे?

कांति —- हां देव भैया, सभी चलें।

राजीव —- आज क्या चुना है, कोई कहानी या क़िस्सा ?

कांति —- राजीव भाई, जो मौक़े पर ध्यान में आ जाए। सभी चारों सैर के लिए निकल जाते हैं।

देव — (नदी मुहाने पहुँच कर) मनभावन मौसम बना है कांति भाई, आज तो कोई चमत्कार दिखाओ।

कांति —- देव भैया, राजीव को चटपटी, आपको चमत्कारिक और हमारे महीवाल को प्रेम कथा सुनने में ही मज़ा आता है। आज देव भैया की पसंद चलेगी क्योंकि रविवार नज़दीक है, फिर देव भैया एग्ज़ाम के लिए चले जाएँगे।

देव —- कांति भाई, एक सप्ताह बीत गया, एक अक्षर तक न पढा और न लिखा।

कांति —- दोस्तों में रहोगे तो यूं ही मौज मस्ती करोगे।

राजीव —- हाँ देव भैया, कांति ने सही कहा है, दोस्त हर दर्द की दवा हैं। कांति भाई, अब देर करोगे तो मुझे डिनर की जगह पर डांट खानी पड़ेंगी।

कांति —- एक डॉक्टर थे एम.एस. हिंदी में कहें तो 'शल्य चिकित्सक' वे हमेशा कहते थे कि मेरे पेशेंट मुझे किताबों से ज़्यादा ज्ञान दे जाते हैं। सरकारी अस्पताल में सेवारत थे अपने राकेश बाबू की तरह। एक दोपहर जब वे ड्यूटी पर तैनात थे तो एक घायल महिला को उनके पास लाया गया जो गली में घूमते हुए किसी सांड द्वारा पेट में सींग मारने से घायल हो गई थी।

देव —— कांति भाई, तुम चमत्कारिक की बजाय कष्टकारी कुछ सुना रहे हो।

कांति —- कष्ट होगा तभी कुछ चमत्कार होगा देव भैया। महिला कई वर्षों के बाद गर्भवती हुई थी और पेट में सींग गहरा लगने से बच्चे का हाथ पेट से बाहर आ गया था।

राजीव —- यह तो विकट स्थिति है कांति भाई, बच्चे का हाथ पेट से बाहर आना बड़ा जोखिम भरा है।

कांति —- बिल्कुल, स्थिति बड़ी गंभीर थी व दोपहर के समय स्टाफ़ भी बहुत कम ड्यूटी पर तैनात था, केवल दो नर्स व एक कंपाउंडर, एक टूल

स्ट्रलाइजर व एक हेल्पर ही वहाँ डॉक्टर की सहायता के लिए पूरे अस्पताल में मौजूद थे। डॉक्टर बड़ी असमंजस व विकट परिस्थितियों से गुजर रहा था कि कैसे दोनों जीवनों की रक्षा की जाए ? प्रकृति ने गर्भाशय की दीवारें इतनी मज़बूत बनाईं है कि उन्हें ऑपरेट करना काफ़ी कठिन था। परिवार चाहता था कि महिला की जान बच जाए पर डॉक्टर अपने को रोक नहीं पा रहा था, मानो बाहर निकला बच्चे का हाथ उसे सहायता के लिए प्रार्थना कर रहा हो। डॉक्टर बच्चे की इस अपील को अनदेखा नहीं कर पा रहा था।बड़ा ही करूणामय एवं वीभत्स दृश्य बना था।

राकेश —कांति भाई, यह सरकारी अस्पताल था जहां अक्सर स्टाफ़ की कमी रहती है। डॉक्टर व सब कर्मचारी महिला को आपरेशन थियेटर में ले गए जहां महिला के पेट के ज़ख़्म की मरहम पट्टी कर दी गई। अब प्रॉब्लम यह थी कि बच्चे के हाथ को अंदर कैसे किया जाए ? यह किसी पुस्तक में नहीं लिखा था कि ऐसे समय क्या किया जाए। आख़िर डॉक्टर ने गर्भाशय का कठिन आप्रेशन करने का फ़ैसला लिया व भारी मन को विश्वस्त करके, सभी उपस्थित स्टाफ़ को भी बता दिया।

राजीव —- कांति भाई, क्या वह डॉक्टर उसे किसी बड़े अस्पताल के लिए रेफर नहीं कर सकता था ?

कांति —- राजीव भाई, महिला अचेत थीं, बच्चे की जान भी जोखिम में पड़ सकती थी और बड़े अस्पताल जाने के लिए समुद्री मार्ग से जाना होता जहां एंबुलेंस का प्रबंध नहीं था। इस कठिन घड़ी में एक हेल्पर (जो कुछ शराबी क़िस्म का था पर विश्वस्त एवं आज्ञाकारी इसलिए सब को स्वीकार्य था) ने डॉक्टर के पास आकर कान में कहा — आप इंजेक्शन की निडल (सूई) गर्म करके बच्चे के हाथ में लगा दे, हाथ स्वयं अंदर चला जाएगा। डॉक्टर के पास और कोई विकल्प नहीं था इसलिए उसने इसे ही आज़माने की ठान ली।

देव —- कांति भाई, इससे तो बच्चे का हाथ क्षतिग्रस्त भी हो सकता है।

कांति —- ओर कोई पुस्तकीय हल उपलब्ध न होने से डॉक्टर को हेल्पर की बात स्वीकार करनी पड़ीं और भारी मन से गर्म सूई का इंजेक्शन हाथ में चुभो दिया और सभी मौजूद रहे लोगों की ख़ुशी का कोई ठिकाना नहीं रहा जब हाथ गर्भाशय के अंदर चला गया।

देव —- वाक़ई कांति भाई, यह तो चमत्कार ही हो गया।

कांति —- डॉक्टर ने राहत की साँस ली और यह अनुभव किया कि परवरदिगार किसी भी रूप में आकर संकट से मुक्ति दिला सकता है।

राकेश —- कांति भाई, क्या बाद में बच्चा सलामत रूप से जन्मा या कुछ दिक़्क़त रही ?

कांति —-क्योंकि घटना के समय महिला सात मास से गर्भवती थी, दो माह बाद उसी अस्पताल में उसने बच्चे को जन्म दिया। उसी डॉक्टर ने बच्चे को अपने दोनों हाथों में लिया और डॉक्टर की आँखों में संतोष व ख़ुशी के अश्रुकण बरसने लगे जब बच्चा बिल्कुल स्वस्थ एवं दोनों हाथों से भी निरोग था। डॉक्टर ने भगवान का धन्यवाद किया और महसूस किया कि वह (प्रभु) हर जगह विद्यमान है, चाहे किसी भी रूप में हो।

राजीव —- कांति भाई, डॉक्टर के साहस की भी दाद देनी होगी।

कांति —- राजीव भाई, डॉक्टर ने इसे भगवान की कृपा व इच्छा बताया और कहा कि जो ज्ञान पुस्तक से नहीं मिला वह उसे अपने पेशेंट्स से मिल जाता है।

देव —— इस घटना से तो यह निश्चित हो गया कि भगवान कण- कण में विद्यमान हैं और कहीं भी सहायता- सजा देने मे सक्षम है। कांति भाई, तुमने

चमत्कार पूर्ण घटना सुनाकर भगवान की हर स्थान पर उपस्थिति के प्रमाण को और विश्वस्त व पुख़्ता किया है।

राजीव —- कांति भाई, घटना सुनकर मुझे कुछ सिहरन सी होने लगी है। अब घर चलते हैं। मैं दिव्या से तुरंत मिलना चाहता हूँ।

देव —- अधीर न हों राजीव भाई, हम सब तुम्हारी भावना व स्थिति को समझते हैं और हर कदम पर तुम्हारे साथ खड़े हैं, फिर भी घर तो चलना ही है, क्यों कांति भाई ? आज भी हम आपके मेहमान हैं ?

कांति — देव भैया, कौन मेहमान व कौन यजमान, एक क्षण में बदल जाते हैं।एक मिनट में सुदामा दीन- हीन ब्राह्मण सिंहासन पर विराजमान थे व भगवान श्री कृष्ण उसके चरण पखार रहे थे।

राकेश —कांति भाई, अगली बार कोई प्रेम कथा सुनाना,सब नीरस से हो गए लगते हैं।

देव —- कांति भाई, बहुत सुंदर व चमत्कारिक क़िस्सा सुनाया, अब राजीव भाई की बात पर गौर करना होगा।

(सभी मित्र गंभीर सी मुद्रा में घर की ओर निकल जाते हैं।)

***

37

तरुण - लक्ष्मी की होटल वापसी, अगले दिन बरसात, नीलमणि का आना

आधे घंटे की ड्राइव के बाद तरुण- लक्ष्मी होटल हिल्टन पहुँच गए थे। अंधकार अपना साम्राज्य विस्तृत करने में जुटा था लेकिन मानव निर्मित प्रकाश- पुंज उसके अंधकारमय आवरण को चीरकर संपूर्ण वाशिंगटन डी.सी. को आलोकित कर रहा था। होटल की रंग- बिरंगी चमचमाती लाइट्स सूर्य की किरणों के उन्नत शिखरों पर पड़े जलकणों से टकराने के समान सप्तरंगी आभा बिखेर रहीं थीं। रंग- बिरंगे व क़ीमती परिधानों में मेहमान (होटल में ठहरनेवाले लोग) कोई रंगशाला, कोई मधुशाला व कोई पाकशाला का आनंद लूट रहे थे। तरुण व लक्ष्मी काउंटर से चाबी लेकर लिफ़्ट में सवार होकर अपने रूम की 14 वी मंजिल पर पहुँच गए थे और अपने रूम की ओर बढ़ने लगे पर काफ़ी चलने के बाद भी रूम नदारद।

तरुण —- लक्ष्मी, अपने रूम का नंबर 140 है ना ?

लक्ष्मी —- मुझे लगता है कि जो मंज़िल थीं, उसके पीछे शून्य डालकर ही रूम नंबर बन रहा था।

तरुण —- पर लिफ़्ट से बाहर आकर इतनी देर तक चलने के बाद तो हम तीन दिन से लगातार रूम पर पहुँच जाते थे लेकिन आज हम अभी तक रूम के आस-पास भी नहीं पहुँच पाए हैं। क्या भूलवश हम किसी दूसरे होटल में पहुँच गए हैं ?

लक्ष्मी —- यह नहीं हो सकता, होटल वही है, चाबी से लिफ़्ट स्टार्ट हुआ है पर हाँ, रूम नज़र नहीं आ रहा है ?

तरुण —- मंज़िल तो 14 वीं ही है, रूम की सीरिज़ भी सही है।

लक्ष्मी —- आप मेरे साथ आओ, मुझे कुछ आइडिया मिला है।

तरुण —- क्या ?

लक्ष्मी —- मुझे लगता है कि होटल में दो लिफ़्ट लगी है, एक दाईं ओर व दूसरी बाईं ओर। हम आज दूसरी लिफ़्ट से ऊपर आए हैं इसलिए दिशा परिवर्तन हो गया।

तरुण —- तो पहले हमें दाईं तरफ़ वाली लिफ़्ट की खोज करना चाहिए।

लक्ष्मी —- वह तो हमारे से बाईं ओर दिखाई पड़ रही है, आओ वहीं चलते हैं।

तरुण —- तुम्हें कैसे मालूम कि वह लिफ़्ट एरिया है ? क्या वहाँ बैठने के लिए कोई कुर्सी या सोफ़ा पड़ा दिख रहा है ?

लक्ष्मी —- हाँ एरिया ख़ाली है, केवल सामने तो एक टू सीटर सोफा ही लग रहा है। मैं एक बार आते समय उस पर बैठीं भी थी।

तरुण —- (पास आकर) बिल्कुल, तुम सही कह रही थी।अब हमें बाई ओर पाँच रूम्स को पार करना है व बाई ओर मुड़ कर हमारा रूम आ जाएगा।

लक्ष्मी —- (रूम पर पहुँच कर) लाओ चाबी दो।

तरुण —- तुमने ही तो काउंटर से ली थी।

लक्ष्मी —- पर मैंने लिफ़्ट का स्पॉट टच करने के बाद आपको दे दी थी।

तरुण —- (जेब टटोलते हुए) हाँ, तुम ठीक कह रही हो, लो, लॉक ओपन करो।

लक्ष्मी —- यहाँ दरवाज़े पर तो कोई लॉक लगा हुआ नहीं दिखाई दे रहा ?

तरुण —- अरी हनीमून बाला, दरवाज़े के सैंटर में लिफ़्ट की तरह ही जो टचिंग प्वाइंट बना है, वहाँ चाबी टच करो। लक्ष्मी प्वाइंट पर चाबी टच करती है व थोड़ा ज़ोर लगा कर हैंडल पकड़ दरवाज़ा खोलती है। दोनों रूम में घुस कर थकान मिटाने के लिए बेड पर आराम करते हुए बतिया भी रहे हैं।

लक्ष्मी —- आज बहुत थकान हो गई है, कल शायद टूर से छुट्टी करनी पड़ेगी।

तरुण —रात्रि विश्राम के बाद थकावट दूर हो जाएगी, सुबह ही टूर - प्रोग्राम बना लेंगे।

लक्ष्मी —- थकावट तो तब दूर होगी जब तुम आराम करने दोगे।

तरुण —- तुम इतना घबराहट क्यों महसूस करती हो ? यह तो पति पत्नी की जीवन चर्या का अंग है।अब तो दो दिन ही शेष हैं, घर जाकर ख़ूब आराम करना।

लक्ष्मी —- आराम कहाँ ? मुझे लगता है कि घर जाकर तुम्हारी जीवन चर्या के रिज़ल्ट आने शुरू हो जाएँगे।

तरुण —- आज कल एक महीने के बाद टेस्ट से सब जानकारी मिल जाती है।

लक्ष्मी —- वह तो औरों को मिलेगी, मुझे तो आज सुबह से ही आभास हो रहा है।

तरुण —- छोड़ो इन अनुमानित बातों को, बताओ ! डिनर के लिए बाहर चलना है या यहीं मँगवाएँ ?

लक्ष्मी —- अब बाहर जाने की हिम्मत नहीं बची है, कुछ भी यहीं मँगवा लो।

तरुण —- वही कल की तरह इंडियन रेस्टोरेन्ट से ही आर्डर कर रहा हूँ। जब तक खाना आएगा, मैं स्नान के लिए जा रहा हूँ।

लक्ष्मी —- हाँ जाओ, मैं भी ड्रेस चेंज कर रही हूँ। आधे घंटे के बाद ही दरवाज़े पर दस्तक हुई तो डिनर लिए रेस्टोरेन्ट का प्यादा खड़ा मिला जो एक पॉलिथिन बैग रख कर चला गया।

तरुण —- (स्नान के बाद लौट कर) लक्ष्मी, आओ हम डिनर करें, अभी गर्म -2 है।

लक्ष्मी —- हाँ गर्म ही स्वादिष्ट लगता है, चपाती भी है क्या ?

तरुण —- (बैग खोलते हुए) चावल, दाल,दही, शाही पनीर, मिक्स वैजिटेबल के साथ तीन पाव रखे हैं, दाल में राजमाह है। दोनों बड़े संतोष एवं आनंद से डिनर लेते हैं व कुछ टहलने के बाद रूम पर आकर सोने की तैयारी करते हैं। जब दिन भर पैदल यात्रा की हो तो निद्रा रानी अपना दामन कैसे बचा पाएगी ? दोनों की नींद अब प्रकृति की तरह ही शांत व मधुर हो रही थी। प्रातःकाल में नित्य प्रति की तरह तैयार हो कर होटल - किचन में नीचे पहुँच कर नाश्ता बगैरह लेना शुरू कर दिया था। नाश्ते में उबला अंडा, ऑमलेट, सेब - केला, जैम व मक्खन सहित ब्रेड, अंकुरित मूँग व आँवला मौजूद थे। बाद में

कॉफी या चाय ख़ुद तैयार करना था। किचन से अब भीड़ छंटने लगी थी व लोग अपने-अपने उद्देश्यों के लिए होटल से बाहर जाने लगे थे।

लक्ष्मी —- आज हम किस मेमोरियल पर जाने वाले हैं ?

तरुण —- हमने तीनों मुख्य मेमोरियल कल विज़िट कर लिए हैं, आज नेशनल पार्क व जू की सैर करेंगे। यहाँ से क़रीब दस मील दूर है। हम वहाँ केवल टैक्सी से ही जा सकेंगे। तुमने नाश्ता समाप्त कर लिया या कुछ और आवश्यकता है। अगर बर्गर खाने की इच्छा है तो रेस्टोरेन्ट से ले सकते हैं।

लक्ष्मी —- पहले ही ज़्यादा हो गया। कुछ भीड़ सी फिर बढ़ने लगी है, लगता है कि कुछ कारण हुआ होगा ?

तरुण —- (बाहर की ओर देख कर) हाँ, बाहर बारिश हो रही है, इसलिए सब लोग अंदर आकर बैठ गए।

लक्ष्मी —- शायद बरसात तेज होगी, वरना यहाँ लोग इतनी परवाह नहीं करते। होटल में कितनी देर तक बैठा रहा जा सकता है?

तरुण —- मजबूरी है, बैठना ही पड़ेगा। (फ़ोन की घंटी बजती है) हैलो!

नीलमणि — (दूसरी तरफ़ से) तरुण भाई साहब ! मैं नीलमणि हूँ इधर।

तरुण —- अरे डॉक्टर साहब, बहुत जल्दी याद किया ? आज तीन दिन बीत गए यहाँ आए हुए, किसी भी साथी के दर्शन नहीं हुए ?

नीलमणि —- मैं शिकागो से फ़्लाइट में बैठ रहा हूँ तुम्हारे पास आने के लिए। एक घंटे तक वाशिंगटन एयरपोर्ट पर पहुँच जाऊँगा। उसके बाद तो टैक्सी से होटल तक दस पंद्रह मिनट ही लगेंगे। कौनसा होटल, रूम न. व मंज़िल है।

तरुण — आइए, आइए ! किसी ने तो सँभाला हमें यहाँ। अभी नेशनल पार्क जाने का प्रोग्राम बना रहे थे पर एकदम बारिश के आने से होटल में ही सब लोगों के साथ बैठे हुए हैं।

नीलमणि —- किचन एरिया से काउंटर की तरफ़ आमतौर पर समाचार पत्र बगैरह रखें रहते हैं, इतने तक पढ़ो, टाइम निकल जाएगा।

तरुण — हां तुम आ जाओ, हम अभी यही है ? रूम पर जाने के लिए लिफ़्ट तुम्हें नहीं मिलेगी।

नीलमणि —मैगनेटिक key होंगी, उसी से लिफ़्ट स्टार्ट होती है ।तुम काउंटर के पास ही मिलना।

तरुण —- ओ. के. तुम आ जाओ, अभी बारिश ज़ोर पकड़ गई है। हम तुम्हें काउंटर के पास ही समाचार पत्र पढ़ते हुए दिखाई देंगे, पहचान लोगे क्या?

नीलमणि —- क्या शादी के बाद कुछ बदल गए हो जो पहचान में मुश्किल रहेगा ?

तरुण —- वैसे भी हम कई सालों से मिले नहीं है, शादी पर भी बुला नहीं सका।

नीलमणि —- अच्छा तरुण, फ़्लाइट टेक ऑफ हो रही है, वही आकर सब बातचीत करेंगे।

तरुण —- ओ. के. आ जाओ ।लक्ष्मी, नीलमणि हमें मिलने आ रहा है, मेरा MBBS का दोस्त है।

लक्ष्मी —- वही शिकागो वाले फ्रैंड, हवाई जहाज़ से ही आ रहे होंगे ?

तरुण —- हाँ, शिकागो से एक घंटे का सफ़र है, तब तक हम यहीं रहेंगे।

लक्ष्मी — लगता है कि बारिश अभी जारी रहेगी। आसमान में बादल घुल मिल गए हैं। अगर तुम यहीं जर्नल बगैरह पढ़ रहे हों तो मैं कुछ समय के लिए रूम पर जाकर आराम कर सकती हूँ।

तरुण —- हाँ, यह ठीक रहेगा, नीलमणि को पहुँचने में ज़्यादा समय भी लग सकता है। (रिंग से निकाल कर एक चाबी देता है व एक स्वयं रखता है) अगर कोई परेशानी हो तो इंटरकॉम से काउंटर पर फ़ोन कर लेना।

लक्ष्मी —- ओ. के. मैं देख लूँगी। लक्ष्मी के जाने के बाद तरुण समाचार पत्र व पत्रिकाओं में अपना टाइम बिताने लगा। बारिश ज्यों की त्यों जारी थी व कुछ महीन ओलावृष्टि भी दिखाई देने लगी थी। तरुण को लग रहा था कि सायंकाल तक ठंड बढ जाने के आसार हैं। अगर कुछ देर ज़्यादा ही बादल बरसते रहे तो आज का टूर प्रोग्राम कैंसिल करना पड़ेगा। होटल में रूम पर बैठे-बैठे टाइम किल करना मुश्किल हो जाएगा। (घड़ी की ओर देख कर) अभी दस ही बजे हैं, नीलमणि ग्यारह बजे से पहले नहीं पहुँच पाएगा, इतने तक इंतज़ार करना होगा।

***

38

लक्ष्मी की अपने घर जींद में मम्मी पापा से बातचीत

14 वीं मंज़िल पर पहुँच कर लिफ़्ट रुक गई थी और खुलते ही लक्ष्मी ने बाहर कदम रखा ही था कि फ़ोन की घंटी बज गई। वह वहीं सोफे पर बैठ कर देखने लगीं थीं, फ़ोन उसके अपने घर जींद शहर से था। लक्ष्मी बड़ी बेसब्री से थोड़ी आवाज़ ऊँची करते हुए — पापाजी, गुड मार्निंग !

तनेजा —- (दूसरी तरफ़ से) गुड मार्निंग बेटी ! पर यहाँ तो सायंकाल में आठ बज रहे हैं। तुम्हारे अभी सुबह हुई होगी ?

लक्ष्मी —- यस पापाजी, सुबह के दस बजे हैं। हमने बाहर घूमने का प्लान बनाया था लेकिन बारिश आ जाने से कहीं नहीं जा पा रहे।

तनेजा —हाँ बेटी, अपना बहुत ख़्याल रखना, बारिश में भीगने से कई बीमारियाँ जन्म ले लेती है। जब बारिश गिरना बंद हो जाए तभी घूमने जाने के बारे मै सोचना। मुझे तो अभी कुछ देर पहले नीतिका ने फ़ोन पर बताया था कि लक्ष्मी दीदी व जीजा जी तीन- चार दिन पहले अमेरिका चले गए हनीमून के लिए। कह रही थी कि मैं लक्ष्मी दीदी से बात नहीं करूँगी, मुझसे बिना बताए ही इतनी दूर चले गए।

लक्ष्मी ——हाँ पिताजी, अचानक ही अमेरिका से इनके किसी दोस्त का फ़ोन आया कि मौसम अब काफ़ी अनुकूल हो गया है, आप यहाँ पर आ सकते हैं। यमुनानगर मेरी ननद तान्या जो दांतों की डॉक्टर बनने का कोर्स कर रही है, फ़्री डेज़ में घर आई हुई है इसलिए हमने जाने का प्रोग्राम बना लिया।

तनेजा — बहुत अच्छा किया बेटी, घूमना- फिरना भी स्वास्थ्य के लिए आवश्यक है। तुम्हें किसी तरह की परेशानी तो नहीं हुई बेटी?

लक्ष्मी —- सब कुछ ठीक चल रहा है। पहली बार ही हवाई जहाज़ में सवार होकर इतनी लंबी यात्रा की है, खूब आनंद लिया।

तनेजा —- सुना है कि अमेरिका पाताल लोक में है ? वहाँ पहुँचने में पूरा दिन व पूरी रात लग जाती है। अपने परिवार में तो तुम ख़ुश क़िस्मत हो जो अमेरिका यात्रा का चांस मिला।

लक्ष्मी —- हाँ पापाजी, बहुत सुंदर व अनुशासित देश है।सब लोग सफ़ाई का पूरा ध्यान रखते हैं व एक- दूसरे का सम्मान करते हैं।हम यहाँ वाशिंगटन डी. सी. में होटल हिल्टन (नेशनल माल) में ठहरे हुए हैं। अभी नीचे किचन से नाश्ता लेकर ही रूम पर जाने के लिए आई थी कि लिफ़्ट से बाहर निकलते ही फ़ोन की घंटी बज गई। आपका फ़ोन देखकर लिफ़्ट एरिया में रखे सोफ़े पर ही बैठ कर बात कर रही हूँ।

तनेजा —तुम्हारा रूम कितनी दूर है ? वहाँ पहुँच कर अपनी मम्मी से भी बात कर लेना। कई दिनों से बहुत याद करके भावुक हो रही थी।

लक्ष्मी —- (धीरे-धीरे फ़ोन पर बात करते हुए रूम पर पहुँच कर) पापाजी, मैं रूम पर पहुँच गई हूँ, मैं पूछना चाह रही हूँ कि इस समय आपको फ़ोन करने की फ़ुरसत कैसे मिली ? यह समय तो होटल- रेस्टोरेन्ट्स के लिए भीड़भाड़ का होता है।

तनेजा —- बेटी, कॉलेज से बच्चों के एग्ज़ाम शुरू होने वाले हैं, सब माँ बाप भी उन्हें पढ़ाई में व्यस्त रखे हुए हैं इसलिए ग्राहक ज़रा कम है। तुम्हारी मम्मी घर में अकेलापन महसूस कर रही थी, यहाँ रेस्टोरेन्ट पर चली आई व मुझसे फ़ोन मिलाने को कहा।

लक्ष्मी —- कहाँ है मम्मी? मेरी बात करवाओ पापाजी।

तनेजा —- हाँ करो बेटी। (फ़ोन लता तनेजा को देता है) हैलो ! लक्ष्मी बेटी !

लक्ष्मी —- हाँ मम्मी जी, मैं अमेरिका से तुम्हारी लक्ष्मी बोल रही हूँ।

लता तनेजा —- हमारे भाग्य चमक गए बेटी, अच्छे परिवार में जाने से सबका मान बढ़ता है बेटी, तरुण तो ठीक है ना ? तुम्हारी आवाज़ नहीं सुनाई पड़ रही ? तुम रोने लगी क्या बेटी ?

लक्ष्मी — (रूंधे हुए गले से) आप सब की बहुत याद आ रही है मम्मी जी, घर का एक- एक कोना, वहाँ क्या रखा है ? मेरा स्टडी रूम, जहां घंटों बैठकर आप सब से अलग हो कर पढ़ाई करती थी, मम्मी मुझे घर की बहुत याद आ रही है।

(ज़ोर- ज़ोर से रोने लगती है)

लता तनेजा —- लक्ष्मी बेटी, दिल छोटा नहीं करते, औरत की यही नियति है कि वह अपने जन्म का घर त्याग कर पति के घर को अपना ले, उसे जन्म के घर से भी बेहतर बना ले। ।हम भी तो अपना घर छोड़कर ही आए हैं बेटी, अब मायके की याद कभी ही आती है। जब गोद में नन्हा मेहमान आ जाएगा तब तुम हम सबको भूल जाओगी।

लक्ष्मी —- (ज़रा संयत होकर) मैं आप सभी को कभी नहीं भूल सकती मम्मी जी, आपने व पापाजी ने हमारे पालन- पोषण व पढ़ाई के लिए जो प्रयास किए हैं,वे भूलने लायक़ नहीं हैं।

लता तनेजा —-बेटी, हर माँ बाप अपनी संतान के उज्ज्वल भविष्य के लिए अपनीं सामर्थ्य से भी ज़्यादा कोशिश करते हैं लेकिन मिलता वही है जो क़िस्मत में लिखा है।

लक्ष्मी —- नहीं मम्मी जी, आप दोनों ने हमारे भाग्य को ही बदल दिया है। इतना त्याग, परिश्रम व प्यार हर माँ बाप से नहीं मिल पाता, जितना हमें मिला है।

लता तनेजा — इस प्यार को विस्तार दो बेटी, अपने पति, उसके मम्मी पापा व अपनी ननद को इतना प्यार दो कि वे भी अपने पर गर्व करे और कहें कि बड़े घर की बेटी है। प्यार सनातन है बेटी, इसका प्राचीन व नवीन कोई संस्करण नहीं।यह युगों- युगों से एक ही धारा में बहता हुआ आ रहा है। कोई इसके स्वरूप को छिन्न भिन्न नहीं कर पाया।

लक्ष्मी —- तरुण भी मुझे बहुत प्यार करते हैं मम्मी जी! मेरे उठने- बैठने, आने- जाने, खाने-पीने, ओढ़ने- पहनने, हंसने- रोने का हर समय ध्यान रखते हैं। घर में मम्मी जी व पापाजी मुझे मेरे नाम की तरह चाहते हैं। ननद तान्या मुझसे दूर ही नहीं होना चाहती। मेरी दुनिया है मेरा परिवार माँ !

लता तनेजा —- मां- बाप की ख़ुशी का कोई ठिकाना नहीं रहता जब उसकी तनुजा ख़ुशियों के सागर में डूबी रहती है। औरत का जीवन कर्तव्य तभी सफल है जब वह अपने जन्मदाता माता पिता को विस्मृत कर वर्तमान माता-पिता की सेवा-शुश्रूषा में आनंद माने। अपने आप बड़ा बनने की बजाय दूसरों को बड़ा बनाने में तृप्ति व संतोष अनुभव करो। वही जीवन है, वही जीवन की सार्थकता है।

लक्ष्मी — क्या नीतिका नहीं आई घर ? सब स्टूडेंट्स फ़्री डेज़ में घर आए हुए हैं।

लता तनेजा —- कह रही थी कि मैं तान्या दीदी से मिलने जाऊँगी, शायद तुम्हारी इंतज़ार में अटकी होगी। तुमसे नाराज़ है, बार बार कह रही थी कि लक्ष्मी दीदी मुझसे बताए बिना अमेरिका चले गए। मै भी जब शादी करके हनीमून पर जाऊँगी तब लक्ष्मी दीदी को नहीं बताऊँगी।

लक्ष्मी —(हँसते हुए) मम्मी जी, मैं मना लूँगी नीतिका को, मैं उसके पाँव छू लूँगी।

लता तनेजा —- कह रही थी कि जीजी व जीजा जी दोनों, दोनों कान पकड़ कर सात बार उठक- बैठक करेंगे तब माफ़ करूँगी।

लक्ष्मी —- सात बार ! यह तो बहुत ज़्यादा हो जाएगा मम्मी जी, पर सात बार क्यों ? तीन बार होती है माफ़ी की उठक- बैठक।

लता तनेजा —- कह रही थी कि सात दिन के लिए अमेरिका गए हैं इसलिए सात बार की उठक- बैठक करवाऊँगी। (दोनों खिलखिला कर हंसती हैं) ठीक है बेटी ! आज तुम कहीं घूमने नहीं गए ?

लक्ष्मी —- हम तैयार होकर नाश्ता लेने के लिए किचन में पहुँचे ही थे कि बारिश गिरना शुरू हो गया और अभी गिर ही रहा है। आज इनके एक यहाँ के दोस्त भी आने वाले हैं।

लता तनेजा —— तुम्हें शायद तीन- चार दिन हो गए अमेरिका गए ? खूब घुमाईं की होगी ?

लक्ष्मी —- हाँ मम्मी जी, रोज़ सुबह निकल कर सायं को होटल में आकर विश्राम करते हैं।

लता तनेजा —- खूब मौज मस्ती किया करो बेटी ! जीवन में सुख व ख़ुशी के पल मुश्किल से ही नसीब होते हैं। अपने पति को हमेशा बड़ा समझकर सम्मान व प्यार करो। पति की छत्र छाया। में ही औरत को सुख की सांस मिलती है। भूलकर भी पति का अपमान न करना।विश्वास की डोर न टूटे, यही जीवन भर के लिए फलदायक रहता है।

लक्ष्मी —- तरुण बहुत शरीफ़ व मिलनसार है, मेरा बहुत ख़्याल रखते हैं।

लता तनेजा —- पति के गुणों को कभी कमजोरी समझने की भूल मत करना बेटी, नकारात्मक चिंतन से अमृत भी विष बन जाता है। हमेशा पॉज़िटिव रहो।

लक्ष्मी —- मम्मी जी, क्या आपको अपनीं जाया पर विश्वास नहीं है जो ऐसा सोच रही हो।

लता तनेजा —- ऐसा अक्सर हो जाता है। मानव- मात्र अपनी ईगो साधने में ऐसी गलती कर जाता है पर हमें अपने बच्चों पर भरोसा है।

लक्ष्मी — मम्मी पापा के भरोसे पर हम आंच नहीं आने देंगे मम्मी जी!

लता तनेजा —- अच्छा बेटी, बारिश थम गई होगी, कहीं घूमने जाना होगा ?

लक्ष्मी —- हाँ मम्मी जी, आज नेशनल पार्क जाएँगे पर अभी बारिश जारी है। तरुण भी अभी नीचे ही है अपने मित्र की इंतज़ार में।

लता तनेजा —- ठीक है मेरी बेटी, ख़ुश रहो, प्रभु की कृपा तुम पर बनी रहे।

लक्ष्मी —- ओ. के. मम्मी जी ! पापाजी को भी नमस्ते ! (फ़ोन बंद कर बेड पर आराम करने के लिए लेट जाती है, तभी कुछ प्यास महसूस होती है व पानी पीकर बेड की ओर मुड़ी तो बाहर दरवाज़े पर घंटी की आवाज़ सुनाई पड़ती है, दरवाज़ा खोल कर) आपके पास दूसरी चाबी तो है ना ?

तरुण —- (जेब टटोलते हुए) शायद नीचे टेबुल पर रह गई। पानी पीकर नीचे जाता है व नीलमणि की इंतज़ार में होटल के सिंह द्वार की ओर टकटकी लगाए देखते हैं।

***

39

देव, कांति व राकेश की डिनर के बाद चहलक़दमी

सरिता भ्रमण के बाद मित्रों ने अपने-अपने ठिकानों की राह पकड़ी। राजीव भाई कुछ अधीर सा हुआ घर पहुँचा और दिव्या को प्यार से गले लगा लिया। दिंव्या भी राजीव के इस अनोखे व्यवहार से हतप्रभ थीं लेकिन क्योंकि अब डिनर बनाने में व्यस्त थी इसलिए ज़्यादा संवाद नहीं किया। कांति व देव दोनों पहले की तरह अपने रूम पर आकर खाना बनाने में जुट गए थे। दोनों ने मिल-जुलकर आठ- दस रोटियाँ पका ली थी व सब्ज़ी सैर से लौटते समय वैष्णव ढाबे से ले लिया था। अब शुरू हुआ डिनर व डायलॉग का दौर।

कांति —- देव भैया, चपाती ठीक बनी या नहीं ?

देव —- कांति भाई, क्षुधा ही तो शांत करना है। ज़्यादा स्वादिष्ट भोजन ज़्यादा खाने से स्वास्थ्य को हानि पहुँचाता है। कांति भाई, तुम शादी क्यों नहीं कर लेते?

कांति —- देव भैया, मुझे कौन अपनी कन्या देगा ? न परिवार, न घर, न कोई रिश्तेदार रहा। आजकल लड़कियों का वैसे भी अकाल सा पड़ गया है ।माता पिता की मौत के बाद से मैं अर्श से फ़र्श पर आ गया हूँ।

देव —- कांति भाई, मेरी एक योजना है अगर ध्यान से सुनो तो वाणी दूँ।

कांति —- देव भैया, हम सब मित्र तुम्हारी दिल से इज़्ज़त करते हैं व पूरा भरोसा भी रखते हैं। तुम मुझे प्लान बताओ, उसमें मेरा क्या योगदान होगा, समय ही बताएगा।

देव —- कांति भाई, मैं तुम्हारा जीवन हित सोचकर ही ये प्लान बनाया हूँ, यदि अच्छा न लगे तो रुष्ट व नाराज़ मत होना। अगर मेरी योजना पसंद में आए तो प्यार से स्वीकृति देना।

कांति —- बिल्कुल, मैं ध्यान से सुनूँगा व पक्ष- विपक्ष में जो भी निर्णय होगा उसे बिना नाराज़गी के प्रकट करूँगा।

देव —- कांति भाई, पिछली बार मैंने अपने एक प्रोफ़ेसर गुप्ता व उसकी लड़की पर एसिड अटैक की घटना का ज़िक्र किया था।

कांति — हाँ शायद वह मेरी स्मृति में है पर उस दिन मैं अपने ही दुख में ज़्यादा दुखी था। तो क्या हुआ उस प्रोफ़ेसर व उसकी लड़की को ?

देव —- मैंने बताया था कि एसिड अटैक से उसका चेहरा झुलस गया था और परिवार अब तक सदमे में है। एसिड अटैक के बाद प्रोफ़ेसर साहब की पत्नी भी कोविड-19 से दम तोड़ गई थी।

कांति —- बिल्कुल, मेरी माँ भी इसी तरह एकदम चली गई थी।

देव —- कांति भाई, मैं जब भिवानी से कुछ रोज़ पहले यहाँ आया था तो मैंने डॉ. ज्ञान चंद्र जैन से मुलाक़ात की थी। उनकी पहचान के स्किन, कॉस्मैटिक एवं प्लास्टिक सर्जरी में विशेषज्ञ डॉक्टर दीपक कोठारी MS, MCH, PGT. चंडीगढ़ से डिग्री प्राप्त हैं। डॉ. जैन का कहना है कि कोठारी साहब ने एसिड बर्न के अनेकों केस ठीक किए हैं। सरकार द्वारा उन्हें कई पुरस्कारों से सम्मानित किया गया है।

कांति —- शायद गुजरात राज्य से हैं।

देव —- यह तो मुझे निश्चित जानकारी नहीं है लेकिन वे हरियाणा राज्य के हिसार ज़िले में सप्ताह में एक बार किसी अस्पताल में विज़िट करते हैं। वहीं पर हम उनसे प्रोफ़ेसर साहब की लड़की नीलिमा की सर्जरी करवाना चाहते हैं।

कांति —- यह तो तुम्हारा सराहनीय क़दम है।

देव —- कांति भाई, सर्जरी के बाद चेहरे से देखने में पता नहीं चलेगा कि सर्जरी हुई है या नहीं।

कांति —- देव भैया, ये सब मुझे यों ही बता रहे हो या किसी प्रयोजन से?

देव — कांति भाई, मैं चाहता हूँ कि दोनों उजड़े से परिवार फिर से लहलहाने लगें। तुमने जो कष्ट झेले हैं, मैं उन्हें दूर करने का प्रयास मात्र कर रहा हूँ। अगर तुम इस संबंध को स्वीकार करो तो मुझे प्रसन्नता होगी।

कांति —देव भैया, आप मेरा इतना ख़्याल रखते हैं, यह मेरे लिए कम नहीं है। मैं तुम्हारी बातों, विचारों, सलाहों को यूँ ही हवा में नहीं उड़ा सकता, फिर भी हम सब मित्र जब एक साथ होंगे तब फ़ैसला कर लेंगे।

देव —मुझे यही विश्वास था कि तुम मुझे निराश नहीं करोगे। कल ही हम तनेजा के यहाँ बैठकर फ़ैसला ले लेंगे। एग्ज़ाम के तुरंत बाद हम चाहते हैं कि सर्जरी हो जाए।

कांति —तुम रविवार को भिवानी जा रहे हो एग्ज़ाम करने ?

देव —- हाँ, मुझे एग्ज़ाम के लिए एक महीने का समय लग जाएगा। उसके बाद कितना समय लगेगा, यह तो डॉक्टर लोग ही जानते हैं। कल हमारे साथ राकेश भी होगा, अगर उससे भी संतुष्टि नहीं हुई तो डॉ जैन से मिल लेंगे।

कांति — बातों ही बातों में खाना ठंडा हुआ जा रहा है, ले लो।

देव — हाँ, शुरू करो। (दोनों मित्र डिनर के साथ-साथ बातें भी कर रहे हैं) कांति भाई, इस पुनीत कार्य में मेरा इतना भर स्वार्थ है कि दो उजड़े जीवन फिर गुलो- गुलज़ार हो जाएं। लड़की अंग्रेज़ी भाषा में पोस्ट ग्रैजुएट है व हमारे

वाला कोर्स भी किया हुआ है। दरवाज़े पर दस्तक होती है, कांति खड़ा होकर दरवाज़ा खोलता है, राकेश को देखकर हैरान है, विश्वास ही नहीं कर पा रहा कि मेरे सामने डॉक्टर बाबू खड़े हैं।

कांति —- अरे राकेश भाई, क्या रात में भी खटखट करते घूम रहे हो ?

राकेश — क्या सो गए थे?

कांति — अभी तो डिनर ही चल रहा है।आओ, अंदर आ जाओ, देव भैया भी डिनर कर रहे हैं।

राकेश —- (अंदर आकर) देव भैया, क्या चल रहा है ?

देव —- अरे डॉ. बाबू, आज कैसे इधर रास्ता भटक गए ?

राकेश —- खाना लेकर टहलने निकला था, अचानक ही कदम इस ओर बढ़ गए।

देव —- नेहा ठीक है, क्या करती है सारा दिन ?

राकेश —- नेहा वैसे तो ठीक है पर सारा दिन बिना काम व पढ़ाई के टाइम पास करना कठिन हो जाता है।

देव —- कोई एकटीविटी शुरू कर देना चाहिए, कोई ग्रुप डांस या ड्राइंग कोर्स।

राकेश —- छोटे शहरों में यही समस्या है, ऐसा कोई सेंटर नहीं मिल पाता। आजकल आपस में मिलने - जुलने की भावना भी क्षीण होती जा रही है जिससे बच्चे मोबाइल, टेबलेट या लैपटॉप पर ही चिपके रहते हैं।

देव —- बैठोगे या घूमने निकलोगे ?

राकेश —- अगर आप दोनों ने डिनर समाप्त कर लिया हो तो निकलते हैं सब।

देव —- हाँ हो गया सब। कांति भाई, चलो राकेश बाबू को घर तक छोड़ आएं, अपनी भी चहलक़दमी हो जाएगी।

कांति —- हाँ चलो, ढाबे की सब्ज़ी भी हज़म हो जाएगी।

राकेश —- बाहर के खाने में तेल- चिकनाई तो ज़्यादा रहता ही है।

कांति —- सैर से लौटते समय वैष्णव ढाबे से ले लिया था। अच्छी स्वादिष्ट लगी खाने में। क्यों देव भैया ?

देव —- भोजन तो सब अच्छा ही होता है, प्रणाम कर ग्रहण कर लेना चाहिए, घर में बना हो या बाहर से लाया गया हो।

राकेश —- घर में कौन करेगा इतने झंझट देव भैया। सब्ज़ी ख़रीद कर लाओ, धोकर काटो, घर में नमक - मसाले, घी- तेल के भंडार जमा करो, चपाती के लिए आटा गूंथो। कांति भाई, सब रोगों की एक ही चिकित्सा है।

कांति —- मैं दवाई का नाम जान गया राकेश भैया, देव भैया भी अभी यही चर्चा कर रहे थे।

राकेश — लगता है कि राजीव भाई की तरह मुझसे आगे निकल जाओगे। जब तक हमारी बारी आएगी तब तक तुम्हारे बच्चे स्कूल में पढ़ने लगेंगे। सब ठहाका लगाकर हंसते हैं।

कांति —- देव भैया, किसी प्रोफ़ेसर की लड़की की बात कर रहे थे, एसिड अटैक पीड़ित है। क्या इलाज संभव है राकेश बाबू ?

राकेश —- मैं तो कोई दांत निकला हो तो नया जोड़ सकता हूँ, एसिड का मामला तो प्लास्टिक सर्जन ही देखेंगे।

देव —- हाँ राकेश भैया, मैंने उस दिन डॉ जैन से बात की थी अस्पताल में। उनके परिचय में कोई डॉ कोठारी अपोलो अस्पताल दिल्ली में हैं।

राकेश —हां, डॉ जैन से बहुत डॉक्टर लोग परिचय में है, बड़ी संस्थाओं के मेंबर हैं न डॉ जैन।

देव —- क्या परिणाम रहता है सर्जरी का ?

राकेश —अच्छे रिज़ल्ट्स हैं, कई मामलों में तो सरकारें व अस्पताल मुआवज़ा व फ़्री इलाज करते हैं। कुशल सर्जन पहले से भी सुंदर रूप दे देता है।कई बड़ी हस्तियाँ कॉस्मैटिक सर्जरी लेती हैं मनचाहा रूप पाने के लिए।

देव —- उन्हें तो फ़्री में नहीं होता होगा ?

राकेश — फ़िल्मी दुनिया के तो शौक़ हैं ये सब। फ़्री में तो सरकार असहाय पीड़ित महिला के लिए करती है। कांति भाई, तुम देव भैया के मेहमान बनने का फ़ायदा उठा रहे हो। मौक़ा है, अब तो नेहा भी यहीं है तुम्हारी बारात में जाने को।

कांति —हाँ कई स्कूल खुल गए हैं बच्चे के एडमिशन के लिए। (ज़ोर से ठहाका लगाकर हंसते हैं, तनेजा के पास पहुँचते हैं) जरा सौंफ व मिश्री लेते हैं तनेजा से। खाना हज़म हो जाएगा।

राकेश — तनेजा फिर आधा घंटा तक नहीं छोड़ेगा, मुझे पहले ही देर हो चुकी है।

कांति —- तुम चलो राकेश भैया, हम यहीं से लौट रहे हैं।

राकेश —- ओ. के. गुड नाइट !

कांति — आओ देव भैया, तनेजा से मिलते हैं। (अंदर आकर) अरे तनेजा सर ! नमस्कार !

तनेजा —- आओ कांति भाई, क्या सेवा लेंगे ?

कांति —- अभी डिनर लिया है, जरा सौंफ - मिश्री चबाना है

तनेजा —- किसी बहाने तो आप लोगों के दर्शन हुए। देव बाबू अभी तो यहीं हो ?

देव —- (सौंफ व मिश्री चबाते हुए) शायद रविवार को चला जाऊँ।

तनेजा —- अब तो एक - आध महीने का ही रह गया होगा कोर्स ?

देव —— हाँ बस एग्ज़ाम ही करना है।

तनेजा —- फिर तो कांति भाई को भी संगति मिल जाएगी, कई बार बहुत अकेले रह जाते है।

देव — हाँ तनेजा, कोशिश कर रहे हैं इनका अकेलापन दूर करने का, आपको जल्दी ही लड्डू मिल सकते हैं खाने को।

तनेजा —- वैरी गुड देव बाबू ! अच्छी खबर है। कांति भाई, कोई नई ड्रेस बनवा लें बारात में शामिल होने के लिए।

कांति —- देव भैया ही बताएँगे, गर्म सूट बनवाना है या पेंट- शर्ट ही चल जाएगा।

(तीनों ख़ुशी के मारे हँसते हैं, देव व कांति घर की ओर लौट जाते हैं)

***

40

राकेश व रश्मि का दिव्या को मिलने उसके घर जाना

कई दिन बीत गए थे रश्मि को घर पर आए हुए लेकिन दिव्या के पास जाने का वक़्त नहीं निकाल पाईं। मम्मी जी ने बहुत कहा कि दिव्या से जरूर मिलने जाना है। तुम उसके पापाजी के आने पर भी उसके घर नहीं जा सकीं थीं। रश्मि ने एक दिन राकेश को याद दिलवाया था पर व्यस्तता के चलते दोनों जैसे भूल ही बैठे थे। राकेश कभी कैंप में, कभी देव भैया के साथ, नेहा की चिंता व ड्यूटी करना अलग से। रश्मि घर के काम में लगीं रहकर मम्मी की मदद करती व कुछ अपनी पढ़ाई भी करतीं। कल रविवार को फिर कॉलेज भी जाना है एग्ज़ाम के लिए, इसलिए आज तो मिलने जाना ही पड़ेगा। इसी बीच दादाजी की आवाज़ सुनाई दी — रश्मि बेटी, तुम अभी तक दिव्या को नहीं मिल पाईं शायद।

रश्मि —- हाँ दादा जी, घर से निकलना ही नहीं होता। कभी कोई, कभी कुछ काम सामने खड़ा ही रहता है।

दादाजी —- बेटी, रत्नाकर को बुलाओ, गाड़ी लेकर आ जाएगा।मैं अपने दांत चैक करवाने डॉ. जैन के पास जाऊँगा। तुम मेरे साथ जाने के लिए तैयार हो जाओ। मैं तुम्हें अस्पताल में छोड़ दूँगा, वहाँ से राकेश बाबू के साथ चलीं जाना। नेहा को भी साथ ले जा सकती हो। अगर नेहा न जाना चाहे तो मेरे पास छोड़ देना, मैं उसे घर ले आऊँगा, अशिम के साथ रह लेगी।

रश्मि —- अच्छा दादाजी, मै बुलाती हूँ रत्नाकर को। मम्मी जी, दिव्या के घर कुछ लेकर जाना है क्या ?

अंजना —- तुम दोनों जाओगे तो कुछ फल बगैरह ले लेना या एक किलो मिठाई का बॉक्स ले जाना। क्या राकेश बाबू की ड्यूटी का टाइम समाप्त हो गया?

रश्मि —- अस्पताल जाकर पता चलेगा। ऐन वक़्त पर भी कोई पेशेंट आ जाए तो अटैंड करना ही पड़ता है।

(अपने रूम में जाकर, तैयार होकर, लौटते हुए) दादाजी चलो !

दादाजी —- चलो बेटी, रत्नाकर शायद बाहर इंतज़ार में है।

(दोनों कार में सवार होकर अस्पताल की ओर निकलते हैं।)

राकेश —- (दादाजी व रश्मि को देख कर) प्रणाम दादाजी !

(पाँव स्पर्श करता है)

दादा जी—-ख़ुश रहो बेटा, सब अच्छा है, नेहा बिटिया भी ठीक है ?

राकेश —- हाँ दादा जी, आपकी कृपा से सब स्वस्थ एवं प्रसन्न है।

दादा जी — बेटा, डॉ जैन अपनी ड्यूटी पर तैनात हैं ना ?

राकेश —- जी हाँ, मौजूद हैं। कोई पेशेंट भी इस समय नहीं है।

दादा जी —- ठीक है, मैं डॉ. जैन से जरा अपने दांत चैक करवाता हूँ। रश्मि बेटी! तब तक तुम यहीं बैठकर राकेश बाबू के साथ दिव्या के घर जाने का प्रोग्राम तय कर लो।

रश्मि —- हाँ दादा जी, पहले मैं आपको डॉ जैन के पास लिए चलती हूँ।

राकेश —- रश्मि तुम बैठो, मैं दादा जी को लिए चलता हूँ।

दादा जी —- तुम दोनों यहीं बैठे। मैं डॉ. जैन को बुलाता हूँ। (डॉक्टर जैन को आवाज़ लगाते हुए) आपने मेरी आवाज़ नहीं पहचानीं क्या ?

डॉ. जैन —- पहचान ली डॉ. साहब, आवाज़ भी व आपको भी। इसलिए शांत रहा कि रिश्तेदार आपस में गुफ़्तगू कर रहे हैं। आ जाओ, मैं फ़ुरसत में ही हूँ।

डॉ. भगवत स्वरूप — (अंदर जाकर डैंटल चेयर पर लेटते हुए) नीचे वाली दांत में कुछ भी मीठा खाने से दर्द लगता है।

डॉ. जैन —- तो आप मीठा बांट कर खाया करो न ? अकेले-२ खा लेते हो।

(दोनों खिलखिला कर हंसते हैं)

डॉ. भगवत स्वरूप —- कभी- कभार ही दिल करता है मीठी चीजें खाने को, मज़ा किरकिरा हो जाता है जब दांतों में लगता है।

डॉ. जैन —- (निचले दांतों को चैक करके) Floss व। Mouthwash की लापरवाही से दांतों में cavity हो गई है। इसे भर देंगे तो दर्द ग़ायब हो जाएगा। (नर्स से) तुम जिंक ऑक्साइड तैयार करो फिलिंग के लिए, इतने तक मैं स्केलिंग कर रहा हूँ, मैल भी जमा हुआ लग रहा है।

नर्स —- सर, तैयार है, कल एक पेशेंट को दिया था।

डॉ. जैन —- यह जम गया है इसलिए ख़राब हो गया है। नया तैयार करो।

नर्स —- यस डॉक्टर साहब !

डॉ. जैन —- (डॉ. भगवत स्वरूप जी से) ज़्यादा ही व्यस्त रहने लगे हो, दांतों की देखभाल में लापरवाही हो रही है। शायद आपने कैंप में दांत चैक नहीं करवाए।

डॉ. भगवत स्वरूप —- हाँ मैं चला गया था एक ज़रूरी मीटिंग के लिए।

डॉ. जैन —- (दांतों में केविटी को भरते हुए) लो, आपके दांतों की सफ़ाई व फिलिंग दोनों ही हो गई, अब ख़ूब मीठा खाइए और खिलाइए।

(दोनों फिर हंसते हैं)

डॉ. भगवत स्वरूप —- धन्यवाद डॉ. जैन, आप हैं तो दांत है और दांत हैं तो जीवन है। नलिनी बिटिया की नौकरी ठीक चल रही है?

डॉ. जैन —- आपके होते हुए हमें किस तरह की चिंता है ?

डॉ. भगवत स्वरूप —- आपके पास तो दो लड़के हैं न ? एक तो शायद जैन धर्म में दीक्षित हो गया था।

डॉ. जैन —- हाँ डॉक्टर साहब, बड़ा लड़का पढ़ाई के दौरान ही धार्मिक गतिविधियों में बढ़- चढ़ कर हिस्सा लेने लगा था। पढ़ाई के बाद नौकरी भी लगवाई, शादी भी की लेकिन हुआ विपरीत, शादी के पहले ही दिन घर छोड़कर चला गया। अब नलिनी बिटिया के लिए मैं अपराधी हो गया। सारी उम्र कैसे बिताएगी ? यही दुविधा सताए रहती है।

डॉ. भगवत स्वरूप —- छोटा लड़का क्या कर रहा है ?

डॉ. जैन —- वह IIT Kanpur से एम.टेक. कर रहा है।

डॉ. भगवत स्वरूप —- कहीं कोई सिफ़ारिश की ज़रूरत पड़े तो हमें याद कर लेना।

डॉ. जैन — आपका ही आशीर्वाद है सब बच्चों पर। एक लड़की भी है जो मुम्बई में क़ानून की पढ़ाई कर रही है।

डॉ. भगवत स्वरूप —- हमारी नेहा बिटिया भी क़ानून ही पढ़ना चाह रही है।

डॉ. जैन —- यह तो और अच्छा है, उसे भी मुम्बई में ही दाख़िला दिलवा दो, टेस्ट तो वह क्लीयर कर ही लेगी।

डॉ. भगवत स्वरूप —- (ड्राइवर रत्नाकर को फ़ोन लगाकर) रत्नाकर यहाँ आ जाओ।

रत्नाकर — बाबू जी, मैं डॉ. राकेश बाबू के रूम में बैठा हूँ।

डॉ. भगवत स्वरूप —- डॉ. जैन के रूम में आ जाओ।

रत्नाकर — जी, (सामने आकर) अभी मैं राकेश बाबू व रश्मि बिटिया को राजीव एडवोकेट के घर पर छोड़कर आया हूँ।

डॉ. भगवत स्वरूप — अब मुझे छोड़कर आओ घर।

रत्नाकर — जी आइए।

डॉ. भगवत स्वरूप —डॉ. जैन, फिर मिलेंगे जब दांत में कष्ट होगा। (हंसते हुए बाहर आकर कार में सवार होते हैं)

आइए राकेश बाबू, आज सबने मिलकर कृपा कैसे की ? राजीव ने आश्चर्य से कहा।

राकेश — कई दिन से रश्मि कह रही थी कि दिव्या से मिलना है, बार-बार कोई ऐसा चांस बन जाता कि आते-आते रह जाते।

राजीव —- रश्मि भाभी, तुम्हें तो यमुनानगर से यहाँ आए शायद एक सप्ताह बीत गया है। दिव्या रोज़ याद कर लेती है।

रश्मि —- हाँ भाई साहब, दो कदम की दूरी दो देशों की दूरी बन गई। कभी इनको फ़ुरसत नहीं, कभी मुझे नहीं।

नेहा —- रश्मि भाभी, मुझे बता दिया होता, मैं सब प्लान तैयार कर देती। मुझे भी अकेला नहीं रहना पड़ता, रोज़ दिव्या भाभी के काम में भी हाथ बंटाती।

राजीव —- आओ सब लोग अंदर आ जाओ।

दिव्या — (कोलाहल सुनकर घर से बाहर आकर) अरे रश्मि दीदी, (गले लगती है) बहुत दिनों से याद कर रही थी, आज साधना पूरी हुई।

रश्मि —- अब दीदी तो तुम बन गई, थोड़े समय में माँ भी बन जाओगी।

दिव्या —- हाँ दीदी, बहुत डर लगता है, सारा दिन व सारी रात अपनी इतनी परवाह नहीं रहती जितनी आने वाले मेहमान की।

रश्मि —- चलो अंदर चलकर फ़िक्र करेंगे।

(सभी घर के अंदर पहुँचते हैं)

राजीव —- देखो पिताजी कौन आए हैं ?

रामजी —- (बहुत हैरान से होकर) अरे बेटा राकेश ! आज तो बूढ़े अंकल - आंटी को कुछ ज़्यादा ही दिनों में संभाला। (सभी अंकल - आंटी को प्रणाम करते हैं) यह तो नेहा बिटिया है ना ?

नेहा — यस अंकल, मैं भी रश्मि भाभी व राकेश भैया के साथ दिव्या भाभी से मिलने आई हूँ।मैं तो आप सब से पहली बार ही मिल रही हूँ।

दिव्या —- जिस दिन पापाजी यहाँ आए थे, उस दिन तुम नहीं थी क्या?

नेहा — भैया ही आए थे, औरतों से कहाँ राजनीति होती है ? ये तो अपनी घर की राजनीति में ही उलझी रहती है।

(सब खिलखिला कर हंसते हैं)

राजीव —- अब तो भारतीय नारी भी सदन (घर) से संसद तक पहुँच गई है नेहा बहन। तुम लॉ करके जब एडवोकेट बनोगी तब राजनीति में भाग लेने लगोगी।

नेहा —-हाँ लगता तो है कि बिना राजनीति के वकालत भी कामयाब नहीं होगी, इसीलिए सरकार ने महिलाओं के लिए सीटें आरक्षित कर दी है।

राजीव — आज तो राजनीति का हर क्षेत्र में हस्तक्षेप बढ़ गया है। देश के लोकतंत्र ने बच्चे - बच्चे को राजनीतिज्ञ बना दिया है।

नेहा —-राजीव भैया, अब की बार तो आप भी चुनाव लड़ना। भाभी के पापाजी की तरह मंत्री बनोगे तो चारों तरफ़ लोगों की भीड़ स्वागत करेगी।

राजीव —- नेहा बहन, अभी कुछ और वक़्त वकालत कर कुछ नाम - पहचान बनानी होगी, तभी चुनाव लड़ा जा सकता है।

(रानी माँ का आगमन) माँ तुम कहाँ चली गई थी ?

रानी माँ —- बेटा, आज पेंशन के काग़ज़ जमा करवाने का आख़िरी दिन था, भीड़ ज़्यादा होने से लाइन काफ़ी लंबी लग रही थी।

(राकेश को देख कर) राकेश बेटा, तुम कब आए ?

राकेश — आंटीजी नमस्ते ! मैं रश्मि व नेहा बहन के साथ कुछ देर पहले ही आया हूँ। वे तीनों दूसरे रूम में बैठी गपशप कर रही होगी।

रानी माँ —- राजीव बेटा, कुछ चाय - कॉफी हुई क्या ?

राजीव —- हाँ, चाय के लिए कोई तैयार नहीं हुआ, हम सबने कोल्ड ड्रिंक ले ली है। तुम्हें अगर चाय की इच्छा हो तो पिताजी के लिए भी बना देना।

रानी माँ —- (दूसरे रूम में जाकर) दिव्या बेटी, मैं आ गई हूँ।

(रश्मि व नेहा प्रणाम करती है) ख़ुश रहो बेटी ! अब और कितना इंतज़ार करना होगा, मुँह कड़वा हुए जा रहा है, मिठाई चाहिए इसे तुरंत।

नेहा —- आंटीजी, अब तो एक महीना ही शेष है आपका मुँह मीठा होने में।

रानी माँ —- नेहा बेटी, तुम तो राजीव की तरह वकील बनोगी।

रश्मि —- वाह आंटीजी, आपने सही अनुमान लगाया है।

(फ़ोन की घंटी बजती है) हैलो !

रत्नाकर — (दूसरी ओर से) रश्मि बिटिया, मैं गाड़ी लिए बाहर खड़ा हूँ, दादा जी ने आप सभी को लिया लाने के लिए भेजा है।

रश्मि — रत्नाकर काका, हम कुछ देर में आ रहे हैं।

राकेश — किसका फ़ोन था रश्मि ?

रश्मि — रत्नाकर गाड़ी लिए बाहर खड़ा है, हमें चलना चाहिए।

राकेश — अंकल -आंटी हमें इजाज़त दो, राजीव भाई, उधर ही आ जाना, सैर के लिए निकलेंगे।

राजीव — तनेजा रेस्टोरेन्ट पर, कांति व देव भैया भी वहाँ आएँगे।

राकेश — हां, अच्छा दिव्या भाभी, जल्द ही हमें अंकल बनाओ।

दिव्या —- पहले दोनों लड्डू खाने का मौक़ा दोगे तब।

रश्मि —- ओ.के. अंकल - आंटी, राजीव भाई साहब, दिव्या दीदी, अब एग्ज़ाम के बाद ही मिल पाएँगे।

(सभी तीनों कार में सवार होकर निकल जाते हैं)

***

अनजाना हमसफर

प्रथम खंड- संयोग के पल

द्वितीय खंड-प्यार के पल

तृतीय खंड-रोमांस के पल

*चतुर्थ खंड-फ़ुरसत के पल

पंचम खंड-विदाई के पल

षष्ठ खंड-खुशियों के पल

सप्तम खंड-आनंद के पल

www.ingramcontent.com/pod-product-compliance
Lightning Source LLC
LaVergne TN
LVHW052138041026
849558LV00042B/538
* 9 7 8 9 3 6 4 3 1 1 5 2 6 *